W0407713

Michael McCollum

Größere Unendlichkeit

AV
Atlantis Verlag

Weitere Romane aus der Allgemeinen Reihe:

Martin Kay
Tag der Offenbarung

Rolf W. Michael
Die Flammen von Lindisfarne

Thomas Pfanner
T73: Das KrogiTec-Komplott

Stefan T. Pinternagel
Fragmente
Cyberjunk

Nicole Rensmann
Anam Cara

Michael McCollum

Größere Unendlichkeit

Aus dem Amerikanischen übertragen von
Dirk van den Boom

Eine Veröffentlichung des
Atlantis-Verlages, Stolberg

Rechte der amerikanischen Originalausgabe 1982, 1999
bei Michael McCollum
Deutsche Erstveröffentlichung
Rechte der deutschen Übersetzung 2005 beim Atlantis-Verlag, Stolberg

Titelbild von Hexodus: www.hexodus-art.de
Innenillustrationen: Sylke Brandt
Lektorat: Sylke Brandt, Oliver Naujoks
Übersetzung: Dirk van den Boom

ISBN 3-936742-59-6

Weitere Informationen zum Atlantis-Verlag unter
www.atlantis-verlag.de

Kapitel 1

Haben Sie je davon geträumt, Großes in Ihrem Leben zu erreichen? Sie wissen schon, es wäre schön gewesen, der Erfinder des Penicillin gewesen zu sein, oder Entdecker eines verlorenen Kontinents, oder vielleicht sogar ein berühmter Feldherr. Hal Benson ist so jemand. Hal ist mein Vermieter und ein guter Freund. Trotzdem geht sein Enthusiasmus manchmal mit ihm durch. Nicht etwa, dass er von Dingen träumen würde, wie ich sie gerade beschrieben habe. Hals Träume sind durchaus gegenwärtiger Natur. Und im Gegensatz zu anderen versucht er, diese tatsächlich zu verwirklichen. Das macht ihn ein wenig seltsam. Ehrlich gesagt, Hal ist ziemlich verrückt.

Seine zentrale Überzeugung ist sein unverrückbarer Glaube an Leben auf anderen Planeten. Sicher, er ist auch der Guru des hiesigen Science Fiction Clubs sowie einer Gruppe, die sich »Gesellschaft für Kreativen Anachronismus« nennt, aber seine größte Leidenschaft gilt dem Club der UFO-Beobachter, dessen Gründer und Präsident er ist. Diese drei Vereinigungen sind so etwas wie eine amorphe Clique von Liebhabern des Unbekannten, die in ihrer eigenen, privaten Welt zu leben scheinen, völlig unberührt von den Dingen, die für die Mehrheit der anderen Menschen wichtig zu sein scheinen.

Das bringt mich über Umwege zu meiner Geschichte. Es hat eigentlich nichts mit Hal Benson zu tun, obgleich er als Katalysator gewirkt hat, und ich es daher für wichtig hielt, ihn zumindest zu erwähnen.

Es war mitten im Winter, in einer dieser kristallklaren Nächte, in denen der eiskalte Wind aus der Wüste im Osten blies und der Mond alles in einem hellen Schein badete. Hal war unterwegs zu seinem SF-Con irgendwo im Osten und die UFO-Beobachter benutzten unser Haus - ein ziemlich heruntergekommenes privates Wohnheim im alten Viertel von Tempe, nahe der Universität - für ihr monatliches Treffen. Da ich der einzige Bewohner des Hauses war (alle anderen waren in den Semesterferien unterwegs), hatte ich die Aufgabe bekommen, darauf zu achten, dass das Haus in einem Stück blieb und die Polizei keine Veranlassung für eine Drogenrazzia sah.

Sie tauchten nach und nach gegen acht Uhr auf, und als das Treffen formell eröffnet wurde, hatten es sich etwa 50 Leute in den verschiedenen Ecken des Hauses gemütlich gemacht. Und es waren 50 seltsame Menschen! Da Hal nicht da war, hatte Weasel Martin den Vorsitz übernommen. Weasel war ein kleiner, bärtiger Student im höheren Semester, dessen deutlichstes Charakteristikum ein nervöses Zucken war. Er schlug mit einem Holzlöffel auf den Tisch und bat um Ruhe.

Ich stand in der Küche und füllte Teller mit Tacochips und Dipsauce. Jane Dugway half mir dabei, ebenso beim Öffnen der Bierflaschen. Irgendwie verschwanden die immer schneller im Versammlungsraum, als man sie öffnen konnte.

Ich hatte Jane das erste Mal an der Uni getroffen. Obwohl ich Ingenieur werden wollte, achtete die Universität auf eine möglichst umfassende Ausbildung. Da also acht Stunden Sozialwissenschaften Bedingung waren, um zur Prüfung zugelassen zu werden, belegte ich einen Anthropologiekurs. Jane war Anthropologiestudentin im höheren Semester und leitete unsere Diskussionsgruppe. Sie gehörte nicht zu den glücklichen Frauen, die mit außerordentlicher Schönheit gesegnet waren. Ihre Haare hatten üble Schuppen und die Brillengläser, die dick wie Flaschenböden waren, machten sie auch nicht schöner. Wie auch immer, da war ein Verstand hinter dem wenig attraktiven Gesicht, und er war scharf wie ein Rasiermesser.

Wir trugen die Chips und die Sauce in das große Wohnzimmer, als Weasel Martin zur Berichterstattung aufforderte. PeeJay Schwarz erhob sich und begann mit einer aufgeregten Erzählung über einen Farmer in Alabama, der von sich behauptet hatte, mit einer fliegenden Untertasse zum Mond geflogen zu sein. Weasel unterbrach ihn, bevor PeeJay sich allzu sehr hinein steigerte. Schwarz war ein übergewichtiger Teenager mit erheblichen Akneproblemen und der Mentalität eines Hahns, der unumstritten über seine Hennen regierte. Weasels Unterbrechung interessierte ihn nicht. Der Vorsitzende lief rot an und seine nervöse Zuckung beschleunigte auf 180. Er machte ein paar drohende Schritte in PeeJays Richtung und ballte seine Fäuste. Gordon Trackmann, ein eher großväterlicher Typ mit kurz geschorenen Haaren, ging dazwischen und beruhigte PeeJay mit dem Hinweis, dass er als erster die Gelegenheit haben würde, seine Geschichte zu erzählen, wenn die Tagesordnung dies vorsah.

Danach verlief die Sitzung recht ordentlich. Es hätte auch ein Treffen der Vereinigung weiblicher Wähler sein können, wo alles strikt nach den Regeln der Geschäftsführung verlief. Ich begann mich zu langweilen, bis Joe Peterson die abendliche Debattenrunde einleitete. Joel war ein zimperlicher Soziologiestudent, der eine Krawatte zu seinem blauen Hemd und dreckigen Jeans trug. Er sah sich selbst als der Skeptiker des Clubs und hatte eine bemerkenswerte Fähigkeit, kontroverse Diskussionen zu beginnen.

»Ich glaube nicht an UFOs«, erklärte er laut. »Jedenfalls nicht im Sinne interstellarer Besuche.«

Es gab ein unterdrücktes Gemurmel in der Menge, genauso wie in Filmen, in denen man kurz davor ist, jemanden zu lynchen. Weasel Martin wurde rot im Gesicht und bereitete sich darauf vor, den Ungläubigen mit einem Blitzschlag zu bestrafen.

»Dann bist du noch dümmer als du aussiehst«, sagte er zu Joel. Es gab eine Runde Applaus und einige murmelten etwas wie »das muss ziemlich dumm sein, wenn man ihn sich so ansieht.«

Ich musste Joel Respekt zollen. Er hielt tapfer die Stellung. »Was überzeugt Euch so sehr davon, dass UFOs nicht mehr als ein großer Schwindel sind? Hat jemals einer von Euch eines gesehen?« Ein guter Angriff. Obgleich mehrere Mitglieder behauptet hatten, eines gesichtet zu haben, wusste jeder, dass Weasel nicht dazu gehörte und diese Tatsache als persönlichen Angriff auf seine Person wertete.

Die Auseinandersetzung dauerte noch eine halbe Stunde, bis Weasel genug hatte. »Okay, Klugscheißer! Wenn es keine Besucher von anderen Sternen sind, was sind sie dann? Und erzähl mir nicht, sie seien Sumpfgas!«

Es gab eine prägnante Pause. Joel sah sehr zufrieden aus. Er hatte seine Falle gestellt, einen Köder gelegt und die Falle war zugeklappt.

»Es sind Zeitreisende aus einem parallelen Universum!«, erklärte er triumphierend.

Diese Aussage wurde sofort mit lauten Buhrufen, Schmähungen und abschätzigen Lauten kommentiert. Weasel war gerade dabei, den Gegenangriff einzuleiten, als Sam Grohs die Küchentür öffnete und die

Aufmerksamkeit aller auf sich lenkte.

»He, was ist mit dem Bier los?«

»Alle«, erwiderte ich.

»Alle? He, ich sterbe vor Durst!«

Dann begann der große Chor: »Bier holen! Bier holen! Jemand muss Bier holen!«

Weasel nahm eine Auszeit von der Debatte und schaute sich um. Er fand einen herumliegenden Cowboyhut und ließ ihn durch die Versammlung gehen. »Okay, Leute. Wir sammeln für eine neue Runde Bier!«

Während der Hut die Runde machte, fragte Joel: »Wer geht einkaufen?«

»Duncan MacElroy!«, rief jemand aus dem Hintergrund. »Er macht hier gar nichts!«

Der Chor begann erneut. »Duncan! Duncan! Duncan!«

Ich beteiligte mich nicht an den Rufen. Ich war Duncan und ich hatte keine Lust, in die Kälte zu gehen, um einen Kasten Bier zu holen.

»Wie sieht's aus, MacElroy?«, fragte Weasel. »Gehst du uns Bier holen?«

Ich zuckte mit den Schultern. »Warum nicht? Aber ich kann nicht alles alleine tragen.«

»Ich gehe mit.«

Ich drehte mich um und sah, wie Jane Dugway aufstand. Ich hätte mir denken können, dass sie es war. Jane gehörte zu den wenigen Mitgliedern des Clubs, die sich für alles freiwillig meldeten.

»Okay, warte eine Sekunde, ich hole meinen Mantel.«

Jane wartete auf dem Bürgersteig vor dem Haus auf mich. Sie war in einen Fellmantel eingepackt und trug eine schwarze Handtasche über einer Schulter.

»Das Geld?«, fragte ich.

Sie nickte. »Sollen wir fahren?«

Ich sah mich um. Ich konnte in der Masse der geparkten Wagen meinen eigenen gar nicht ausmachen.

»Die haben mich eingeparkt!«, sagte ich.

»Mich auch. Ich denke, wir gehen.«

»Okay«, antwortete ich. »Es sind nur zwei Blöcke.«

Wir spazierten die Straße gemütlich bis zu den Leuchtzeichen des Supermarktes entlang. Alle anderen Häuser im Viertel waren aufgrund der Semesterferien dunkel. Alle zwei Hausblöcke stand eine Straßenlaterne. Dazwischen gab es lange Abschnitte, in denen sich Dunkelheit mit flackerndem Mondlicht und dessen Schatten abwechselte. Der Bürgersteig war eine weiße Fläche, gefleckt mit den Schatten der kahlen Bäume, nur hin und wieder von winterlichem Gras durchbrochen, das sich durch die Risse im Zement gedrängt hatte.

Die Kühlschränke im Supermarkt waren keine sehr ertragreichen Jagdgründe. Am Ende hatten wir ein halbes Dutzend Sixpacks vier verschiedener Biermarken gefunden. Wir luden sie in große Einkaufstüten und machten uns auf den Rückweg.

Unser Gespräch drehte sich um Anthropologie. Ich lief vor Jane, ertastete meinen Weg über die aufgebrochenen und hoch stehenden Steine des Bürgersteiges. Ich entwickelte gerade eine Theorie über den Hang heutiger Amerikaner zu abwegigen Unterhaltungssendungen im Fernsehen, als ich eine harte Schulter fühlte, die meinen Rücken rammte , mich taumeln und schließlich kopfüber in eine Hecke stürzen ließ. Ich schlug auf meinem Bauch auf, während meine Bierladung sich mit einem Krachen auf dem Boden verteilte. Zwei der Dosen platzten beim Aufschlag und überschütteten mich mit einer kalten Dusche sprudelnden Hopfens.

Ich spuckte Dreck und Gras aus, die sich in meinen Mund verirrt hatten, und schaffte es, mich zu sammeln und umzudrehen. Es war stockdunkel im Schatten der Hecke, aber ich konnte Jane ausmachen, die flach auf ihrem Bauch lag und intensiv etwas auf der anderen Straßenseite beobachtete.

»Was sollte das denn?«, fragte ich.

»Leise!«, zischte sie.

»Was zur Hölle ist hier los?«, fragte ich erneut, setzte mich auf und versuchte, das klebrige Bier von meiner Jacke zu säubern. Ich verzog meine Nase wegen des intensiven Gestanks.

Sie hob einen Arm und zog mich wieder zu Boden. Sie war erstaunlich kräftig und ich konnte die Druckstellen an meinem Oberarm fühlen, wo sie mich gepackt hatte.

»Wenn dir etwas an deinem Leben liegt, bleib unten!«

Ich öffnete meinen Mund für eine Antwort, dann schloss ich ihn wieder. Ich hatte gerade eine Pistole in ihrer Hand entdeckt.

Nein, es war keine Pistole. Obgleich nur das unterbrochene Mondlicht die Szenerie erhellte, war das deutlich erkennbar. Das Ding in ihrer Hand war definitiv eine Waffe. Es hatte einen Griff, einen Abzug und einen Sicherheitsschalter. Aber der Lauf war ein langes, gläsernes Rohr, erfüllt von einem schwachen, bläulichen Schein. Mein Verstand sucht durch seine eingestaubten Akten und tauchte mit einem Namen für dieses Phänomen auf: Cherenkov-Strahlung! Es war der Schimmer eines nuklearen Brennstabs zehn Meter unterhalb des Kühlwasserspiegels.

»Was ist hier los?«, fragte ich erneut.

»Da drüben!«, sagte sie, wies auf eine große Hecke auf der anderen Straßenseite. »Unter dem Oleander, etwa fünfzehn Meter vom Ende gerechnet.«

Ich strengte meine Augen an. Ich wurde mir bewusst, wie stark der kalte Wind mich beutelte und wie sehr das Bier meine Kleidung durchfeuchtet hatte. Der Punkt, den sie mir genannt hatte, war durch die Straßenlampe einigermaßen erleuchtet, aber ich konnte nichts erkennen. »Ich sehe nichts.«

»Schau genau hin. Siehst du den Bereich, der aussieht, als würde sich etwas aus der normalen Wahrnehmung verschieben?«

Ich schielte. Ich war mir nicht sicher, aber ich glaubte nun zu erkennen, was sie meinte. Irgendein Lichteffekt war die Ursache dafür, dass ein Teil des Busches sich nach vorne und dann wieder zurück bewegte, während ich ihn beobachtete. Es sah aus wie etwas unter Wasser, verzerrt und beweglich.

»Ich sehe es«, sagte ich.

»Das ist ein Dalgiri Ablenkungsschild. Einer von ihnen beobachtet unser Haus.«

»Was ist ein Dalgiri?«, fragte ich und hatte das Gefühl, das Opfer eines schlechten Scherzes geworden zu sein.

»Ein Quasimensch und mein Erzfeind«, antwortete sie, die Straße weiterhin genau beobachtend. Die Gläser ihrer Brille reflektierten das Licht der Straßenlampe und verursachten blauweiße Leuchteffekte, als sie ihren Kopf hin- und her bewegte. Irgendwie sah sie nicht wie ein Mensch aus, der Feinde hatte. »Er wird mich töten, wenn er kann. Dich auch, befürchte ich, vor allem, wenn er uns zusammen sieht.«

»Was zur Hölle passiert hier, Jane?«

»Schsch!«, machte sie und legte einen Finger auf ihre Lippen. »Ich werde ihn neutralisieren. Du bleibst, wo du bist.«

Ohne auf eine Antwort zu warten, kroch sie in die Schwärze. Ich blieb zurück und lauschte auf das Rauschen des Windes durch die kahlen Äste der Bäume. Einen Block weiter konnte ich das Geräusch eines Autos hören, ein später Reisender auf dem Heimweg.

Ich lag für etwa fünf Minuten still und ich fühlte mich mit jeder verstreichenden Sekunde dämlicher. Joel Peterson hat sie dazu angestiftet, entschied ich. Es war nur ein sehr verschrobener Scherz. Wahrscheinlich saß der ganze UFO-Club in einem der verdunkelten oberen Räume und lachte sich über mich tot. Ich fühlte, wie Hitze in mein Gesicht stieg. Ich erhob mich auf Hände und Knie und schaute über die Hecke.

Ein Blitz zuckte vor meinen Augen.

Es gab keinen nachfolgenden Donner, überhaupt kein Geräusch. Das helle, durchdringende Licht schnitt in meine Augen wie ein Messer, und dann folgte eine plötzliche Hitzewelle. Ich fiel wieder auf meinen Bauch und wimmerte vor Panik. Die Nacht kehrte zur Normalität zurück. Dunkelheit umschloss mich, abgesehen von den kreisenden Lichtern, die als Folge des Blitzes vor meinen Augen tanzten. Neben dem Gestank des Biers drang ein weiterer Geruch in meine Nase - es roch sehr stark nach Ozon in der Luft.

Für zwei Minuten passierte gar nichts und ich riskierte es erneut, meinen Kopf zu heben. Vor meinen Augen tanzten immer noch weiße Punkte, aber meine Sicht war gut genug, um Jane zu erkennen, die geduckt auf den Oleander zu rannte. Sie verschwand in der Dunkelheit. Ich wartete noch eine Minute, dann kam ich auf die Füße und rannte hinter ihr her.

Ich fand sie, wie sie kniend neben dem Körper eines Mannes hockte. Er war keine Schönheit gewesen, als er noch am Leben war, und sein Aussehen hatte sich im Tode nicht verbessert. Er starrte blicklos in den Mond, mit einem großen Loch in seinem Brustkorb. Die Wunde roch nach gekochtem Fleisch. Ich würgte zweimal in dem Versuch,

Bier und Tacochips in meinem Magen zu behalten.
»Mein Gott, Jane! Was hast du getan?«
Sie schaute mich über die Schulter an. »Ich habe dir doch gesagt, du sollst bleiben, wo du bist!«
»Du hast ihn getötet!«
»Er hätte mich umgebracht.«
»Womit denn? Soweit ich das sehe, ist das nur ein armer Landstreicher!«
Sie tastete in den Büschen, dort, wo eine Hand des Toten lag, und brachte eine Waffe zum Vorschein, die so aussah wie die ihre. Auch sie hatte einen seltsam schimmernden Lauf aus Glas.
»Was passiert hier?«, fragte ich mit großem Nachdruck.
»Keine Zeit, Duncan.« Sie drehte sich um, sah mir direkt in die Augen. »Ich brauche deine Hilfe. Wo ein Dalgiri ist, gibt es auch weitere. Kann ich mich auf dich verlassen?«
»Sorry, aber wenn es um Mord geht, ziehe ich eine Grenze. Mach's gut!« Ich kroch von der Hecke weg, erhob mich und wandte mich ab, um davon zu laufen.
»Warte!«
Ich fühlte ein seltsames Kribbeln an meiner Wirbelsäule. Ich hatte fast vergessen, dass sie eine Waffe hatte.
»Auf was?«, fragte ich und wandte mich ihr wieder zu.
»Hör mir zu. Dann, wenn du willst, kannst du abhauen.«
»Okay, dann fang an.«
»Gut, als erstes: Das hier ist ein Dalgiri, ein Quasimensch.«
»Das hast du mir schon gesagt. Was exakt ist ein Dalgiri?«
»Du würdest ihn einen Neanderthaler nennen. Er entstammt einer Rasse, die vor mehr als 50000 Jahren in dieser Zeitlinie ausgestorben ist. In anderen Linien hingegen war das nicht der Fall, dort überlebten sie und entwickelten sich weiter. Ich und meine Leute führen gegen eine solche Zeitlinie Krieg.«
Ich blickte auf den Leichnam. Er sah verflucht genauso aus wie die Neanderthaler-Nachbildungen in den Museen. Von Knochenwülsten überschattete Augen, eine flache Stirn, eine gekrümmte Haltung, wie er da am Boden lag. Wie dem auch sei, Neanderthaler in den Museen trugen keine praktischen und modernen Outdoorklamotten direkt aus

dem Katalog. Auch hatten sie im Regelfalle keine Waffen mit Glaslauf bei sich, die Cherenkov-Strahlung absonderten.

»Zeitlinie?«

»Ein alternatives Universum mit seiner eigenen Geschichte, Kultur und eigenen Völkern. Joel Peterson hat vor einer halben Stunde über diese Möglichkeit spekuliert.«

»Ich hoffe, du denkst dir eine bessere Geschichte aus, wenn die Polizei hier auftaucht«, erwiderte ich, im Begriff, mich erneut abzuwenden.

»Wenn ich nicht aus einem Paralleluniversum komme«, sagte sie mit einem Anflug von Humor in ihren Augen, »wie erklärst du dir dann das hier?« Sie wedelte mit den beiden Waffen.

Sie hatte mich. Ich hatte einige Vorlesungen über Laserwaffen gehört. Alle Experten stimmten darin überein, dass eine Laserpistole eine theoretische Unmöglichkeit war.

Dummerweise lag da vor mir ein Mann, dem mit exakt so einer Waffe ein Loch in die Brust gebrannt worden war.

»Okay«, sagte ich. »Nehmen wir mal an, du sagst die Wahrheit. Was soll ich jetzt damit anfangen?«

»Dieser Dalgiri hatte den Auftrag, einen Hinterhalt für mich zu legen. Dabei sollten die eigentlich nicht einmal von der Existenz dieser Zeitlinie wissen. Das muss ich melden.«

»Also melde es«, meinte ich. »Aber nimm die Leiche mit, wenn du gehst.«

»Ich brauche dich, Duncan. Du musst mir helfen, den Toten zu beseitigen. Es wäre fatal, wenn die hiesigen Behörden ihn entdecken würden.«

Ich kaute auf meinen Lippen und versuchte, ein Dilemma aufzulösen. Bisher hatte ich nicht einmal ein Ticket für falsches Parken bekommen. Und jetzt wurde ich aufgefordert, einen kaltblütigen Mord zu vertuschen. Warum also entschloss ich mich schließlich, ihr zu helfen? Ich bin mir nicht sicher, auch heute noch nicht. Es war bestimmt nicht, weil sie besonders gut aussah. Vielleicht glaubte ich ihre Geschichte tief in meinem Inneren.

»Okay«, sagte ich, diese Entscheidung im gleichen Moment auch schon wieder bedauernd. »Was soll ich tun?«

»Wir brauchen einen Ort, an dem wir den Leichnam loswerden können und wo er für weitere acht Stunden nicht entdeckt werden wird.«

Ich hob einen Arm und zeigte nach Westen. »Es gibt da einen alten, algenbedeckten Kanal, parallel zu den Eisenbahnstrecken, einen halben Block von hier.«

»Das muss reichen. Nimm seine Arme. Ich trage ihn an den Beinen.«

»Nein.«

»Was?«, fragte sie, offenbar etwas perplex.

»Nein. Nicht ehe du mir die Waffen übergibst.«

Ich sah, dass sie um eine Entscheidung rang.

»Schau mal, Jane, du musst mir hier etwas vertrauen. Du hast kaum eine Wahl.«

»Du wirst mich sicher verschwinden lassen?«

Ich nickte. »Ich weiß nicht, warum ich so eine abgefahrene Geschichte glaube...« Sie öffnete ihren Mund, um etwas zu sagen, aber ich hob meine Hand und sie schloss ihn sofort wieder.

»Ich weiß, du hast eine Buck-Rogers-Strahlenkanone. Vielleicht ist das genug, vielleicht auch nicht. Wie dem auch sei, gib mir die Waffen oder ich mache einen Spaziergang.«

Sie biss in ihre untere Lippe, streckte mir dann aber ihre Hände mit den beiden Lasern entgegen. Ich nahm sie. Sie lagen warm in der Hand.

»Die strahlen aber nichts aus, was meinen Eiern gefährlich werden könnte?«

Sie schüttelte den Kopf. »Beide Beamer sind gut abgeschirmt.«

Ich steckte die Waffen hinter meinem Rücken in den Gürtel, bedeckt durch meine Jacke. »Gut, dann lass uns mal Mr. America hier beseitigen.«

Der Neanderthaler war schwerer als er aussah. Er war knapp anderthalb Meter groß, aber sehr kräftig gebaut. Halb trugen, halb schleppten wir ihn durch verlassene Hinterhöfe und Gassen voller Abfall. Als wir seinen Körper schließlich am Rande des Grabens niederlegten, erhob ich mich und keuchte vor Erschöpfung.

»Zieh ihn aus!«, sagte Jane und begann bereits, den Ledergürtel des Toten zu öffnen. Es gab ein gutes Dutzend kleiner Taschen am Gürtel und sie durchsuchte sie geschickt.

»Was hast du gefunden?«, flüsterte ich, während ich an seinen Unterhosen zerrte.
»Ausrüstungsgegenstände«, flüsterte sie zurück. Sie holte einen seltsamen Mechanismus aus einer der Taschen, betrachtete ihn und steckte ihn zurück. Als ich es geschafft hatte, das Unterhemd des Dalgirs zu entfernen, schien sie gefunden zu haben, wonach sie gesucht hatte. Es sah aus wie ein Tränengaskugelschreiber, so einer, wie er in Männermagazinen immer wieder angepriesen wird.
»Okay«, sagte ich als ich den Toten völlig entkleidet hatte. »Was jetzt?«
Der Dalgir lag in einer obszönen Pose im Mondlicht, und das war nicht nur aufgrund seiner Nacktheit so. Es hatte mehr mit dem Loch in seiner Brust zu tun.
»Werfe ihn mit dem Gesicht nach unten in den Graben und dann trete zurück.«, erwiderte sie und holte Handschuhe aus ihrer Tasche. Sie hielt den Tränengasstift vorsichtig in einer behandschuhten Hand.
»Was ist da drin?«
»Spezielle mutierte Bakterien. Wenn sie dich erwischen, wirst du innerhalb weniger Stunden an etwas sterben, das wie weit fortgeschrittene Lepra aussieht.«
Das war Warnung genug für mich. Ich zog mich einige Meter zurück, das Bündel Kleidung des Toten mit mir tragend. Sie beugte sich über den Leichnam und machte irgendwas mit dem Stift. Was sie tat war tatsächlich sinnvoll - bei großzügiger Betrachtung.
Wie löste man das Problem, eine menschenfressende Bakterienkultur in einen Körper zu injizieren? Man kann das Opfer kaum bitten, eine Pille zu schlucken. Wie dem auch sei, oft vergaß man, dass der Mund nur eine von zwei potentiellen Körperöffnungen für solch eine Operation war. Jane benutzte die andere.
Sie gesellte sich rasch zu mir, zog vorsichtig die Handschuhe aus und vergrub sie mitten im Kleiderbündel, das sie noch einmal zusammen zurrte. Dann beugte sie sich herunter und stopfte es in eine große Kanalisationsöffnung.
»Lass uns zurückgehen und das Bier aufsammeln. Die anderen werden sich schon Sorgen machen.« Als sie sich umwandte, war ihr Gesicht kurz vom Mondlicht erleuchtet. Ich konnte Schweißperlen auf

ihrer Stirn sehen, trotz des kalten Windes, der um uns blies.
»Was ist mit...?« Ich wies mit dem Daumen auf den Graben.
»In acht Stunden wird nichts mehr von dem toten Dalgiri übrig sein. Nun müssen wir unseren Bericht abgeben.«
»Wie?«, fragte ich. »Ich befürchte, mein Subspace-Radio ist gerade in der Werkstatt.«
Sie lachte mit einem nervösen Unterton. Die Reaktion auf alles, was passiert war, setzte nun auch bei ihr ein. »Dann werden wir eben traditionelle Methoden verwenden müssen. Wir benutzen das Telefon im Haus.«

*

Die Diskussion war immer noch heiß und laut. Ich schleppte das Bier in die Küche, während Jane zum Telefon in der Eingangshalle eilte. Sie trug es bis in das Badezimmer und schloss die Tür. Ich stellte mich als Wachposten davor. Mit einem Ohr fast gegen die Wand gedrückt. Ich konnte gerade so hören, was sie sagte. Nicht, dass es mir sehr viel half.
Als sie sprach, benutzte sie eine schnelle, völlig unbekannte Sprache, die mich vom Klang an eine Orchesterprobe erinnerte. Nach einigen Minuten, in denen sie ohne Punkt und Komma geredet hatte, verabschiedete sie sich auf Englisch und legte auf. Ich wartete auf sie, als sie die Tür öffnete und die Halle betrat.
»Nun?«, flüsterte ich.
»Sie schicken einen Shuttle, um mich aufzusammeln. Es wird morgen nach Sonnenuntergang ankommen.«
»Wo?«
»In der Mogollon Schlucht, nördlich von Payson.«
»Ich kenne die Gegend. Ein Onkel von mir hat eine Hütte beim Christopher Creek am Grunde der Schlucht.«
»Dann wirst du mich hinbringen? Ich wage es nicht, mein Auto zu benutzen. Sie haben möglicherweise eine Wanze angebracht.«
»Dein Glück hat dich soeben verlassen. Der ganze Norden ist zu dieser Jahreszeit von Schnee bedeckt. Mein Auto ist kein Schneemobil. Wir müssen uns einen Jeep organisieren.«

Toni Minetti nutzte diesen Zeitpunkt, um zum Badezimmer zu gehen. Er hörte das Ende unserer Unterhaltung.

»Jeep?«, fragte er. Ich erinnerte mich plötzlich daran, dass Tony ein altes Relikt aus dem Zweiten Weltkrieg vor seinem Appartment sechs Blöcke von hier geparkt hatte.

»Ja«, sagte ich. »Ich habe Jane versprochen, ich würde sie nach Payson fahren, noch heute Nacht. Sie hat sich gerade daran erinnert, dass ihre Tante Agatha sie eigentlich in den Semesterferien erwartet. Wie sieht's aus, Tony? Können wir uns deinen Jeep ausleihen?«

»Weiß nicht, Mann. Du sprichst über meinen Augapfel, meinen Stolz und meine einzige Freude.« Er verzog seine Nase. »Du stinkst wie eine Brauerei, Duncan!«

»Hab ein Bier über mich verschüttet.« Ich holte tief Luft und brachte das ultimative Opfer. »Ich leihe dir meinen Jaguar dafür!« Er war alt, aber gut erhalten, und Tony hatte gierige Augen, seit er ihn das erste Mal gesehen hatte.

»Der Handel gilt!«

Wir tauschten die Schlüssel aus, während ich mich fragte, ob ich gerade den Fehler meines Lebens gemacht hatte. Jane und ich gingen auf mein Zimmer und wir begannen, den Schrank nach warmen Klamotten abzusuchen.

Als wir ausreichend ausgerüstet waren - Jane trug meinen blauen Parka über ihrem Mantel und ich eine schwere Lederjacke und Schneestiefel - verließen wir das Haus durch den Hintereingang. Joel Peterson brüllte gerade irgendwas über parallele Universen, während die Menge in laute Buhrufe ausbrach.

Als ich in die kalte Dunkelheit des Hinterhofs trat, konnte ich nicht anders als zu lächeln.

Wenn die nur wüssten...

Kapitel 2

Arizona - das Land der überhitzten, gerösteten Wüsten und einem guten Dutzend verschiedener Arten giftiger Insekten, Schlangen und Echsen. Wo es sechs Monate hintereinander keinen Regen gibt und die Eingeborenen sich für ein Vierteljahr vor brummenden Klimaanlagen zusammenrotten und nur dann ins Freie gehen, um so schnell wie möglich von einem gekühlten Schlupfwinkel zum nächsten zu kommen. Richtig?

Fast richtig. Das beschreibt in etwa die Situation der südlichen Wüsten. Der nördliche Teil des Bundesstaates hingegen war bedeckt mit hohen Bergen und weiten Wäldern. Immer, wenn ich von Detroit aus auf der Autobahn fuhr, war ich erstaunt über die klimatische Vielfalt auf einer Strecke von nur 120 Kilometern. Es sorgte für eine interessante Fahrt.

Jetzt allerdings fuhr ich wie ein Verrückter in einem 40 Jahre alten Jeep ins Hochland, dessen Dachabdeckung niemals dafür gedacht gewesen ist, Dutzende von Jahren heißer Sonnenbestrahlung zu überleben. Zwei große Löcher leiteten einen gefrorenen Luftstrom in das Innere, genug, um die altertümliche Heizung zur Kapitulation zu bewegen. Jane und ich waren fast blau gefroren, als die schwachen Frontscheinwerfer die Holzwände der Hütte meines Onkels erleuchteten.

Ich steuerte den Wagen in eine der Schneewehen neben der Hütte. Der Jeep protestierte, als wir die letzten hundert Meter mal rutschten, mal vorwärts drängten. Der Motor klang fast dankbar, als ich den Schlüssel umdrehte und der alten Maschine ihre Ruhe gönnte. Ich ließ das Licht an, um uns den Weg zur Tür zu zeigen. Ich machte uns den Pfad frei, während Jane mir zitternd und stolpernd folgte.

Es war drei Uhr morgens.

Ich öffnete die Tür und ging zurück zum Jeep, um das Licht auszuschalten. Als ich die Hütte wieder betrat, hatte Jane irgendwas aufgebaut, das einen hellen, weißen Schimmer im Wohnraum verbreitete. Ich erkannte einen der Mechanismen, den wir vom toten Dalgir erbeutet hatten. Ich ging zum Kamin und begann Holz aufzuschichten. Nach fünf Minuten flackerten die ersten Flammen.

»Komm hier zum Feuer«, sagte ich ihr. »Ich gehe nach hinten und schau, dass ich den Generator anwerfe.«

Meine Stiefel machten sanfte, knirschende Geräusche, als ich mich durch den jungfräulichen Schnee auf den Schuppen hinter der Hütte zu bewegte. Als ich den Schuppen erreicht hatte, keuchte ich aufgrund der Anstrengung und der extrem niedrigen Temperaturen. Trotz der Kälte begann ich zu schwitzen. Ich nahm meine Jacke ab und hängte sie an einen Nagel im Generatorschuppen.

Ich überprüfte Benzin und Öl mit Hilfe einer Taschenlampe, die ich aus der Hütte mitgenommen hatte. Nach einem Stoßgebet zog ich an der Starterleine. Erstaunlicherweise ging die alte Maschine gleich beim ersten Versuch mit einem lauten Rumpeln an. Ich drehte am Choke, bis der Generator die erste Welle von Schluckauf überwunden hatte. Dann legte ich den großen Hebel an der Wand um. Nun war die Hütte mit dem Generator verbunden. Ich lauschte der Maschine für eine Weile, und alles schien in Ordnung zu sein, obwohl die ganze Anlage seit dem letzten Besuch vor zwei Jahren deutliche Verfallserscheinungen zeigte.

Als ich in die Hütte zurückkehrte, hatte das Feuer etwas von der Kälte aus der Luft vertrieben und die elektrischen Lampen glühten hell. Ich begann, meine Stiefel zu öffnen. Es war eine höllische Nacht gewesen und ich war todmüde. Jane fuhrwerkte im Badezimmer herum, was auch immer sie dort anstellte. Um zu verhindern, dass das gefrorene Wasser im Winter die Zuleitungen zerstörte, war die Wasserzufuhr abgeschaltet. Das Badezimmer war derzeit kein Raum, den man wirklich nutzen konnte.

Ich kümmerte mich um das Kaminfeuer, bis ich ihre sanften Schritte hinter mir vernahm.

»Nun, was denkst du?«, fragte sie.

Ich drehte mich um. »Was meinst du...« Ich hielt meinen Atem an.

Sie stand auf dem Navajo-Teppich vor dem Kamin und posierte wie ein Model aus einer französischen Frauenzeitschrift. Ihr Aussehen hatte sich dramatisch verändert. Ihre Haare waren ordentlich gekämmt und standen nicht mehr im rechten Winkel von ihrem Kopf ab. Ihre Flaschenbodengläser waren verschwunden und enthüllten nun ein sanftes Paar Augen von violetter Farbe. Vorher waren sie braun gewesen. Sie hatte auch irgendwas mit ihrem Gesicht gemacht. Ich war mich nicht sicher, was genau. Es wirkte nun etwas runder und weicher als zuvor.

Sie war immer noch keine Schönheit, aber weit entfernt von jeder Hässlichkeit. Tatsächlich sah sie jetzt sogar recht gut aus. Als ich sprachlos vor ihr stand und die Veränderungen betrachtete, kam es mir vor, als habe sich ihre Figur ebenfalls deutlich zu ihrem Vorteil verändert.

»Gefällt's dir?«, fragte sie und drehte sich einmal um sich selbst.

»Was ist passiert?«

»Wie sagen sie immer im Fernsehen? Meine Tarnung ist aufgeflogen, also muss ich die Maskerade nicht fortsetzen.«

Ihr Kommentar brachte mich in die Realität zurück, einen Ort, den ich in den letzten Stunden verlassen hatte.

»Das erinnert mich an etwas. Erzähl mir doch bitte über parallele Universen.«

Sie biss auf ihre Unterlippe und sah besorgt aus. »Ich denke, ich schulde dir in der Tat eine Erklärung, Duncan«, sagte sie und setzte sich mit gekreuzten Beinen auf das Sofa. Sie klopfte auf das Kissen neben ihr. Ich setzte mich hin und nahm erstmals den Geruch von Parfum bei ihr wahr. Ich spürte, wie sich mein Herzschlag beschleunigte.

»Du kannst jederzeit anfangen«, sagte ich, aber mehr, um mich von meinen eigenen Gedanken abzulenken.

Sie fixierte einen Punkt auf dem Fußboden. »Ich sollte das nicht tun. Es verstößt gegen die Vorschriften, Parazeit mit Einheimischen zu diskutieren.«

»Wir haben dieser Tatsache bisher aber nicht allzu viel Beachtung geschenkt, oder?«

»Wir...« Sie schaute mich etwas irritiert an, dann lächelte sie. »Ich denke schon, ja. Nach dem, was letzte Nacht passiert ist, machen die Vorschriften wohl nicht mehr allzu viel Sinn.«

»In der Tat.«

»Ich werde dich jetzt nicht mit technischen Details langweilen, in denen es um das Gleichgewicht temporaler Energie und entropische Schockwellen geht. Glaube mir einfach, dass dein Konzept paralleler Universen eine starke Vereinfachung der Realität darstellt. Zeitlinien kann man nicht wirklich als parallel beschreiben. Energiefragen sind unser größtes Problem. Sie verschließen die meisten Zeitlinien vor unserem Zugriff. Wenn eine gewisse Quantität temporaler Energie etwas öffnet, was wir ein Parazeit-Portal nennen, ist dies normalerweise auf einen sehr engen geographischen Bereich begrenzt. Die Lebensdauer eines solchen Portals kann Millisekunden oder tausende von Jahren betragen. Da gibt es eines zwischen meiner Heimatzeitlinie von Talador und der Gestetni Republik, das seit rund 6000 Jahren stabil ist. Andere kommen und gehen, manchmal schließen sie sich für immer, wenn zwei Zeitlinien auseinander driften. Das betrifft auch deine Zeitlinie, Duncan. Das Portal zwischen uns öffnete sich vor fünf Jahren. Wir werden immer wieder miteinander in Kontakt stehen, und das in etwa für weitere 1000 Jahre, bis sich unsere Wege wieder trennen werden.«

»Warum habt Ihr Euch dann verborgen?«, fragte ich.

»Erfahrung. Wir haben Vorsicht gelernt. Schreckliche Dinge können passieren, wenn ein Parazeit-Shuttle einmal den Sprung zwischen Universen vollbracht hat. Und manchmal gibt es auch Probleme mit der temporalen Physik.«

»Zum Beispiel?«

»Oh, da können viele Dinge passieren. Du verbringst eine Stunde in einem fremden Universum und zuhause sind ein Dutzend Jahre vergangen, oder die Zeit ist dort rückwärts gelaufen oder gar keine Zeit ist verstrichen. Der lineare Zeitverlauf ist von Zeitlinie zu Zeitlinie unterschiedlich. Wir versuchen, Situationen mit groben Diskrepanzen zu vermeiden, aber jedes Mitglied der Zeitwache muss damit leben, mit leicht unterschiedlicher Geschwindigkeit zu altern als die Daheimgebliebenen. Und dann gibt es diese unangenehmen kleinen Überraschungen, mit denen man konfrontiert wird. Schon mehr als einmal tauchte eine Zeitfähre in einem Universum auf, in dem die Erde von Barbaren regiert wurde, die sowohl über die Technologie als auch die Mittel verfügten, ein Imperium zu errichten. Vor etwa tausend Jahren hat eines unserer Shuttles auf diese Art und Weise das

Dalgiri-Imperium entdeckt. Diese Entdeckung hat uns drei Städte gekostet, darunter zwei in meiner eigenen Zeitlinie. Seitdem haben wir alle unsere Bemühungen darauf konzentriert, diese Horde wilder Hunde unter Kontrolle zu halten. Als wir sie das erste Mal getroffen haben, kontrollierten sie bereits acht Zeitlinien - jetzt sind es zwölf. In der gleichen Zeit sind wir von einer Allianz von drei Zeitlinien zu einer Konföderation von 32 gewachsen. Wir haben sie fast umzingelt, wenn man so will.«

»Okay, was ist mit meinem Universum... oder Zeitlinie?«, fragte ich. »Was sind eure Pläne für uns?«

»Du meinst Europo-Amerika?«

»Europo-Amerika? Was ist das?«

»Das ist unser Name für eure Zeitlinie. Als wir hier das erste Mal ankamen, haben wir uns eure Literatur angesehen, um herauszufinden, was ihr über alternative Universen wisst. Der Name kommt aus irgendeinem SF-Klassiker der 60er Jahre, glaube ich. Wir mochten ihn, also haben wir ihn übernommen.«

»Und eure Pläne für uns?«

»Im Moment eigentlich nur, euch zu studieren, mit dem Ziel, später diplomatische Beziehungen aufzubauen. Ich weiß es wirklich nicht, Duncan. Solche Entscheidungen werden auf einer höheren Ebene getroffen als meiner.«

»Und die Dalgiri?«

»Deren Absichten sind eindeutig. Sie wollen euch in ihr Imperium aufnehmen, wahrscheinlich als Sklaven. Und sie werden diese Chance in etwa 20 Jahren bekommen, denn dann wird sich ein direktes Portal zwischen dem Imperium und hier öffnen.«

»Was uns zum Polen ihres Hitlers und eures Churchills macht.« Bis jetzt hatte ich keine besondere Freude an der Richtung, in die unser Gespräch ging.

Sie nickte. »Wenn wir das in Betracht ziehen, was heute Nacht passiert ist, kann es gut sein, dass die Eroberung bereits begonnen hat.«

»Und daher hast du beschlossen, deinen Job als Spionin aufzugeben und Bericht zu erstatten.«

Sie lächelte.

»Das habe ich wohl verdient. Ich bin nicht wirklich eine Spionin, zumindest nicht im herkömmlichen Sinn. Ich bin exakt das, was ich behaupte zu sein: Eine Anthropologie-Studentin, die an ihrer Doktorarbeit schreibt. Aber um deine Frage zu beantworten: Ja, diese Sache ist jetzt weitaus wichtiger als meine bisherige Tätigkeit der Informationssammlung.«

Ich fühlte mich plötzlich sehr müde. Was als ein langweiliger Abend damit begonnen hatte, Weasel Martin und den anderen UFO-Verrückten zuzuhören, hatte sich in etwas ganz anderes verwandelt. Entweder war ich in das größte denkbare Abenteuer gestolpert oder ich befand mich in den Händen einer beglaubigten Verrückten. Die ganze Nacht war wie ein Traum gewesen und die Müdigkeit machte mich mittlerweile so fertig, dass ich kaum noch einen klaren Gedanken fassen konnte.

»Was ist los, Duncan?«, fragte sie, ihre Stimme nicht mehr als ein heiseres Flüstern. »Glaubst du mir nicht?«

»Ich weiß nicht, was ich glauben soll«, sagte ich. »Ich werde keine Entscheidungen treffen, ehe ich nicht etwas Schlaf bekommen habe.«

»Eine gute Idee«, antwortete sie, erhob und streckte sich. Ihre neue, angenehmere Form zeichnete sich vor dem Kaminfeuer ab.

»Du nimmst das Schlafzimmer, ich die Couch«, sagte ich.

Sie lächelte breit und ergriff ihr Shirt am unteren Ende. Mit einem Ruck hatte sie es über den Kopf gezogen. Meine Kinnlade fiel hinab, als ich sah, was ich sah. Wer hatte behauptet, dass Jane Dugway eine flache Brust hatte?

»Es besteht kein Grund für falsche Ritterlichkeit, Duncan. Meine Kultur ist nicht wie die deine und ich habe in meiner alten Rolle lange genug den Zölibat ertragen müssen.«

Dann fiel der Slip. Sie drehte sich um und marschierte ins Schlafzimmer und ihr nacktes Hinterteil lockte mich, ihr zu folgen. Nach einer sehr kurzen Auseinandersetzung mit meinem Gewissen gab ich auf und folgte ihr. Seltsamerweise erschien die Aussicht, noch einige weitere Stunden auf Schlaf verzichten zu müssen, nicht sehr beunruhigend.

*

Ich wachte an einem typischen Wintermorgen auf. Der schmelzende Schnee tropfte vom Dach, der Geruch des Frühstücks, das auf dem Herd kochte, die Wärme des gesprenkelten Sonnenlichts auf meinem Oberkörper. Ich lächelte, streckte mich und öffnete meine Augen. Ich war alleine. Ich hörte Jane im Nebenraum irgendwas tun. Ein Sonnenstrahl stach durch das Fenster und erhellte tanzenden Staub. Ich schätzte, dass es etwa zehn Uhr vormittags sein musste.

Ich richtete mich auf meinen Ellenbogen auf und rief: »Wo bist du, Frau?«

Sie kam durch die Tür, mit einer viel zu großen Jeans und einem Flannel-Shirt angetan. »Guten Morgen, Schlafmütze. Ich habe mir ein paar Klamotten deines Onkels geliehen. Ich hoffe, er hat nichts dagegen.«

»Onkel ist ein Kätzchen, zumindest, wenn es um schöne Frauen geht«, sagte ich. Sie errötete leicht aufgrund des Kompliments. Ich stellte überrascht fest, dass ich es exakt so gemeint hatte.

»Ich denke, ich muss dir noch ein kleines Geheimnis verraten«, sagte sie.

»Du bist verheiratet.«

»Nein, Agenten der Zeitwache heiraten selten, nicht einmal untereinander. Unsere Leben sind zur sehr in Bewegung, um so eine feste Verbindung einzugehen. Ich befürchte, wir sind mit unserem Job verheiratet.«

»Du bist ein Mann!«, sagte ich, das Gesicht in gespieltem Entsetzen verzogen.

Sie lachte. »Du dürftest genügend Beweise für das Gegenteil haben, Sir Galant.«

»Ich geb's auf.«

»Mein Name ist nicht Jane Dugway.«

Nun war es an mir zu lächeln. »Ich dachte mir schon, dass so etwas kommt. Okay, ich bin bereit. Gib mir die Wahrheit aus vollen Rohren!«

»Die englische Sprache kommt der wahren Aussprache meines Namens nicht sehr nahe, ich kann dir daher nur Jana Dougwaix anbieten.«

Ich sagte es zweimal, fühlte die Silben in meinem Mund herumtanzen. »Mag ich. Wann essen wir?«

»Das Frühstück ist fast fertig. Warum stehst du nicht auf und ziehst dich an? Wir haben heute eine Menge vor. Wir sollten oben an der Schluchtkante sein, sobald es dunkel wird. Der Shuttle kann jederzeit nach Sonnenuntergang ankommen.«

Sie ging in die Küche zurück, während ich mich anzog. Ich trug meine Klamotten vom Vortag, was keine besonders angenehme Aussicht war. Ich wünschte mir, das Wasser wäre angestellt. Ich konnte wirklich ein Bad gebrauchen. Als ich mit der Hand über mein Kinn fuhr, spürte ich die Stoppeln eines Tages. Meine Zunge berührte pelzige Zähne. Aber trotz meines Zustandes fühlte ich mich gut. Der mentale Nebel, der mich umgeben hatte, seit diese Dinge begonnen hatten, war verschwunden.

Jane/Jana lud Pfannkuchen auf einen Teller, als ich aus dem Schlafzimmer kam. Ich stellte mich neben sie und knabberte an ihrem Ohrläppchen. Sie kicherte genauso wie jedes amerikanische Mädchen. Man konnte ihr wirklich kaum anmerken, dass sie ein Geschöpf aus einem anderen Universum war. Ich ließ meine Hände über ihren Körper wandern.

Da war ein harter Laut an der Tür.

Jane versteifte sich in meinen Armen. »Was war das?«

Ich versuchte, meine Stimme gelassen klingen zu lassen. »Wahrscheinlich nur die Nachbarn von jenseits des Flusses. Sie haben wohl den Rauch gesehen und kommen rüber, um zu tratschen. Es wird hier ziemlich einsam im Winter.«

Sie schaute sich verstört um. »Wo sind die Strahler?«

Nun war es an mir, verwirrt zu sein. Die Strahler! Was hatte ich mit ihnen gemacht? Dann erinnerte ich mich. Sie hatten mich gedrückt, als ich sie in meinen Gürtel gesteckt hatte, also waren sie in die Taschen meiner Lederjacke gewandert - die Jacke, die ich im Generatorenschuppen ausgezogen hatte und die dort immer noch an einem Nagel an der Wand hing.

»Da draußen«, sagte ich, einen Daumen in die Richtung weisend. »Keine Angst, ich werde mich um unsere Besucher kümmern.«

»Duncan Allen MacElroy?«, sagte der Mann, der plötzlich im Türeingang stand.

Ich machte mir nicht die Mühe einer Antwort. Das war offensichtlich unnötig.

Der Fremde war klein und kräftig, mit überhängenden Augenbrauen. Sein weites Lächeln zeigte eine unregelmäßige Zahnreihe. Das waren allerdings nicht seine hervorstechendsten Merkmale. Der Strahler, den er mir ins Gesicht hielt, zog meine ganze Aufmerksamkeit auf sich.

Kapitel 3

Ich war für einen Augenblick wie gelähmt und starrte in ein Gesicht, das mich fatal an Leonid Breschnew erinnerte. Von hinten kam das Geräusch zerbrechenden Glases und dann sofort ein Aufschrei Janes. Ich wirbelte herum und sah einen zweiten Dalgir, der seinen Strahler durch ein zerbrochenes Fenster auf sie richtete.

Danach schien wieder alles wie in einem Traum abzulaufen.

In wenigen Minuten hatten uns drei Dalgiri - ein weiterer hatte sich draußen verborgen für den Fall, dass wir einen Fluchtversuch machen würden - mit einer brüsken, unpersönlichen Effizienz durchsucht und ins Schlafzimmer gebracht. Ich musste mich mit dem Gesicht zur Wand drehen, dann gab es ein sehr kurzes Handgemenge. Als ich mich wieder umdrehen durfte, lag Jane mit dem Gesicht nach oben auf dem Bett. Ihr Körper war erschlafft; ihre violetten Augen starrten an die Decke.

Dann ergriffen zwei der Männer meine Arme und der Dritte hielt eine schimmernde Stahlbox an meinen Nacken. Es gab einen scharfen Stich und dann fiel ich ebenfalls in mich zusammen. Es war, als wäre mein Körper vom Nacken abwärts in einen tiefen Schlaf gefallen. Ich wurde brutal neben Jane aufs Bett geworfen und dann verließen sie den Raum.

Von da an sah ich nichts anderes als die Fliegenleichen an der Wand, konnte unsere Gegner aber deutlich im Nachbarzimmer hören. Sie hatten die Tür offen gelassen, um uns im Auge zu behalten.

»Jane?«, fragte ich sanft. Mein Mund und meine Augenlider waren so ziemlich das einzige, was bei mir noch funktionierte.

»Ja, Duncan.«

»Was passiert jetzt?«

Gerade jetzt begannen die Dalgiri, sich in ihrer eigenen Sprache zu unterhalten. Ich hörte ein leises »Psst!« von Jane, als sie ihnen intensiv zuhörte. Es ist witzig, aber Neanderthaler werden in den Filmen immer so dargestellt, als könnten sie nur grunzen. Hollywood hatte sich nie mehr geirrt als hier. Sie sprachen eine Sprache, die sich für mich entfernt wie Französisch anhörte.

Nach fünf Minuten wurden sie leise und einer von ihnen starrte uns durch den Türrahmen an. Ich wartete, bis er aus meinem Blickfeld verschwand und flüsterte zu Jane: »Worum ging es da?«

»Es sieht schlecht aus, Duncan, sehr schlecht. Sie haben einen Parazeit-Kommunikator und benutzen ihn, um einen ihrer Kreuzer zu rufen. Das ist ein bewaffneter Shuttle mit einer Besatzung von 200 Mann. Es ist an Feuerkraft nur unseren größten Kampfschiffen unterlegen.«

»Wozu?«

»Um unseren eigenen Shuttle zu überfallen, wenn es ankommt. Diese Mission scheint aus irgendeinem Grund für sie sehr wichtig zu sein. Ich hatte recht letzte Nacht. Sie sind durch die Konföderation in diese Zeitlinie gereist, um genauer zu sein, durch meine eigene Zeitlinie von Talador. Der Kreuzer muss den gleichen Weg nehmen. Ihr eigener Transport mochte klein genug gewesen sein, um durch unsere Abwehr zu gelangen, aber bei dem Kreuzer kann das nicht gelingen. Eine Menge Leute werden heute Nacht in meiner Heimat sterben.«

»Was machen wir dagegen?«, fragte ich.

Ein kurzer, wilder Seufzer kam aus ihrer Kehle. »Was können wir tun?«

Hätte ich Kontrolle über meine Muskeln gehabt, wäre meine Antwort ein Achselzucken gewesen. Es sah in der Tat nicht so aus, als wären wir in der Lage, etwas zu unternehmen.

»Wenn wir nur die Strahler gehabt hätten«, flüsterte sie.

Ich ärgerte mich über meine ausgemachte Dummheit. Dann schob ich den Gedanken mit Macht aus meinem Bewusstsein. Es hatte keinen Grund zur Annahme gegeben, dass sie uns hierher verfolgen würden.

»Schau mal«, sagte ich. »Wären wir bewaffnet gewesen, so wären wir jetzt tot. Als sie uns ergriffen, hatten sie die Waffen im Anschlag.«

»Vielleicht hätten wir ein Feuergefecht gewonnen. Aber wir werden das jetzt nie wissen, denn die Strahler hängen beim Generator.«

In exakt jenem Moment begann ich zu lächeln. Meine Gedanken rasten, als ich mich an meine bisherigen Besuche in der Hütte meines Onkels erinnerte. Wenn man nicht an das Elektrizitätsnetz angeschlossen war, konnte das ganz schön nerven. Man musste immer wieder rausgehen und Benzin in den Generator nachfüllen. Mein Onkel hatte geplant, einen Reservetank zu bauen, mit mindestens 100 weiteren Litern. Irgendwie war er nie dazu gekommen. Das bedeutete, der Generator hatte genügend Benzin für etwa acht Stunden, selbst wenn niemand etwas Elektrisches verwendete und der Leerlauf lief.

»Wie spät ist es?«, flüsterte ich.

»Etwa elf Uhr. Warum?«

Ich lauschte dem gedämpften Wummern des Generators. Es war ein Geräusch, das ich letzte Nacht nicht mehr bewusst wahrgenommen hatte, obwohl es ständig da gewesen war. Nun erschien es mir plötzlich lauter. Ich leckte über meine Lippen und wartete darauf, dass das Geräusch verstummte.

Ich wartete eine Ewigkeit, die wahrscheinlich nicht mehr als fünfzehn Minuten betrug. Dann passierte es. Das sanfte Pochen des Generators verklang und machte einer Stille Platz, die lauter schien als das Geräusch vorher.

Einer der Dalgiri kam sofort ins Schlafzimmer.

»Was ist passiert?«, fragte er.

»Der Generator hat kein Benzin mehr. Sieht so aus, als würdet ihr Jungs frieren müssen.«

»Das ist egal. Wir benötigen Energie für den Kommunikator. Wie schalten wir es wieder ein?«

»Kennst du dich mit altmodischen Dieselmaschinen aus?«

»Ich bin kein Barbar«, grummelte er.

»Dann lass mich besser aufstehen, so dass ich ihn wieder ans Laufen bekomme.«

Er drehte sich um und rief: »Rimbrick!« Ein zweiter Dalgir, der sich benahm wie ein Anführer, betrat das Schlafzimmer und richtete seinen Strahler auf mich.

Dann gab es wieder diesen scharfen Stich in meinem Nacken, gefolgt von einem Gefühl, als würde Feuer durch meine Adern rinnen. Meine Arme und Beine begannen unkontrolliert zu zucken.

Als das vorbei war, halfen sie mir, mich auf meine schwachen Beine zu erheben. Ich machte eine Runde in der Küche, um etwas lockerer zu werden. Schließlich verwies mich der Anführer an einen der anderen Dalgiri und sagte etwas, das ich nicht verstand, das aber wie ein Befehl klang. Dann schob er mich durch die Hintertür nach draußen. Wir bahnten uns unseren Weg durch den Schnee bis zum Generatorschuppen

Sobald ich drin war, beschäftigte ich mich damit, mithilfe einer alten Mayonnaisedose Benzin aus dem Vorratstank in den Generator nachzufüllen. Als der Generator voll war, füllte ich die Dose noch einmal bis zum Rand. Rimbrick beobachtete mich, etwa zwei Armlängen von mir entfernt, aus dem Türrahmen heraus. Ich stellte das Benzin neben dem Generator ab und begann, geschäftig an der Maschine herumzufummeln. Dann nahm ich die große Dose in meine linke Hand und lehnte mich zu dem großen Schalter an der Wand herüber.

»Ich muss die Leitung abschalten, ehe ich den Generator starte«, sagte ich. Mein Körper verdeckte meine rechte Hand vor ihm, als ich mit ihr über meine Jacke an der Wand strich. Ich wartete unwillkürlich darauf, dass mich ein Energiestrahl in den Rücken traf. Nichts passierte. Ich griff in meine Jackentasche und fühlte den kalten Griff eines Strahlers. Ich betete, dass die Waffe entsichert war, bewertete die Entfernung zwischen mir und dem Türrahmen und wirbelte herum, das Benzin in einer fließenden Bewegung auf den Dalgiri werfend.

Es traf ihn direkt im Gesicht. Er schrie, seine Hände zuckten instinktiv zu seinen Augen. Dann bemerkte er seinen Fehler und er brachte seinen Strahler wieder in Anschlag.

Sein Zögern reichte mir. Ich richtete meine Waffe auf ihn und drückte ab. Es gab einen krachenden Blitzschlag und den überwältigenden Gestank nach Ozon. Als ich meine Augen wieder öffnen konnte, sah ich Rimbrick mit dem bekannten Loch in seiner Brust draußen im Schnee liegen. Das Benzin hatte Feuer gefangen. Flammen und dünner, schwarzer Rauch flackerten aus seiner Jacke.

Ich griff schnell nach dem zweiten Strahler und eilte zur Hütte. Ich stieß die Hintertür auf und lief auf dem Linoleum zur Tür des Wohnzimmers. Ich zögerte. Mir kam zu Bewusstsein, dass ich eine sehr wichtige Frage nicht beantworten konnte: Auf welcher Seite stand ich eigentlich? Sicher, die Umstände hatten mich zu einem Verbündeten von Jane Dugway alias Jana Dougwaix gemacht, aber war es das, was ich wollte? Sie hatte gestern Nacht einen Dalgir ohne Warnung umgebracht. Was war, wenn sie zu den Bösen gehörte und die Dalgiri Recht und Gesetz verkörperten? Gab es bei einem Krieg, der über tausend Jahre alt war, überhaupt noch so etwas wie Gut und Böse? Und warum sollte ein unschuldiger Zuschauer wie ich sich überhaupt in diesen Mist hineinziehen lassen?

Ich stieß die Tür zum Wohnzimmer auf. Unentschlossenheit lag wie ein Sack Zement auf meiner Schulter. Ich weiß gar nicht, was ich genau plante. Vielleicht würden sie sich ergeben, wenn ich sie in Schach halten konnte. Mit den Dalgiri als Gefangene und Jane immer noch gelähmt, hatte ich vielleicht Gelegenheit, mir über einiges klar zu werden.

Die Tür quietschte, als ich sie öffnete. Plötzlich wurde die ganze Frage von richtig oder falsch sehr akademisch. Der erste Dalgir, derjenige, der mich gefragt hatte, als der Generator seine Arbeit eingestellt hatte, sah mich vom anderen Ende des Raumes an. Ein Ausdruck völliger Überraschung flog über sein Gesicht, dann griff er zu seinem Strahler.

Ich erschoss ihn und seinen Kollegen, als dieser versuchte, schnell seine Waffe zu ziehen. Dann setzte ich mich hin. Für einige Minuten war mir nur noch schlecht. Daraufhin befreite ich Jane und befolgte ihre Anweisungen, um die Lähmung ihres Körpers aufzuheben.

Ohne Zeit zu verlieren rannte sie zum Kommunikator.

Sie tat irgendwas Unverständliches mit den Kontrollen, dann fluchte sie sanft. Sie drehte sich zu mir um und lächelte. »Liebling, würdest du bitte die Stromversorgung wieder einschalten? Die Energiezellen sind alle.«

»Kein Problem, Boss.«

Ich trottete wieder zum Generator und warf ihn an. Als ich zurück kam, hatte Jane gerade aufgehört, mit dem radioähnlichen Gerät zu sprechen. Sie schaltete es ab und drehte sich langsam zu mir um.

»Nun?«

»Geschafft. Ich kann dieses Gerät nicht benutzen, um durch die Zeitlinien zu kommunizieren, ohne dass die Dalgiri es merken, aber ich habe unser Büro in New York erreicht. Sie werden die Nachricht weiterleiten und ein bestimmter Kreuzer kann sich auf eine große

Überraschung gefasst machen, wenn er versuchen sollte, heute Nacht hierher zu gelangen. Eines war aber seltsam.«

»Was?«

»Dieser Kommunikator. Er war gar nicht auf Zeitlinienkommunikation eingestellt. Ich fand ihn auf hiesige, normale Frequenzen justiert.«

»Ist das wichtig?«

Sie seufzte. »Möglicherweise nicht.«

»Was machen wir jetzt?«

»Wir warten. Die Fähre kommt heute gleich nach Sonnenuntergang, um uns aufzusammeln.«

»Uns?«

Es war, als hätte ich einen Schalter umgelegt. Ihre Augen hatten plötzlich einen seltsamen Ausdruck, als würde sie mich das erste Mal sehen. Dann lag sie in meinen Armen.

»Sie hätten uns töten können, als wir hilflos da lagen«, schluchzte sie.

Ich hielt sie fest und streichelte sanft ihren Rücken. »Warum haben sie das nicht getan?«

Sie hob ihren Kopf und trocknete ihre Tränen. »Wegen dir!«

»Mir?«

»Ist jetzt nicht so wichtig«, sagte sie schneuzend. »Da gibt es etwas, über das wir reden müssen.«

Wir setzten uns auf die Couch. Ich wollte sie in die Arme nehmen, doch sie stieß mich fort.

»Lass das. Du kannst es dir jetzt nicht leisten, deine Urteilsfähigkeit durch Emotionen zu trüben. Du musst eine Entscheidung treffen, wahrscheinlich die wichtigste Entscheidung deines Lebens.«

»Was für eine Entscheidung?«

Sie schluckte und blickte mich mit rotgeränderten Augen an. »Ob du dir freiwillig die Erinnerungen der letzten Tage aus deinem Gedächtnis löschen lässt, oder ob du für immer deine Zeitlinie verlässt und ins Exil gehst.«

»Ich verstehe nicht.«

»Versuche es! Du weißt von den Zeitlinien! Es ist eine Standardprozedur, dass Einheimische, die davon erfahren, entsprechend behandelt werden.«

»Das ist also eure Dankbarkeit!«, sagte ich. Ich fühlte Ärger in mir aufsteigen. Vielleicht hatte ich in diesem Krieg doch die falsche Seite gewählt.

»Ich weiß, Duncan. Es ist falsch. Aber manchmal kann man sich den Luxus von Dankbarkeit nicht leisten. Da draußen ist ein ziemlich grausames Universum. Um genau zu sein, es sind tausende von ziemlich grausamen Universen. Manchmal lässt einem das keine Alternative.«

»Ich denke mal, es würde nicht viel nützen, dir eins auf den Schädel zu geben und abzuhauen?«, sagte ich.

Sie schüttelte ihren Kopf. »Ich habe von deiner Existenz berichtet, als ich aus dem Wohnheim angerufen habe. Man würde dich innerhalb weniger Wochen gefunden haben und dann würdest du noch ein größeres Stück Erinnerung verlieren.«

»Und das Exil?«

»Du könntest uns beitreten, Duncan. Die Zeitwache braucht immer gute Leute. Wir patrouillieren hunderte verschiedener Universen und es gibt nie genug Personal für den Job.«

»Ich halte nicht viel von Zwangsverpflichtungen, Jana.«

»Niemand hält viel davon.«

»Darüber hinaus bin ich mir nicht mal sicher, dass ihr die richtige Seite seid.«

»Wie bitte?«

»Euer Krieg mit den Dalgiri. Du hast den ersten Schuss abgefeuert. Ohne jede Warnung.«

Janes Gesicht verdunkelte sich. Es war, als würde ein Vulkan kurz vor dem Ausbruch stehen.

Dann explodierte sie.

»Du kannst dich verdammt glücklich schätzen, dass dem so war, Duncan MacElroy!«

»Hm?«

»Verstehst du es denn nicht? Wie hat mich der Dalgiri wohl in dem Wohnheim aufgespürt? Und die drei anderen? Die haben uns hier in der Hütte deines Onkels gefunden. Wie? Wie haben sie wissen können, dass wir hier sind?«

Ich zuckte mit den Schultern. »Keine Ahnung. Ich hatte nicht viel

Gelegenheit, mir darüber Gedanken zu machen.«

»Sie haben uns gefunden, weil sie nach dir gesucht haben, Duncan. Nicht nach mir!«

»Das verstehe ich nicht«, äußerte ich die Untertreibung des Jahres. »Warum sollten sie nach mir Ausschau halten?«

»Weil sie aus unserer Zukunft kommen, Dummkopf! Irgendwann in den nächsten fünfzig Jahren wirst du ein mächtiges Problem für die Expansion des Dalgiri-Imperiums darstellen! Ein so großes Problem, dass sie bereit sind, eine Expedition über mehrere Zeitlinien zu organisieren, nur, um dich loszuwerden! Siehst du es nicht? Sie haben uns so einfach gefunden, weil sie dein ganzes Leben seit deiner Kindheit studiert haben. Die einzige Sache, die dich gerettet hat, war, dass ich das Schutzfeld entdeckt habe! Sonst wärst du jetzt tot.«

»Aus der Zukunft?«, murmelte ich etwa zehn Mal mit dämlichem Gesichtsausdruck.

»Ja, aus der Zukunft«, sagte sie erneut. »Die fünfdimensionale Fläche, die die Parazeit ausmacht, ist auf unglaubliche Art und Weise ineinander verschränkt. Zeitreisen in die Vergangenheit sind absolut möglich - wenn du bereit bist, einige Jahre in einer abwegigen Zeitlinie zu warten, bis sich das richtige Portal öffnet. Es gibt unzählige Zeitlinien, in denen sich die Zeit rückwärts bewegt.«

»Dann hat sie diese Expedition Jahre gekostet«, sagte ich.

»Möglich. Jahrzehnte, wenn sie bereit waren, die Wartezeit im Kälteschlaf zu überbrücken. Du bist ihnen wichtig. Wichtig genug, um vier Feldagenten und einen Kreuzer für ihren Versuch einzusetzen. Das macht dich auch wichtig für uns.«

Plötzlich fiel mir keine Entgegnung mehr ein.

»Nun?«, fragte sie.

»Ich denke, ich bin völlig verrückt geworden.«

»Das kann gut sein.«

*

Der Shuttle kam bei völliger Dunkelheit und fand die Hütte aufgrund des Signals des Dalgiri-Kommunikators. Es handelte sich um ein eiförmiges Fahrzeug von etwa zehn Metern Länge, das gute 30 Zentimeter über dem Schnee schwebte. Die dreiköpfige Crew war ausgesprochen effizient. Innerhalb weniger Minuten hatten sie die Toten in den Laderaum gebracht und begannen, alle Beweise für die Ereignisse des letzten Tages in und neben der Hütte zu beseitigen. Ich schrieb eine Nachricht an Tony Minetti, in der ich ihm erklärte, dass der Fremde, der ihm seinen Jeep zurück brachte, ein Cousin sei und er ihm den Jaguar übergeben solle. Ich schrieb eine weitere an Hal Benson mit der Bitte, meine Habseligkeiten an eine Adresse in New York zu schicken. Ich überlegte für einen Moment, was er wohl zu den drei druckfrischen 100-Dollar-Noten sagen würde, die ich ihm beilegte. Dann ging ich noch einmal in den Generatorenschuppen, um die Maschine ein letztes Mal auszuschalten.

Schließlich war es Zeit zu gehen. Ein Feldagent verließ die Hütte im Jeep. Jane und ich warteten, bis die roten Rückleuchten in der Ferne verschwunden waren, dann wanderten wir Arm in Arm auf das blau leuchtende Rechteck der geöffneten Shuttle-Luke zu.

Plötzlich waren Verwirrung, Angst und Müdigkeit, die mich in den letzten 24 Stunden geplagt hatten, wie fortgewischt. Ein Gefühl der Erleichterung erfasste mich. Es war die Erleichterung darüber, am Leben zu sein und am Beginn eines großen Abenteuers zu stehen. Erleichterung darüber, die Zukunft und darin die Größe künftiger Dinge gesehen zu haben.

»Es tut mir leid, dass ich dich einen Dummkopf geschimpft habe«, sagte Jana und kuschelte sich an mich, während wir liefen.

»Da bist du nicht die Erste.« Plötzlich blieb ich stehen. Ein seltsamer Gedanke beschlich mich.

»Was ist los?«

»Dein Shuttle.«

»Was ist damit?«

»Mir ist gerade klar geworden, dass Joel Peterson Recht hatte! UFOs sind Schiffe aus einem anderen Universum.« Dann lachte ich. Was als Schmunzeln begann, entwickelte sich zu einem lauten Gelächter. Ich lachte so laut, dass mir die Tränen von den Wangen liefen.

Plötzlich fiel Jana in das Gelächter ein.

Als sie sich wieder beruhigt hatte, wischte sie sich auch Tränen aus dem Gesicht. »Ich weiß gar nicht, wie ich dir das sagen soll, Duncan.

UFOs sind wirklich nicht mehr als Sumpfgas. Oder Wetterballons, oder Lichter von Flugzeugen, oder Wetterleuchten. Wir schirmen unsere Shuttles mit Schutzfeldern ab. Es hat in den letzten fünf Jahren, seit wir hier operieren, nicht eine Sichtung gegeben.«

Ich starrte sie an. »Ehrlich?«

Sie nickte.

»Ich kann das kaum glauben.«

Als wir den Shuttle betraten, lachten wir immer noch.

Kapitel 4

Meinen ersten Eindruck von Talador bekam ich, als ich aus dem Cockpit des Shuttles heraus blickte, während die Fähre auf Jafta Port landete, dem größten Flughafen für Reisen von und zur Hauptstadt der Taladoranischen Konföderation. Talador ist das Zentrum für den Handel von mehr als hundert alternativen Erden, was Jafta Port das Ambiente gab, das jeder sofort wieder erkannte, der einmal einen großen internationalen See- oder Flughafen besucht hatte. Er erinnerte mich an den JFK-Flughafen in New York, wie er in etwa eintausend Jahren aussehen würde - nur größer.

Jana ließ mir keine Zeit, auf der Passagierrampe Sightseeing zu betreiben. Sie drängelte mich in ein kleines zweisitziges Auto, ein automatisches Fahrzeug, das uns durch eine verwirrende Vielfalt von Tunneln führte, entlang kaleidoskopischen Eindrücken großer Menschenmengen, dann über eine Serie von Rampen, bis es schließlich in hellem Sonnenlicht auf irgendeinem Gebäudedach zum Stillstand kam. Ich folgte ihr nach draußen und fühlte mich etwas wackelig auf den Beinen. Wir waren in weniger als einer Minute sicher gut zwei Kilometer gereist und meine Sinne waren durch Bilder, Geräusche und Gerüche angegriffen worden, die ich nie erlebt hatte. Wahrscheinlich hätte ich angesichts all dessen aufgeregt sein sollen. Doch das war ich nicht.

Ich hatte Angst.

Jana musste gemerkt haben, dass das Blut aus meinem Gesicht wich und meine Knie zu zittern begannen, denn sie hakte sich bei mir unter und drückte sich an mich.

»Wollen wir wieder rein gehen, Duncan?«

»Kümmere dich nicht um mich«, sagte ich zitternd. »Ich werde mich schon rasch daran gewöhnen, so in ein bis zwei Jahren.«

Wir gingen Arm in Arm zu einem hüfthohen Geländer, das die Kante des Dachs abgrenzte. Ich schnappte nach Luft. Unter mir war ein Kubikkilometer Luft und wenig anderes. Doch selbst von unserem Aussichtspunkt knapp unter den Wolken erstreckte sich Jafta Port bis zum Horizont, und das in jede Richtung. Und wo immer ich auch hinsah, erkannte ich die zahlreichen Fahrzeuge aus der Parazeit.

Es gab gigantische Kugeln, Untertassen von mittlerer Größe, kleine (und nicht so kleine) Zylinder, elegante Pfeilformen, quadratische Boxen, schwarze Eier wie das, in dem ich angekommen war, und andere, die nicht so einfach einzuteilen waren. Winzige Luftwagen glitten durch die Szenerie, und zur gleichen Zeit tauchten am Rande unseres Sichtfeldes zwei gigantische Formen auf, von denen Jana sagte, es handele sich um Schlachtschiffe der Taladoranischen Marine.

»Wow!«, flüsterte ich voller Bewunderung und versuchte, alles auf einmal in mich aufzunehmen. Meine Furcht hatte ich fast vergessen. Plötzlich war ich das sprichwörtliche Landei, mit Augen, die aufgrund von Überfüllung zu explodieren drohten und einem offenen Mund angesichts all dieser Wunder.

Jana lächelte und sonnte sich in meiner ersten Reaktion auf ihre Heimatstadt. »Beeindruckend, nicht wahr?«

»Wie macht ihr das?«

»Was?«

»Wie könnt ihr so eine Zivilisation erhalten, wo ihr doch seit langer Zeit Krieg gegen das Daligiri-Imperium führt? Eure Wirtschaft sollte schon lange kollabiert sein.«

Sie lachte. »Unsere Wirtschaft ist eine komplexe Maschine, die kann man nicht so einfach beschädigen. Und was den Krieg gegen das Imperium angeht, so gibt es den jetzt schon so lange, dass er Bestandteil unseres normalen Lebens geworden ist. Wir kalkulieren ihn in alles ein, was wir tun oder planen.« Sie fuhr fort mit ihren Erklärungen, von denen sie sicher annahm, dass sie einfach und verständlich waren. Ich hörte sorgfältig zu, nickte höflich, und kapierte nicht ein einziges Wort.

»Hört sich für mich wie die Sache mit dem Dorftrottel und der Kanone an.«

»Was meinst du damit?«

»Nie von der alten Geschichte gehört?«

Sie schüttelte ihren Kopf.

Also erzählte ich ihr den Witz über die Dorfverwaltung, die dem örtlichen Volltrottel eine Aufgabe geben wollte, damit der sich seine Sozialhilfe verdiente. Nachdem man sich eine Weile mit dem Problem beschäftigt hatte, beschloss man, ihn damit zu beauftragen, die alte Kanone vor dem Gerichtsgebäude jeden Samstag zu polieren. Jahre vergingen und eines Tages erklärte der Dorftrottel, dass er kündigen wolle. »Warum?«, wurde er gefragt. »Weil ich die ganze Zeit über Geld gespart und nun genug habe, um mein eigenes Geschäft aufzumachen. Ich habe mir gerade meine eigene Kanone gekauft.«

Janas Gelächter klang ehrlich, aber ich hatte meine Zweifel, dass dieser Scherz wirklich neu war für eine 32 alternative Erden umspannende Zivilisation, von den Dutzenden von weiteren Gesellschaften zu schweigen, mit denen sie Handel trieben.

Schließlich wurde ich der Aussicht müde und Jana führte mich in das Innere des Gebäudes. Wir kamen in einer Bahnhofshalle an, die groß genug für ihr eigenes Wetter war. Sie führte mich in einen der Luftwagen - der sich als etwas größer als ein 58er Cadillac herausstellte - und programmierte als Ziel das Hauptquartier der Zeitwache.

*

Ich verbrachte die kommenden zwei Monate damit, gepiekst, gedrückt, befragt, geimpft, belehrt, gekniffen und studiert zu werden. Einige Dinge, die man mit mir tat, waren für mich unverständlich. Die meiste Zeit verweilte ich in einer glitzernden Lernmaschine. Diese pumpte Wissen durch eine Art Hypnose in meinen Kopf, auch, wenn es eigentlich ein anderes Verfahren war. Und nur weil ich während der Lektionen in einem tranceähnlichen Zustand war, hieß das noch lange nicht, dass mir das Lernen leicht fiel.

Zuerst kam Temporal Basic - die Umgangssprache der Zeitwache. Als ich diese fließende, musikalische Sprache einigermaßen intus hatte - zumindest insoweit, als dass ich »Ich bin hungrig!« und »Wo geht's zum Badezimmer« sagen konnte -, begann der schwierige Stoff.

Eine meiner ersten Lektionen drehte sich um die Organisation, den Zweck und die Traditionen der Taladoranischen Zeitwache. In vielerlei Hinsicht war das vergleichbar mit der knappen Ökonomielektion, die Jana mir gegeben hatte. Die Worte waren alle da, aber die grundsätzlichen Kenntnisse, die mein Gehirn benötigte, um all das zu verstehen, fehlten schlicht. Es war, als müsse jedes Faktum in einer speziellen Schublade in meinem Gehirn abgespeichert werden. Leider war der Schrank für die Schubladen noch nicht gebaut.

Also behalf ich mir mit Vergleichen. Diese Zeitwache ist eine Art militärischer Organisation, aber dann doch wieder nicht. Talador verfügte sowohl über eine Armee wie auch über eine Flotte, vor allem betraut mit der Aufgabe, den dalgirischen Expansionismus unter Kontrolle zu halten. Aber die Zeitwache hatte auch eine etwas verwaschene Verantwortlichkeit in Bezug auf die Streitkräfte. Man konnte sie mit einem Elitekorps für spezielle Aufgaben vergleichen.

Jede Zeitlinie innerhalb der Konföderation hatte seine eigenen Gesetze und Polizeikräfte. Das gehörte zu den Lehren, die Talador im Verlauf der Zeit gezogen hatte, im Gegensatz zu anderen Parazeit-Zivilisationen. Jede Zeitlinie bestand aus einem kompletten Planeten - jeder mit seiner eigenen Geschichte, Gebräuchen, Gewohnheiten und Traditionen. Solch eine Situation rief nach Flexibilität und innerer Autonomie. Aber die Zeitwache hatte ebenfalls polizeiliche Befugnisse. Sie war verantwortlich für alle Reisen zwischen den Zeitlinien und sorgte dafür, dass skrupellose Bürger einer Zeitlinie Bewohner anderer nicht betrogen.

Natürlich war da noch der taladorianische Geheimdienst und der diplomatische Dienst, beides organisiert durch die Zeitwache. Ein Agent konnte sich in allen möglichen Positionen wieder finden, irgendwo im bekannten Zeitgefüge. Es war ein Elitedienst, und nur einer von zehn Millionen verfügte über die notwendigen Qualifikationen.

Und ich begann mich darüber Gedanken zu machen, ob ich wirklich dazu gehörte.

Nicht alle meiner Lehrer waren Maschinen. Ich traf Tag und Nacht eine verwirrende Vielzahl an Personen. Nach einer Weile hegte ich den Verdacht, dass einige von ihnen in der Tat Furchtbar Wichtige Personen waren. Meistens verwischten sich all diese Lektionen in meinem Bewusstsein dermaßen, dass ich nicht mehr wusste, ob ich gerade ging oder erst gekommen war. Das galt für alle - bis auf die letzte.

Es waren bereits sechs Wochen vergangen, seit ich von Jana getrennt und der freundlichen Obhut meiner Lehrer (Aufpasser?) und ihrer Maschinen überantwortet worden war. Zu der Zeit hatte sich mein Schädel angefühlt, als würde er wie eine reife Frucht zerplatzen, wenn ich gezwungen würde, auch nur ein weiteres kleines Faktum zu erlernen. Man hatte mir mitgeteilt, dass ich zum Hauptkomplex beordert worden sei, gleich nach dem Frühstück.

Der Hauptkomplex entpuppte sich als Stadt in der Stadt, ein einzelnes Gebäude von so immensen Ausmaßen, dass es alle anderen mickrig erscheinen ließ. Ich wurde von einem taladoranischen Flottenoffizier empfangen - der Uniform zufolge mindestens ein Admiral - und durch einen Irrgarten geführt, der das verrückte Genie, das das Pentagon entworfen hatte, mit Neid erfüllt hätte. Er übergab mich an jemanden von noch höherem Rang, der mich zu jemandem bracht, der sicher der Generalstabschef war, der mich wiederum zu einem noch höher Gestellten führte.

Zu der Zeit war ich in einen Warteraum gebracht worden, der groß wie ein Fußballfeld war. Ich beschäftigte mich mit Vermutungen, wie hoch die Leiter wohl noch gehen konnte, doch dann wurde ich freundlich in das Heiligtum geführt.

Dort fand ich Jana vor. Sie saß vor dem Schreibtisch eines silberhaarigen Mannes, der auf mich einen gehetzten Eindruck machte. Etwas in ihrem Gesichtsausdruck hielt mich davon ab, vor Freude aufzuschreien und sie zu drücken, bis sie blau anlief. Stattdessen bewegte ich mich vorsichtig an den Tisch heran.

Jana stellte uns vor. »Duncan, ich möchte dir gerne Tasloss Vios aus der Oulra-Zeitlinie vorstellen, den Sprecher des Regierungsrates.«

»Es ist mir eine Ehre, Sir«, sagte ich und verbeugte mich höflich. Ich mochte ja sonst von wenig Ahnung haben, aber ich wusste ziemlich genau, was der Regierungsrat war. Es war der amerikanische Senat, das Repräsentantenhaus und ein wenig vom Obersten Gericht, alles in einem.

»Ich bin der Geehrte, Mr. MacElroy. Bitte, nehmen Sie Platz.«

Tasloss (Bürger der Konföderation vermieden übertriebene Titel) sprach sein Englisch mit einem seltsamen Akzent. Dass er die Sprache erst vor kurzem gelernt hatte, wahrscheinlich erst an diesem Morgen, war klar. Dass er sich dieser Mühe unterzogen hatte, war erstaunlich.

»Danke, Sir.«

»Agent Dougwaix hat mir die Umstände ihres Falles sofort nach ihrer Rückkehr aus Europo-Amerika geschildert. Seitdem konzentriert diese Angelegenheit ein außerordentliches Potential an Fachleuten und Computerzeit. Um ehrlich zu sein, wir haben uns gewundert, ob Sie tatsächlich der sind, für den wir Sie halten.«

»Entschuldigung, Sir?«

»Betrachten Sie das Problem mal von unserer Seite, Mr. MacElroy. Sie sind ein Eingeborener aus einer fremden Zeit. Sie wurden in einer Zeit geboren und sind dort aufgewachsen, die gar keine technologischen Voraussetzungen für die Reise zwischen den Zeiten hat. Bis vor zwei Monaten hatten Sie keine Ahnung von Talador oder Dalgir. Aber gerade in einer Nacht, in der sie zufällig mit einem der wenigen unserer Agenten in Ihrer Zeitlinie unterwegs sind, werden Sie von Dalgiri-Attentätern aus der Zukunft angegriffen. Wie hoch schätzen Sie die Wahrscheinlichkeit einer solchen Entwicklung ein?«

Meine Stimme war heiser, als ich flüsternd antwortete: »Nicht sehr hoch, Sir.«

Tasloss fixierte mich mit einem Blick, den ich als misstrauisch einstufte.

»Nicht sehr hoch, in der Tat. Die ganze Idee ist absurd. Es ist beinahe eine Unmöglichkeit! Ihre Story ist in etwa so glaubwürdig wie fünfzig Royal Flushs in einem ehrlichen Pokerspiel. Was weitaus wahrscheinlicher klingt, ist die Vermutung, es handele sich um einen Plan der Dalgiri, um einen Spion in unsere Mitte zu pflanzen.«

Mein Herzschlag setzte für einen Moment aus. »Ein Spion? Ich?«

»Wer sonst?«, fragte er. »Wir haben in den letzten Monaten eine Menge interessanter Dinge über sie herausgefunden, mehr, als Sie sich wahrscheinlich vorstellen können. Wir wissen, dass Ihre Eltern Sie nach Ihrer Geburt eine Woche später als erwartet nach Hause brachten - es gab wohl einige Komplikationen. Dann gab es den ausgesprochen peinlichen Tag, als Sie Ihre Unterhosen in der dritten Klasse durchnässt haben. Oder soll ich Ihnen den Namen der jungen Lady nennen, die Sie mit den Fakten des Lebens vertraut gemacht hat, als Sie vierzehn waren?«

Ich schluckte erneut.

»Es beleidigt meinen Sinn für Ordnung und Logik, aber ich bin gezwungen zuzugeben, dass Sie exakt das sind, was Sie zu sein scheinen.«

»Und das wäre?«, fragte ich.

»Nun, ein Geschenk des Himmels natürlich. Eine goldene, einzigartige Gelegenheit, endlich den Dalgiri den Garaus zu machen. Sie sind der absolute Beweis dafür, dass wir eines Tages über diese Teufel siegen werden. Warum sonst hätten sie sich so angestrengt, Sie umzubringen?«

Ich zuckte mit den Achseln. Ich selbst hatte meine Zweifel bezüglich meiner Einzigartigkeit, zog es aber vor, darüber hier keinen Streit anzufangen.

Tasloss wandte sich an Jana und winkte ihr zu. Ich wusste, dass das für einen Taladoraner eine künstliche Geste war, und er hatte sie offenbar nur für mich benutzt. »Sagen Sie es ihm, Agent!«

Jana, die meinen Blick vermieden hatte, seit ich das Büro betreten hatte, lächelte. »Du bist auf die Akademie der Zeitwache nach Salfa Primus beordert worden.«

»Jetzt gleich?«, fragte ich.

Tasloss grunzte. »Würden Ihnen zehn Tage Urlaub entgegen kommen? Urlaub ist das richtige Wort, nicht wahr?«

»Ja, Sir, für beide Fragen«, sagte ich.

»Haben Sie Lust, ihn da zu begleiten, Jana?«

»In der Tat, Tasloss«, sagte sie grinsend.

»Dann machen Sie, dass Sie aus meinem Büro kommen. Ich habe zu arbeiten.«

Wir beeilten uns.

*

Jana und ich verbrachten zehn wunderbare Tage damit, Jafta und seine Entsprechungen in alternativen Zeitlinien zu erforschen. Wir reisten nie sehr weit in Bezug auf zurückgelegte Kilometer - eigentlich nur zum Fährhafen und zurück -, aber das kompensierten wir durch die Vielfalt der besuchten Orte. Am Ende verbrachten wir eine zärtli-

che Nacht und einen Morgen voller tränenreicher Versprechungen.
»Wirst du mir schreiben?«, fragte ich, als wir uns ein letztes Mal vor den abflugbereiten Fähren umarmten.
»Sicher«, antwortete sie mit tränen überströmtem Gesicht.
Ich berührte ihre Wange. »Na komm schon, was sollen denn die jetzt?«
Sie schneuzte sich. »Ich bin immer so. Was sagst du zu einem guten Freund, den du vielleicht nie wieder sehen wirst?«
»Ich bitte dich. Wir werden uns eines Tages wieder treffen!«
Sie schüttelte ihren Kopf. »Du hast keine Ahnung, wie viele Leute es hier in der Konföderation gibt und wie dünn die Personaldecke der Zeitwache ist, Duncan.«
»Ich werde mich bemühen, dich zu finden«, sagte ich.
»Nein! Lass uns im Herzen bewahren, was wir geteilt haben, aber lass uns keine Versprechungen machen, die wir nicht halten können. Erinnere dich daran, was ich dir damals in der Hütte deines Onkels gesagt habe. Ein Zeitagent kann es sich nicht leisten, dauerhafte Beziehungen einzugehen.«
»Und das heißt?«
»Das heißt, dass ich keinen permanenten Anspruch auf dich habe, oder du auf mich. Wir sind Kameraden, nicht mehr.«
Ich dachte einen Moment darüber nach, und dann prüfte ich mich selbst auf der Suche nach verletzten Gefühlen. Zu meiner eigenen Überraschung fand ich keine. Ich grinste und zuckte mit den Achseln. »Aber du wirst mir schreiben, oder?«
»Selbstverständlich!«
»Wie wäre es dann mit einem weiteren Kuss für einen alten Kameraden? Aua! Wofür war das denn?«
»Für deine dummen Scherze, die unseren Abschied verdorben haben!«

*

Man stelle sich eine Schule vor, die alle militärischen Traditionen von Westpoint, St. Cyr und Sandhurst mit der Gelehrsamkeit von Harvard, Oxford und Caltech vereint. Wer eine zufriedenstellend wilde

Fantasie hat, bekommt dann einen Eindruck davon, was die Akademie der Zeitwache ist..

Allerdings wirklich nur einen Eindruck.

In gewisser Hinsicht hatte ich Glück. Ich hatte befürchtet, furchtbar melancholisch zu werden, sobald ich auf Salfa Primus ankommen würde. Immerhin war ich nun von allem getrennt, das ich kannte. Selbst Jana war fort. Kurz nach meiner Ankunft schrieb sie mir, dass sie nach Europo-Amerika zurückbeordert worden sei, um ihre abgebrochenen Studien fortzusetzen.

Ich war ganz allein, so allein wie jeder Exilant in der Geschichte meiner eigenen Welt.

Witzigerweise merkte ich nichts davon. Ich merkte nichts davon, da meine Instruktoren mir keinerlei Gelegenheit dazu gaben. Ich glaube, ich hatte während der ersten sechs Monate an der Akademie nie mehr als zehn Minuten Freizeit. Das war natürlich zum Teil Absicht. Alle neuen Zeitagenten-Aspiranten waren von ihrer Herkunftskultur isoliert und hätten eine Tendenz zur Depression gezeigt, hätte man ihnen die Gelegenheit gegeben.

Aber abgesehen davon war mein Fall etwas Besonderes.

Die Menge an Wissen, die ich aufzunehmen hatte, war überwältigend. Das betraf nicht nur die esoterischen Kenntnisse, die notwendig waren, um erfolgreich die Hunderte von Zeitlinien zu durchqueren, die von der Konföderation aus erreichbar waren, sondern auch Kindergartenwissen, das jeder Taladoraner lernte, ehe er gehen konnte. Ich war ein Barbar, ein Schafhirte in einer Gesellschaft, die längst vergessen hatte, wann die Dampfmaschine erfunden worden war. Ich war der Südseewilde, der sich plötzlich in den großen Königshöfen Europas wieder fand und nicht wusste, wie er hierher gekommen war und ob er je wieder heimkehren würde.

Mit dem Unterschied, dass ich sicher niemals wieder heimkehren würde.

Morgens begann der Tagesablauf mit körperlichem Training. Wir standen um 20 auf (die Taladoraner unterteilten den Tag in einhundert »Boras«) und strömten noch vor Sonnenaufgang auf die Trainingsflächen. Dann kam Kampftraining. Gegen 50 gab es eine kurze Mittagspause, gefolgt von einem Nachmittag voller Lektionen. Die

Abende wurden gemeinhin in der zentralen Bibliothek oder einem der großen Labors verbracht, um das Gelernte zu verarbeiten.

Für mich hieß das meistens, mich noch mal mit der Lektion in temporaler Physik befassen zu müssen. Alles begann mit dem Großen Knall, der kosmischen Katastrophe, die den gesamten Weltraum durchzog, das große erste Ei zerspringen ließ und eine Unendlichkeit von Sternen und Galaxien zur Folge hatte. Materie und Energie wurden gewaltsam über ein Volumen von Milliarden von Lichtjahren verstreut und selbst die Zeit wurde auseinander gerissen. In diesem dampfenden Chaos von chemischen, nuklearen und temporalen Reaktionen wurde die Parazeit geboren. Ein Beobachter von außen, der in der Lage wäre, die fünfdimensionale Form des Universums wahrzunehmen, würde eine schimmernde Sternenexplosion erkennen, von der jede Zeitlinie spiralförmig aus einem Zentrum nach außen strebt. Da die Form einer Spiralgalaxis weitaus besser zu erkennen ist, wenn man sich weit von ihr entfernt, gilt das gleiche auch für die Form der Parazeit. Für die Billiarden von Lebewesen innerhalb ist die Symmetrie dieser Form nicht erkennbar. Von innen erscheint die Struktur der separaten Universen chaotisch, zufällig und unförmig. Die meisten Zivilisationen entwickelten durchaus ein Konzept paralleler Universen kurz nach der Entdeckung wissenschaftlicher Forschungsmethoden. Sie visualisieren die Zeitlinien meist als eine Serie von dünnen Filmbändern, die dicht aneinander liegen und ordentlich vom Beginn bis an das Ende der Zeit verlaufen. Jedes Universum eine nahezu identische Reproduktion des nächsten. Reisen von einer Zeitlinie zur anderen - falls überhaupt möglich - ist demnach eine Reise durch immer geringer werdende Wahrscheinlichkeiten mit einem zunehmenden Grad der Unterschiedlichkeit, je weiter man sich von seinem Ursprungsuniversum entfernt. Als ein philosophisches Modell ist dieses Konzept außerordentlich elegant.

Elegant, aber grundfalsch.

Die erste Kultur machte den Schritt zu Reisen zwischen den Zeitlinien, als ihre Philosophen erkannten, dass die verschiedenen Universen nicht parallel zueinander lagen, sondern sich mal berühren, mal durchdringen, und dann wieder voneinander trennen, und das alles mit verwirrender Unregelmäßigkeit. Da es unendliche viele Zeitlinien gibt, muss es in jedem Universum einen Berührungspunkt geben, der es mit einem anderen verbindet. Und wo immer sich dieser Punkt befindet, und wie lange er auch stabil bleibt, existiert ein Tor zwischen Welten, und damit ein Übergang für jene, die ihn zu nutzen verstanden.

Das trockene Flüstern der Lernmaschinen in meinem Schädel begleitete mich in den meisten Nächten in den Schlaf. Wenn ich bereits der Ansicht war, dass Quantenmechanik komplizierter Stoff war, stellte sich doch heraus, dass es im Vergleich zur Parazeit-Wissenschaft Kindergartenniveau war. Wie dem auch sei, wenn ein Kampfpilot die Mechanismen der Aerodynamik verstehen musste, wenn er alt werden wollte, so musste ein Zeitagent die Wissenschaft der Reisen zwischen den Zeitlinien begreifen. Was machte es dann schon aus, wenn das Thema so kompliziert war, dass es Albert Einstein heftige Kopfschmerzen verursacht hätte? Es musste trotzdem gemacht werden.

Im Laufe der Zeit ließ der Druck der Lektionen schließlich etwas nach. Entweder lag das an den Lehrplänen der Instruktoren oder es war ein Zeichen dafür, dass ich langsam zu verstehen begann. Ich war mir da nie sicher. Trotzdem hatte ich nicht besonders viel Freizeit. Manchmal, so alle zehn Tage, gab es einmal ein paar wenige Stunden, die ich mir frei nehmen konnte.

Kapitel 5

»Komm schon, das Wasser ist super!«

Die Sonne schien angenehm warm auf meinen Körper, als ich ausgestreckt auf dem ockerfarbenen Granitboden lag, unweit des kleinen Waldsees. Haret war ein fleischfarbener Schatten in einem See von grüner Farbe, als sie Wasser tretend vor mir über der Oberfläche blieb und versuchte, mich zurück in das eiskalte Nass zu locken.

Ich hob meinen Kopf von meinen Armen und bewunderte, wie ihr Körper durch das Wasser hindurchschimmerte. »Keine Chance«, sagte ich. »Zu kalt. Komm du raus!«

»Feigling!«

Ich grinste. »Auch Worte können töten!« Ich konnte meine Belehrung nicht fortsetzen, da mich ein Nebel eiskalten Wassers einhüllte, zielgenau durch Harets starken rechten Arm dazu angeregt. Die Tropfen platschten auf meinen durch die Sonne getoasteten Rücken und schickten ein elektrisierendes Zittern bis zu meinen Zehen. Ich glitt mit einem flachen Sprung ins Wasser. Innerhalb weniger Sekunden hatte ich ihre Arme gepackt, an ihren Körper gedrückt und ihren Kopf unter die Wasseroberfläche gezogen.

Wir kamen lachend und wasserspritzend wieder zum Vorschein und paddelten zum Ufer. Ich half ihr, den glitschigen Schlamm empor zu klettern und dann legten wir uns Seite an Seite an exakt die Stelle, die ich gerade verlassen hatte.

Haret Ryland kam aus der Gestetni-Republik, einer der drei ältesten Zeitlinien der Konföderation. Sie gehörte zum Lehrpersonal und war, genauso wie Jana, eine Expertin in Parazeit-Anthropologie. Bereits an meinem zweiten Tag an der Akademie hatte sie mich zu einem Interview über Europo-Amerika gebeten. Darauf waren viele weitere gefolgt. Wir waren während der folgenden 18 Monate sehr gute Freunde geworden. Vor kurzem war zu unserer Freundschaft dann Intimität hinzugekommen.

Ich streckte meinen Finger aus und ließ ihn sanft ihre Wirbelsäule entlang gleiten, bis ich mich zu ihrer Hüfte vorgearbeitet hatte.

»Lass das!«, kicherte sie und drehte sich um, damit die Sonne ihre Vorderseite trocknen konnte. »Es kitzelt.«

»Ich dachte du magst es, wenn man dich kitzelt«, sagte ich, meine Finger erneut ausstreckend.

Sie fing meine Hand mit einem leichten Klaps ab. »Bekommt ihr primitiven Typen eigentlich nie genug?«

Ich bemühte mich, besonders gierig dreinzublicken. »Niemals!«

Sie stützte sich seitlich auf einen Arm und ihre violett gesprenkelten Augen starrten in meine.

»Was ist los?«, fragte ich. »Ein böser Pickel auf meiner Nase?«

»Nein, heute mal nicht.«

Sie wurde ruhig und betrachtete mich intensiv. Ihr voller Mund war vor Konzentration zusammengepresst und ihre normalerweise ungebändigte Mähne seidenblonden Haares umgab ihr Gesicht wie ein nasser Rahmen.

»Warum die plötzliche Stille?«, fragte ich und nahm sie in meine Arme.

»Ich denke über Mysterien nach.«

»Hm? Was für ein Mysterium?«

»Du. Was hat dich zur Zeitwache gebracht, Duncan MacElroy?«

»Du weißt verdammt genau, was mich in die Wache gebracht hat. Ich wurde eingezogen.«

Sie grinste. »Das ist nicht, was ich meine. Vermisst du dein ehemaliges Leben nicht?«

»Manchmal. Doch wenn ich dort geblieben wäre, hätte ich dich niemals getroffen.« Ich beugte mich vor und berührte ihre Lippen mit den meinen. Haret folgte meinem Beispiel. Sie schloss ihre Augen mit einem Seufzen und streckte sich auf dem flachen Felsen aus, als ich mich an sie drückte, um den kostbaren emotionalen Augenblick weiter auszukosten.

Der Himmel über uns wurde durch ein Licht erleuchtet, das heller als tausend Sonnen schien.

Haret riss ihre Augen in plötzlicher Angst auf und ich zählte: »Ein Mississippi, zwei Mississippi, drei Mississippi...«

Dann rollte ein intensiver Donner über uns hinweg.

»Dalgiri!« rief Haret, als wir uns aufrappelten und zur Lichtung rannten, wo unser Luftwagen mit der Kleidung stand.

Ich musste nicht fragen, was sie damit meinte. Jeder, der sich an den Kalten Krieg der 50er und 60er Jahre erinnerte, wusste sofort, was dieser Blitz bedeutete. Was wir erblickt hatten, war die Detonation einer Nuklearbombe, irgendwo südlich von uns.

»Sie müssen hinter dem Portal her sein«, sagte ich, als wir keuchend den Wagen erreichten und uns in unsere Uniformen warfen.

»Unmöglich«, sagte Haret. »Die Akademie kann nicht aus einer Daligiri-Zeitlinie erreicht werden!«

Ich fühlte einen Knoten in meinem Magen, als mir klar wurde, dass sie Recht hatte. Salfa Primus war eine Zeitlinien-Sackgasse in der Struktur der Parazeit. Es gab ein einziges Portal und das führte in ein benachbartes Universum - Salfa Null - und von dort in eine Zeitlinie der Konföderation. Der einzige Weg hierher führte durch das eng geknüpfte Netz der Konföderations-Zeitlinien.

Ich schaute reflexhaft zur Seite, als ein zweiter Lichtblitz durch den Himmel zuckte. Diesmal erreichte uns der Donner etwa 30 Sekunden später. Ich blinzelte in Richtung Norden, wo die Akademie lag, und fragte mich, warum ich dort keinen Atompilz ausmachen konnte. Denn das konnte ja nur das Ziel der Angreifer gewesen sein.

Wir vergeudeten keine weitere Zeit, sprangen in den Wagen und Haret startete die Maschine.

»Wohin?«, fragte sie.

Ich blickte über die grünen Hügel und Täler einer Landschaft, die aussah wie Zentralafrika, aber doch etwas ganz anderes war. Wildnis erstreckte sich vor uns so weit wir sehen konnten - und in der Tat noch viel weiter. Die einzigen menschlichen Lebewesen in dieser Zeitlinie lebten in der Akademie.

»Zurück zur Akademie«, sagte ich. »Lass uns hoffen, dass sie lange genug überlebt, bis wir da sind.«

»Lass uns hoffen, dass sie noch viel länger überlebt«, erwiderte Haret und schob den Beschleunigungshebel nach vorne. Der Luftwagen machte einen mächtigen Satz Richtung Norden.

Wir krachten mit Brachialgewalt durch wirbelnde thermale Strömungen, als wir nach Hause rasten, in unseren Köpfen die beiden Säulen der Vernichtung, die sich hinter uns abzeichneten. Wir erkannten den winzigen schwarzen Punkt eines Dalgiri-Shuttles, das sich von uns fortbewegte, offenbar in Richtung auf das Zeitportal. Ob es sich dadurch zurück zog oder angriff, war nicht auszumachen.

Ich aktivierte die Vergrößerung auf dem Bildschirm in der Flugkanzel. Plötzlich tauchte ein Dutzend weiterer Punkte im Himmel auf. Ich ließ alle meine Hoffnungen fahren. Dreizehn Dalgiri-Shuttles hatten genug Feuerkraft, um den ganzen Planeten für eine Ewigkeit unbewohnbar zu machen.

Ich konnte gerade noch schlucken, als ein weiterer, heller Blitz hinter uns aufflammte, weitaus heller als die anderen, und die Rückschaukamera ihren Geist aufgab. Mein Kopf und meine Schultern fingen eine Hitzewelle ab, die von hinten kam. Haret schrie etwas, als die Generatoren des Wagens stotterten und ausfielen und das Fahrzeug im freien Fall auf einen klaren, blauen Gebirgssee unter uns zu fiel.

Ich öffnete meinen Mund für einen eigenen Schrei, als die Nase des Wagens sich in das Wasser bohrte und mich erneut eiskaltes Wasser umfing.

*

Der Wagen sprang mit der gleichen Geschwindigkeit an die Oberfläche, mit der er sie durchbrochen hatte, das Innere dank Harets geöffnetem Seitenfenster voller geschmolzenem Eis. Ich beeilte mich, den Sicherheitsgurt zu öffnen und Haret folgte meinem Beispiel. Dann, als sich Motor- und Gepäckraum mit Wasser zu füllen begannen, schnappte ich mir den Notfallkoffer und Haret drückte die Tür auf. Wir schafften es, den Wagen in das eiskalte Nass zu verlassen, ehe sich die Nase endgültig nach unten senkte und er in Richtung Grund absank.

Wir waren durchgefroren bis auf die Knochen, als wir die rund 100 Meter bis zum Ufer zurückgelegt hatten. Das Wasser erschien uns sogar noch kälter als in unserem Teich, obwohl die Flüsse, die beide speisten, aus den gleichen schneebedeckten Bergen entstammten.

Sobald wir das Ufer erreicht hatten, versorgten wir als erstes unsere Verwundungen und schmierten eine übel riechende gelbe Salbe auf die Verbrennungen. Glücklicherweise waren wir nur leicht verletzt. Ich hatte eine leicht verrenkte Schulter und eine geprellte Rippen, Haret eine Platzwunde an der Stirn. Auch in Bezug auf Verbrennungen hatten wir Glück gehabt, wir waren nur etwas angeschmort an den Rändern. Mich hatte es ein wenig schlimmer erwischt als Haret. Doch nachdem wir unsere nasse Kleidung ausgezogen, ein Feuer entfacht, unsere Verletzungen versorgt und die Klamotten getrocknet hatten, die wir auch sogleich wieder anzogen, begannen die schmerzstillenden Mittel in der Salbe zu wirken und ich fühlte mich fast wieder wie ein Mensch.

»Was ist passiert?«, fragte ich, während Haret im Notfallkoffer kramte. Es war nicht viel mehr als ein Erste-Hilfe-Set, ohne jede Spur eines Kommunikators.

»Ein Disruptor hat unseren Antrieb getroffen. Glücklicherweise arbeitete das Sicherheitssystem lange genug, um den Absturz abzufedern.«

»Was jetzt?«

Sie bewegte ihren Kopf zur Seite, was das taladoranische Äquivalent eines Schulterzuckens war. »Entweder wir bleiben hier und warten auf Rettung, oder wir laufen los.«

»Rettung? Während die Dalgiri einen Brückenkopf etablieren?«

»Richtig. Ich denke, wir laufen los.«

*

Wir benötigten zwei Tage, um die Akademie zu Fuß zu erreichen. Während des ersten Tages versteckten wir uns sofort, wenn wir Luftverkehr ausmachten, voller Angst, die Dalgiri würden uns entdecken. Einer der Kurse an der Akademie war sehr anschaulich dabei gewesen, uns davon zu überzeugen, dass die Dalgiri keine netten Jungs waren. Die Lehrer waren zumindest bei mir sehr erfolgreich gewesen. Einige Studierende waren bewusstlos geworden, als es um die Details der Art und Weise gegangen war, wie Dalgiri Gefangene zu behandeln pflegten.

Am nächsten Morgen versteckten wir uns nicht mehr vor den Shuttles. Zum einen waren es viel zu viele, es wäre zu viel Zeit durch unser Versteckspiel verloren gegangen. Zum anderen schien es sich fast ausschließlich um taladoranische Einheiten zu handeln.

Die Sonne war gerade unter dem westlichen Horizont verschwunden, als wir müde die Hügel hinunter gehumpelt kamen und die Ebene betraten, in der die Akademie stand. Als wir die Baumlinie verließen, kam sofort ein Fahrzeug auf uns zu. Haret und ich fielen todmüde auf unsere Knie, als der Wagen über uns kreiste und dann neben uns zu Boden ging.

Der Pilot war Ealfor Saouthin, ein anderer Student und Einheimischer der Praisen-Zeitlinie. Ich kannte ihn vom Sehen, aber außer höflichem Kopfnicken auf dem Weg zum Klassenraum hatten wir noch nicht miteinander kommuniziert.

»Was zum Teufel ist passiert, Ealfor?«, fragte ich, als ich mich wieder aufrichtete und dunkle Erde von meinen Hosen wischte. »Was war das für ein Feuerwerk vorgestern?«

»Ein Dalgiri-Shuttle auf Angriffskurs natürlich.«

»Ein einziger Dalgiri? Was ist mit den anderen Schiffen?«

»Das waren unsere. Würde ich jetzt hier stehen, wenn es Felsengesichter gewesen wären?«

»Dann ist es vorbei. Sind wir sicher?« fragte Haret unsicher. Die Auswirkungen einer 50-Kilometer-Wanderschaft mit zwei ungemütlichen Nächten im Freien zeigten ihre Wirkung.

»Ich hätte das angenommen«, sagte Ealfor. »Aber offenbar nicht. Es ist Befehl ergangen, Salfa Primus zu evakuieren.«

»Evakuieren? Wozu soll das gut sein?«, fragte ich.

Ealfor zuckte mit den Achseln. »Ich befolge nur Befehle. Da wir gerade davon reden... Suchmannschaften haben Euch gesucht, seit wir heute Morgen den abgestürzten Wagen im See gefunden haben. Die Befehle sind, Euch zu finden und sofort zum Hauptquartier zu bringen. Also, lasst uns losziehen!«

Damit lud er uns in seinen Wagen und hob ab. Ich fiel in meinem Sitz zusammen, meinen Kopf gegen die Scheibe gelehnt, mein Verstand in Aufruhr. Salfa Primus evakuieren? Das machte einfach keinen Sinn. Ein einziger Dalgiri-Shuttle konnte doch das taladoranische Oberkommando nicht so in Panik versetzen.

Als wir dem Hauptkomplex nahe kamen und ich in das Dunkel hinab blickte, wusste ich, dass Ealfor die reine Wahrheit gesprochen hatte.

Die Akademie der Zeitwache war mehr als nur ein Trainingszentrum für das neue Blut der ewig unter Personalproblemen leidenden Organisation. Sie war auch ein Forschungszentrum für Temporalphysik, ein Ort, an den verdiente Zeitagenten zurück kehrten, um ihre Fähigkeiten zu verbessern, ein kulturelles Zentrum, an dem sich junge, fähige und neugierige Geister trafen, Ideen austauschten und Dinge entwickelten.

Eine wichtige Voraussetzung dafür war, dass man sich voll in die kulturellen Aspekte integrierte. Das führte normalerweise zu einem sehr aktiven Nachtleben.

Als Ealfor den Wagen in Richtung Hauptquartier lenkte, überflogen wir einen endlos großen Bereich dunkler Wohnheime, Cafeterias, Laboratorien, Simulatoren und Übungsplätzen. Ich hatte acht von zehn Abenden in der großen Bibliothek zugebracht. Ihre Fassade voller farbiger Lichter hätte wie ein Leuchtfeuer aus großer Entfernung sichtbar sein müssen. Nun, als wir keine fünfzig Meter über ihrem Dach vorbei glitten, wirkte das Gebäude wie ausgestorben.

Ich verdrehte meinen Hals, um die Bibliothek im Blick zu behalten, als wir sie passierten. Für einen Moment erhaschte ich einen Blick auf den großen Vorplatz. Normalerweise wäre dieser gefüllt mit Studenten, die von einem Termin zum nächsten eilten, spazierenden Pärchen zwischen den Statuen oder einzelnen Studenten, die auf den Treppen saßen und Musik hörten. Heute war der große Platz menschenleer. Nicht eine einzige Person war erkennbar.

Jeder verbleibende Zweifel in mir verschwand. Salfa Primus wurde in der Tat evakuiert und das nach dem Angriff eines einzelnen Dalgiri-Shuttles. Irgendwas was furchtbar falsch gelaufen.

Kapitel 6

Das Hauptquartier wirkte wie ein Bunker, vor allem verglichen mit meinen bisherigen Besuchen. Packkartons standen überall herum und die normalerweise tadellos aussehenden Offiziere zeigten in ihrem Erscheinungsbild die Auswirkungen des hastigen Rückzuges. Jeder, an dem wir vorbei kamen, schien in Eile zu sein.

Ealfor schenkte dem Durcheinander um ihn herum keinerlei Aufmerksamkeit, sondern führte uns direkt zum Gravlift und dann zum obersten Stockwerk. Er trieb uns in einen Konferenzraum.

»Wartet hier. Ich werde Agent Corst sagen, dass ihr da seid.« Damit verließ er uns.

Ich wandte mich an Haret. In ihrem Gesicht erkannte ich einen überraschten Ausdruck.

»Was ist los?«, fragte ich.

»Dal Corst war früher einer der Instruktoren hier an der Akademie, als ich noch Student war«, sagte sie. »Wenn er auftaucht, ist etwas Wichtiges passiert. Zuletzt habe ich gehört, dass er ein Beobachtungsteam in irgendeiner entfernten Zeitlinie kommandiert.«

»Nicht irgendeine, Haret!«, ertönte eine Stimme hinter uns. »Ich habe die Zeitlinie dieses jungen Mannes erforscht, und es ist ein faszinierender Ort!«

Ich wandte mich um und erblickte einen Agenten in einem grauen Anzug. Er hatte ein zerfurchtes Gesicht und eine dieses dominierende Nase. Er stand mit seinen Händen in den Hüften direkt hinter uns und grinste breit.

»Duncan MacElroy, wenn ich mich nicht irre.«

»Ja, Sir.«

»Nicht so formell. Ich bin Dal.«

»Danke, Dal. Sie waren wirklich in Europo-Amerika?«

»Sicher doch. Ich habe die letzten fünf Jahre von New York City aus operiert. Eine sehr angenehme Erfahrung. Deine Leute können auf viele Dinge sehr stolz sein.«

»Was? Wir sind doch nicht mehr als ein Haufen von Landeiern, die noch nicht einmal in die Nähe der Geheimnisse der Parazeit gekommen sind.«

»Sie sollten nicht so untertreiben. Nehmen wir Euer Raumfahrtprogramm und die Umweltbewegung als Beispiel.«

»Was hat denn das eine mit dem anderen zu tun?«

»Alles. Es sind zwei Facetten des gleichen Impulses, nämlich die Reaktion der Gesellschaft auf die nicht vorhandene Möglichkeit, zwischen den Zeitlinien zu reisen. Nehmen wir doch schlicht die Aussage: Wir haben nur eine Erde, also müssen wir uns um sie kümmern! So was würde einem Taladoraner oder einem Dalgiri niemals einfallen - speziell einem Dalgiri nicht. Warum sollte es auch? Die Aussage ist fundamental falsch. Wir haben Tausende von Erden zu unserer Verfügung. Das Wissen, dass unsere Ressourcen de facto unendlich sind, bestimmt unser Denken, genauso wie das Wissen Ihrer Menschen um die Endlichkeit der Ressourcen das ihre bestimmt.«

Ich nickte. Jana hatte mir einige der industriell genutzten Zeitlinien gezeigt. Für die Taladoraner waren diese Welten ausbeutbare Ressourcen, jederzeit ersetzbar. Fabriken schütteten ihre Abfälle in Flüsse, Erze wurden effizient, aber ohne Rücksicht auf die Umwelt aus dem Boden geholt. Und in punkto Luftverschmutzung gab es ein endloses Smog-Problem ohne Aussicht auf Lösung.

»Ich verstehe immer noch nicht, was das mit dem Weltraum zu tun haben soll«, sagte ich.

»Ist das nicht ganz klar? Europo-Amerika ist eine einzelne Zeitlinie, auf der alle Grenzen erforscht worden sind. Ihr seid eine erwachsene Kultur ohne einen echten Horizont. Was macht ihr also? Ihr erschafft neue Horizonte! Während andere Kulturen sich dabei auf die Parazeit gestürzt haben, musstet ihr euch dem Weltraum zuwenden. Ihr habt Leute auf den Mond geschickt. Keine andere uns bekannte Zeitlinie hat das geschafft. Und warum sollten sie auch? Sie haben eine Unendlichkeit von lebenden, atmenden Welten für ihre Expansion. Es gibt keine Notwendigkeit, Menschen auf einen toten Haufen Felsen zu schicken. Aber ihr habt das getan. Darauf kann man durchaus stolz sein!«

Wenn man es so betrachtete, machte es in der Tat Sinn. Die Entdeckung der Parazeit war im Regelfalle der Todesstoß für die Erforschung des Weltraums. Warum auch nicht? Die alternativen Erden hatten alles, was sich die Menschheit erträumen konnte. Es gab keine anderen bewohnbaren Planeten im Sonnensystem, also warum sollte man in gefährliche Unternehmen investieren, in denen man sich selbst in einer luftdichten Sardinenbüchse einschließt und Jahre damit verbringt, an Orte zu reisen, die nicht halb so interessant waren wie der, den du verlassen hast?

»Wenn ich mal Zeit habe, schreibe ich ein Buch zu dem Thema«, sagte Corst. »Aber genug der theoretischen Erörterungen. Wir haben jetzt ein weitaus praktischeres Problem. Bitte setzen sie sich so, dass sie den Bildschirm sehen könnt.«

Haret und ich setzten uns in zwei der hochlehnigen Stühle, als der Bildschirm an der Wand auch schon aufleuchtete und eine Parazeitkarte zeigte, ein dreidimensionales Bild des Verhältnisses unterschiedlicher Zeitlinien zueinander.

Etwas auf einer solchen Karte zu erkennen, war ein Job für Experten - ein Status, von dem ich noch sehr weit entfernt war. Trotzdem erkannte ich das Diagramm auf dem Schirm. Es war eine Darstellung der wichtigsten Zeitlinien der Taladoranischen Konföderation, inklusive der wichtigsten Zeitportale, die sie verbanden. Ich erkannte sie wieder, weil ich diese Karte sicher fünfzig Bora lang in temporaler Geopolitik studiert hatte, bis ich sie schließlich in meinen Träumen sehen konnte.

Die Konföderation ist ein schönes Beispiel für einen untereinander verbundenen Zeitliniencluster, eine Sammlung von Zeitlinien, die sich mehr oder weniger zusammen durch den fünfdimensionalen Raum bewegten. Ich nannte das für mich eine »Parazeit-Galaxis«. Die mathematischen Grundlagen solcher Cluster waren ausgesprochen komplex, und wie jeder Student, der das schwierig zu begreifen fand, flüchtete ich mich in eine Analogie.

Die Zeitlinien der Konföderation waren vergleichbar mit einem Bündel Telefonkabel, die zu lange unterirdisch in Schächten beieinander lagen. Als die Kabel neu waren, schloss jedes für sich einen klar abgrenzbaren Kreislauf. Jeder Kreislauf war von dem anderen isoliert, Leute, die telefonierten, wussten gar nichts von den vielen anderen Gesprächen, die um sie herum abliefen. Mit der Zeit aber wurden die

Kabel alt und die Isolierung löste sich an einigen Stellen auf. Und so sich diese Löcher berührten, konnten Signale von einem Kabel in das nächste überspringen. In anderen Worten: Das waren die Zeitportale in meiner Analogie.

Dal Corst betätigte die Kontrollen und das Hologramm, das vor mir an der Wand hing, begann sich zu verändern. Es war jetzt ein stark vergrößerter Abschnitt aus dem Original, der Abschnitt, der das Verhältnis von Salfa Null und Salfa Primus zu den Heimlinien der Konföderation zeigte.

»Das Problem ist einfach«, sagte er ohne große Vorrede. »Der Dalgiri-Shuttle, der uns gestern angegriffen hat, kam nicht durch das einzig bekannte Portal dieser Zeitlinie.«

»Das ist unmöglich«, entfuhr es Haret. »Es muss doch!«

»Unmöglich oder nicht, es kam nicht dort hindurch.«

»Dann muss es ein anderes Portal geben. Vielleicht eines, das wir noch nicht entdeckt haben.«

»Nein, das wurde überprüft. Es gibt nur das eine.«

Haret schwieg, ihr Gesicht sorgenvoll. Ich wusste, was sie beschäftigte. Wenn der Dalgiri-Shuttle nicht durch das Portal gekommen war, war klar, dass das Imperium einen Durchbruch geschafft hatte. Die Portale brachten ein gewisses Maß an Ordnung und Voraussehbarkeit in ein ansonsten chaotisches System. Wenn es den Dalgiri gelungen war, eine Zeitbarriere zu durchbrechen ohne ein Portal benutzen zu müssen, war niemand in der Parazeit noch sicher. Pandoras Box war geöffnet worden und konnte nicht wieder geschlossen werden.

»Das ist der Grund für den Evakuierungsbefehl?«, fragte ich.

»Selbstverständlich. Die Akademie sowie die industriellen Anlagen nebenan auf Salfa Null stellen eine wichtige Investition dar, sowohl in Personal wie auch in Kapital. Wir können ihre Zerstörung nicht riskieren. Können Sie ermessen, was uns alleine der Tod von 12000 Zeitagenten-Studenten kosten würde - für die nächste Generation?«

»Dann haben wir verloren!«, sagte Haret.. »Die Dalgiri können uns angreifen, wo auch immer es ihnen beliebt!«

»Vielleicht«, sagte Dal. »Aber vielleicht auch nicht. Es gibt da einige Punkte, die wir bezüglich des Angreifers nicht verstanden haben, Dinge, die uns Hoffnung geben.«

»Zum Beispiel?«

»Zum Beispiel die Tatsache, dass der Shuttle die beiden am Portal stationierten Bodengeschütze schnell ausgeschaltet hat, dann aber nicht in Richtung Akademie loszog, ehe es dann zu spät war und wir es erwischten. Es schien, als sei er genauso überrascht gewesen wie wir!«

»Und?«

»Warum ist er denn aufgetaucht, wenn er keinen Kampf erwartet hat? Vielleicht hatte er keine Wahl, da die Zeitlinie, von der er kam, sehr nahe liegt.«

»Dann hätte er aus Salfa Null kommen müssen«, sagte Haret. »Das ist in jedem Falle die Zeitlinie, die uns am nächsten liegt. Aber wir kontrollieren Salfa Null, also kann das nicht der Ursprung sein.«

Dal Corst betätigte einmal mehr die Bildschirmkontrolle und ein völlig neues Diagramm wurde sichtbar. Es sah wirklich ganz anders als das vorherige aus.

»Wir haben einige Simulationen mit Computerdarstellungen der Parazeit durchgeführt, vor allem in der Hoffnung, unsere Voraussagen über das Entstehen von Zeitportalen zu verbessern. Hier ist so ein Modell bezogen auf das Salfa-Paar. Ihr werdet erkannt haben, dass diese beiden Zeitlinien zusammen mit einer theoretischen dritten Linie einen Cluster bilden, eine dritte Linie, auf die wir keinen Zugriff haben.«

Ich schaute auf den Schirm und fixierte meinen Blick auf eine rote, wurmähnliche Spur, die sich durch die grünen Linien der Konföderation schlängelte. Nirgendwo gab es das Symbol für ein Zeitportal. Soweit es die Konföderation betraf, war der rote Wurm eine gegenläufige Zeitlinie.

Gegenläufige Zeitlinien sind solche, die gegen die Geometrie der sie umgebenden Parazeit fließen, normalerweise mit keinen oder nur sehr wenigen Berührungspunkten mit ihrer Umgebung. Europo-Amerika war eine solche Linie, einer der Gründe, warum wir die Möglichkeit der Zeitlinienreise noch nicht entdeckt hatten, da wir nur selten irgendwo hin reisen konnten. Viele Experimente mit Zeitfähren hatten bewiesen, dass ein erfolgreicher Durchbruch nur bei Zeitportalen möglich war. In meiner eigenen Zeitlinie entstand so ein Portal vielleicht alle 50.000 Jahre. Das letzte Mal, dass sich ein solches geöffnet hatte, war zu einer Zeit gewesen, als Athen und Sparta sich um die Vorherrschaft in Griechenland bekriegt hatten.

Ich fragte mich, wie viele der alten Mythen tatsächlich bloße Geschichten oder eher investigativer Journalismus waren, mit dem die Effekte von Zeitportalen beschrieben wurden.

»Sie denken, dass die Dalgiri aus dieser hypothetischen dritten Zeitlinie kamen?«, fragte Haret.

»Das sollten wir herausfinden.«

»Wie?«

»Wir haben eine Sequenz temporaler Passagen berechnet, die es uns ermöglichen sollten, diese dritte Zeitlinie zu erreichen. Dummerweise verläuft der letzte Sprung von einer wohlgesonnenen Zeitlinie aus durch das Dalgiri-Imperium, es gibt also ein Risiko.«

»Warum erzählen Sie uns das?«, fragte ich. »Oder genauer gesagt: Warum mir? Ich habe gerade einmal anderthalb Jahre Training hinter mich gebracht. Sicher sollte diese Aufgabe von einer Crew erfahrener Zeitagenten übernommen werden.«

Über Dals Gesicht fuhr ein Lächeln, das mit fatal an Mona Lisa erinnerte. Ich fragte mich, ob er das Gemälde je gesehen hatte und das jetzt mitAbsicht machte. »Als ich diese Aufgabe bekam, habe ich sofort an Sie gedacht, Duncan. Sie sind mein...«, seine Augen wirkten für einen Moment abwesend, als würde er eine überfüllte mentale Informationsablage absuchen, »... mein Glücksbringer. Das dürfte der richtige Begriff sein.«

»Wie bitte?«

»Ich war der Wachhabende in unserem New Yorker Kontrollzentrum in jener Nacht, als Jana berichtete, sie habe einen Dalgiri getötet und einen Außenseiter in ihr Vertrauen gezogen. Als sie herausfand, wer das Ziel des Dalgiri gewesen war, erfuhr ich als Erster davon. Ich gab ihr den Rat, Sie in die Zeitwache aufzunehmen. Und als der Regierungsrat Zweifel bezüglich Ihrer Identität hatte, habe ich dazu beigetragen, ihn zu überzeugen, Ihnen eine Chance zu geben.«

»Sie scheinen mein Schutzengel zu sein. Warum?«

»Glauben Sie an das Schicksal?«

Ich schüttelte meinen Kopf.

»Ich auch nicht. Außer, wenn es um Sie geht. Die Tatsache, dass die Dalgiri eine Expedition in die Vergangenheit entsandt haben, um Sie zu töten, beweist Ihr Schicksal. Ihr misslungener Versuch garantiert nahezu, dass Sie ein langes und erfülltes Leben haben werden. Wer sollte also besser für eine Mission in das Imperium geeignet sein als Sie? Außerdem bin ich von Ihrem Volk beeindruckt. Ihr denkt nicht wie wir. Es wäre gut, jemanden mit einer anderen Sichtweise dabei zu haben.«

Ich hatte diesen »zu Höherem bestimmt«-Argument schon vorher gehört und war, ehrlich gesagt, davon nicht überzeugt. Zum einen fühlte ich mich nun wirklich nicht wie eine historisch wichtige Persönlichkeit. Aber ich hatte mir schon mehrmals eindringlich gesagt, dass ich kaum in einer Position war, Gegenargumente vorzubringen. Also ließ ich mich von Zurückhaltung leiten und hielt meinen Mund.

Dal wandte sich an Haret. »Was die weiteren Mitglieder des Teams angeht, so erinnere ich mich an Sie als brillante Studentin und Ihre Arbeit an der Akademie war bisher ausgezeichnet. Dort, wo wir hingehen, werden wir eine Kulturspezialistin benötigen, wenn die Zeitlinie bewohnt sein sollte. Möchte jemand von Ihnen beiden ablehnen, an der Expedition teilzunehmen?«

Ich schaute Haret an und sie mich. Keiner von uns sagte für eine geraume Zeit irgendetwas. Schließlich räusperte ich mich und wandte mich an Dal Corst.

»Wann brechen wir auf?«

*

Es wurde eine Reise in sechs Abschnitten, eine verwinkelter Pfad, der durch ein halbes Dutzend Zeitlinien führte, um die hypothetische Dalgiri-Basis zu erreichen.

Die ersten beiden Übergänge waren einfach. Eine halbe Stunde, nachdem wir am Fährhafen der Akademie angekommen waren, befanden wir uns schon am Portal und machten sofort den Sprung nach Salfa Null. Dann gab es eine kurze Reise über wenige hundert Kilometer bis zum Portal, das uns in die Vereinigten Stadtstaaten von Riva bringen würde, eine der weniger wichtigen Zeitlinien der Konföderation. Nach diesem Übergang wurde unsere Reise ein wenig verzögert. Das nächste Portal befand sich auf der anderen Seite des Planeten.

Ich entdeckte eine ewige, universelle Konstante.

Der Shuttle war ein Standarddesign der Taladoraner, ein Ei von rund fünfzehn Metern Länge. Sobald wir das Portal verlassen hatten, steuerte Dal es hoch in die Stratosphäre und beschleunigte nach Norden über den Pol. Unser nächster Sprung würde in 12 Stunden von der hiesigen Version von Kansas stattfinden.

»Warum dauert das so lange?«, fragte ich.

»Rivanische Bestimmungen«, antwortete Dal, während er den Kurs in den Computer eingab. »Wir dürfen die Schallgeschwindigkeit über Land nicht überschreiten. Der Überschallknall würde die Bewohner stören.«

Von da an nannte ich unser schwarzes Ei »Concorde«, wenn auch nur für mich.

Nachdem wir Riva verlassen hatten, landeten wir in einer leeren, wüstenartigen Gegend, über die Wirbelstürme tosten und Staub vom Boden aufwirbelten. Der Himmel war dunkel. Vor uns lag ein zehnstündiger Flug über etwas, was eigentlich der Atlantische Ozean sein sollte, aber nicht so aussah. Das neue Portal war anders. Alle anderen waren stationär gewesen, als wären sie in der Erde verankert worden. Das aktuelle jedoch raste vor uns mit hoher Geschwindigkeit durch die Gegend. Dal verfolgte die imaginäre Stelle eine Stunde lang durch die Stratosphäre, mit den Maschinen an der Grenze der Leistungsfähigkeit, ehe die Szenerie erneut wechselte und wir in einer Welt mit einem großen, üppigen Wald und weiterer, gelbgrüner Vegetation heraus kamen.

»Wo sind wir?«, fragte ich, intensiv auf den Bildschirm starrend.

»Diese Zeitlinie hat nur eine numerische Identifikation«, sagte Dal und nannte mir eine verwirrend lange Zahlenkombination.

»Wohin müssen wir uns wenden?«, fragte Haret, sich auf die Angaben des Detektors konzentrierend.

Ich zählte noch einmal die Anzahl der Übergänge nach, die wir bisher passiert hatten, und kam auf fünf. Das bedeutete, dass der letzte Sprung vor uns stand. Unglücklicherweise war das Portal, das wir zu diesem Zwecke verwenden mussten, höchst instabil. Es formierte sich und verschwand in einem sehr unregelmäßigen Muster wieder und nun würde es zehn Tage dauern, bis es sich wieder öffnete. Leider gab keine Möglichkeit, die Parazeit zur Eile aufzufordern, also hatten wir zu warten.

»Ich schlage einen Landeplatz am See neben dem Portal vor.«

Wir hatten keine Probleme, die entsprechende Stelle zu finden. Da wir uns auf Dalgiri-Territorium befanden, mussten wir Deckung suchen. Nachdem wir den schwarzen Shuttle im dunkelblauen See versenkt hatten, bauten wir am Ufer ein kleines Camp auf, fest entschlossen, diese Phase erzwungener Untätigkeit zu genießen. Tagsüber wanderten wir, fischten und schwammen oder lagen einfach nur in der Sonne. Nachts saßen wir um ein Lagerfeuer in einer nahen Höhle, das Licht gut abgeschirmt, und redeten.

Unabhängig davon, mit welchem Thema wir begannen, am Ende sprachen wir doch immer wieder nur über das Eine: Parazeit.

»Ich kapier es nicht«, sagte ich an unserem vorletzten Abend in der Höhle.

»Was denn?«, fragte Dal etwas abwesend. Er konzentrierte sich auf das kleine Wildschwein, das über dem offenen Feuer vor sich hin röstete.

»Zeitportale. Warum erscheinen sie manchmal an einem Ort und bleiben da auch?«

Er kratzte sich entspannt und schaute nach oben. »Jetzt verstehe ich die Frage nicht.«

»Also gut.« Ich griff nach einem Stock von unserem Brennholzhaufen und begann, ein Diagramm in den dreckigen Untergrund zu malen.

»Oh oh«, machte Haret. »Er beginnt schon wieder im Matsch zu zeichnen!«

Wir alle lachten, was mich aber nicht davon abhielt, meinen Stock weiter zu benutzen. Es war ein nahezu zwanghaftes Verhalten: Der Abend war nicht komplett, wenn ich nicht mindestens eine Zeichnung erschaffen hatte, um mein Argument zu untermauern.

»Das hier ist die Sonne«, sagte ich und malte einen wackeligen Kreis in die Mitte meiner Darstellung. »Sie bewegte sich innerhalb der Galaxis, etwa so, da sie sich um das Zentrum unserer Milchstraße bewegt. Nun, wir sind auf der Erde...« Ich benutzte den Begriff in Temporal Basic, der aber im Grunde das gleiche bedeutete. »... und die dreht sich um die Sonne. Um alles noch komplizierter zu machen, dreht sich die Erde um die eigene Achse, was eine Geschwindigkeit von mehr als 1000 Kilometern die Stunde ausmacht. Alles soweit verstanden?«

Sie nickten.

»Wie kann sich dann ein Zeitportal an einem festen Ort fixieren, wenn dieser aufgrund der zahlreichen Bewegungen niemals fix ist?«

Dal setzte sich auf seine Fersen und sah mich ernsthaft an. »Wenn ich mich recht erinnere, Duncan, dann haben Wissenschaftler Ihrer Zeitlinie die Theorie entwickelt, dass der Raum sich in der Nähe großer Massen dehnt, ist das nicht so?«

»Krümmt«, verbesserte ich nickend. »Das ist eine von Einsteins Theorien.«

»Krümmt also. Diese Krümmung ist einer der zentralen Einflussfaktoren bei der Erschaffung von geeigneten Bedingungen für die Entstehung von Zeitportalen. Ist das einsichtig?«

»Nein.«

»Es hat mit Energie zu tun. Theoretisch könnten wir jede temporale Barriere überwinden, wenn wir nur genügend Energie zur Verfügung hätten. Natürlich haben wir das nicht, und das begrenzt unsere Bewegungsfreiheit. Alle Formen von Energie - potentielle, kinetische, entropische, temporale - werden in einem Parazeitsprung konserviert. Das ist eines der grundlegenden Naturgesetze. Die Zeitportale sind nur Orte, an denen sich die Energielevel verschiedener Universen beinahe angleichen. Für den Rest müssen wir sorgen. Hin und wieder trifft man dann auf ein Portal wie das, welches wir gerade benutzt haben. Das ist das Resultat einer Instabilität zwischen zwei kongruenten Universen. Das Portal steht immer kurz davor, zu verschwinden und irgendwo anders wieder aufzutauchen. Nach einigen Jahren instabiler Balance wird es sich in eine Richtung entwickeln und die beiden Zeitlinien entfernen sich voneinander. Es ist doch klar, dass die Notwendigkeit eines gleichen Gravitationspotentials auf beiden Seiten des Portals bedeutet, dass das Portal sich der Rotation der Erde anpasst.

Sind die Gravitationslinien nicht mit der Masse, die die Raumkrümmung überhaupt erst verursacht, in Einklang? Ich denke, der Begriff, den Einstein benutzt hat, war ‚frame-dragging', das Mitziehen eines Koordinatensystems des Beobachters. Es heißt im Grunde nichts anderes, als dass die Erde das Raum-Zeit-Kontinuum bei der Rotation mit sich zieht. Ich habe gehört, es gibt so einige Forschungsprojekte auf Ihrer Erde, die dies ein für allemal unter Beweis stellen sollen.«

Ich schaute auf das Diagramm, das ich gezeichnet hatte, und zuckte mit den Achseln. Es war für mich alles andere als klar, aber ich wollte Dal glauben, er war schließlich der Experte. Dal grinste wie die Katze, die den Kanarienvogel verschlungen hatte.

»Was ist los?«, fragte ich.

»Ich war mir nicht sicher gewesen, ob ich bei der Personalauswahl für diese Mission die richtige Wahl getroffen hatte. Sie haben mich gerade davon überzeugt, richtig gehandelt zu haben.«

»Ach?«

»Nicht einer von Tausend Taladoranern würde verstehen, was ich gerade erklärt habe. Wir Parazeitler denken immer noch, dass die Erde das Zentrum des Universums ist. Nun, für uns ist sie das wohl auch. Ihre Leute aber, die keine andere Wahl hatten als in den Weltraum vorzustoßen, haben einen deutlich klareren Blick auf die Welt als wir. Jenseits der Atmosphäre sind sie die Entwickelten und wir die Primitivlinge. Ihre Einsichten und Beobachtungen werden für diese Mission unersetzlich sein.«

»Nennen Sie mich Kopernikus«, sagte ich und erwiderte sein Grinsen.

Dals Gesichtsausdruck veränderte sich und er wirkte verwirrt.

»Wer?«

*

48 Stunden später waren wir wieder unterwegs. Dal saß konzentriert hinter den Flugkontrollen, den Bildschirm vor ihm fest im Blick, während Haret das Instrumentenpanel beobachtete. Ich versuchte, niemanden zu stören und dabei alles mitzubekommen.

Irgendwo vor uns begannen zwei Universen, sich kongruent aufeinander zu zu bewegen.

»Fünfzig Zentibora«, sagte Haret.

Noch acht Minuten und wir würden den Transit vollzogen haben. Ich fühlte, wie ein Schauer der Erwartung meine Wirbelsäule entlang fuhr.

Draußen war es früher Morgen. Zehn Kilometer unter uns erstreckte sich ein gelbgrüner Regenwald bis zum Horizont und tausend kleine Wasserflecken reflektierten das frühe Sonnenlicht. Es war von dem in Kürze entstehenden Portal nichts zu erkennen - aber das war zu erwarten, was sollte auch zu sehen sein.

»Transtemporales Feld«, sagte Dal. Das Flüstern der Fluggeneratoren wurde plötzlich durch ein sanftes Summen ergänzt. Die Sprunggeneratoren hatten begonnen, die notwendige Energieladung zu sammeln, die uns bald in eine andere Welt versetzen würde.

Das Geräusch erinnerte mich an das Thema unserer Diskussion in der letzten Nacht in der Höhle.

»Ich verstehe es einfach nicht«, hatte ich gesagt, wieder einmal mit meinem Zeichenstock bewaffnet. »Wenn es eine Kongruenz zwischen zwei separaten Universen geben kann, warum dann nicht zwischen zwei Punkten im selben Universum?«

»Wozu sollte das gut sein?«, hatte Haret gefragt. »Du wärst doch im selben Universum, von dem aus du gestartet bist!«

»Aber an einem anderen Ort! Es wäre so etwas wie Teleportation! Keine zehnstündigen Reisen mehr zwischen Portalen. Jeder Punkt auf dem Planeten wäre nur einen Augenblick entfernt!«

Dal Corst hatte nachdenklich genickt. »Ich habe das von dieser Seite her noch nie betrachtet«, sagte er und kratzte seinen eine Woche alten Bart. Unser langer Aufenthalt in der Sonne hatte unser Erscheinungsbild der Wildnis angepasst. Niemand von uns freute sich auf die Fortsetzung der Mission am nächsten Tag. »Ich kann nichts Definitives sagen, ehe ich mir nicht die mathematischen Grundlagen angeschaut habe. Es sieht aber so aus, als würden die Gleichungen nicht erlauben, dass ein Schiff in dem gleichen Gravitationsfeld wieder erscheint, aus dem es gekommen ist.«

»Zwanzig Zentibora«, sagte Haret und holte mich in die Realität zurück. »Das Portal baut sich gut auf.«

»Alles bereithalten für den Zeitsprung«, rief Dal.

Concorde begann, in Richtung des unsichtbaren Weltentores zu beschleunigen.

Der normale Sprungprozess läuft wie folgt ab: Die Fähre schwebt im Fokus des Sprungtores und aktiviert die Sprunggeneratoren, was eine sofortige fünfdimensionale Energieentladung verursacht. Es gibt sehr gute Gründe dafür, beim Passieren eines Tores keine Vorwärtsbeschleunigung mehr aufzuweisen. Wenn die Energien einer Transition nicht genau ausbalanciert werden, kann so ein frecher Shuttle in der überzeugenden Simulation einer H-Bombenexplosion vergehen.

Auf der anderen Seite war der Schwebezustand innerhalb eines Tores eine hervorragende Chance, von der Gegenseite durch einfaches Sperrfeuer vom Himmel geholt zu werden.

Da wir keine Ahnung davon hatten, was oder wer uns auf der anderen Seite erwartete, entschieden wir uns für die riskante Version. Dal beschleunigte die *Concorde* mit Vollschub, bis wir fast dreifache Schallgeschwindigkeit erreicht hatten. Dann, Sekunden nach der Stabilisierung des Portals, würden wir durch die etwa einhundert Meter durchmessende Kongruenzfläche rasen und gleichzeitig die Generatoren aktivieren. Wenn alles gut ging, würden wir auf der neuen Welt wie ein rächender Engel auftauchen und über dem Horizont verschwunden sein, ehe irgendein Verteidiger reagieren konnte.

Sollte das nicht der Fall sein und sich die Generatoren auch nur eine Millisekunde zu früh entladen…

»Wir nähern uns dem Portal«, rief Dal, um das helle Jaulen des Antriebs zu übertönen. »Alles festhalten, wir brechen durch!«

Die grüne Ebene unter uns verschwand, nur der violette Himmel blieb. Plötzlich schüttelte sich *Concorde* wie in einer Turbulenz, und die Welt unter uns wurde weiß. Eine Decke von Wolken bedeckte die Erde von Horizont zu Horizont, und ein früher Morgen verwandelte sich in Mittag.

Dal wandte sich mit einem breiten Grinsen an Haret.

Er öffnete seinen Mund, um zu sprechen - und die Welt um uns explodierte in einem Sturm violetten Lichts.

Kapitel 7

Ich wachte durch das Geräusch eines Hustenanfalls auf und öffnete meine Augen. Ich sah Dunkelheit, garniert mit tanzenden Ringen. Das Husten erklang erneut und ich merkte, dass es von mir stammte. Als der Anfall vorbei war, sah ich mich richtig um.

Concorde lag auf ihrem Rücken. Dal, Haret und ich hingen wie Rinderhälften von der Decke, nur durch unsere Sicherheitsgurte gehalten. Ich versuchte, etwas in der dämmrigen Umgebung zu entdecken. Es gab nichts zu sehen außer der schwachen Silhouette meiner beiden Kameraden mit ihren herunterhängenden Armen.

Ich stöhnte und löste meinen Gurt.

Das nächste, was ich bemerkte, war mein freier Fall nach unten. Ich konnte gerade noch meine Arme ausstrecken, um den Aufprall zu dämpfen, als ich mit meinem Kopf gegen die nun unten liegende Decke krachte.

Ich blieb so liegen, um meine Situation in Ruhe zu analysieren.

Diese wenigen Sekunden nach dem Durchgang waren ein Rätsel. Erst dieser violette Blitz und dann… was?

Ich glaubte mich daran zu erinnern, dass Dal während seines Kampfes mit der angeschlagenen Fähre ein paar Worte in Basic benutzt hatte, die mir die Lernmaschinen nicht beigebracht hatten. Es schien, als hätten die meisten Schimpfworte auf Basic mindestens drei Silben.

Harets Stimme war die ganze Zeit über bemerkenswert ruhig geblieben. Ich erinnerte mich genau, dass sie die Punkte der Notfall-Checkliste vorgelesen hatte, als wir auf die Wolkendecke unter uns zufielen.

»Was ist passiert?«, hatte ich halb gerufen, halb gefragt.

»Automatische Abwehrbatterie«, sagte Dal. »Wir hatten Pech. Und jetzt Mund halten, ich muss dieses Monster unter Kontrolle bekommen.« Er kämpfte eine Ewigkeit von vielleicht dreißig Sekunden, dann warf er entnervt die Arme hoch und stieß einige weitere, pointierte Worte aus. Einige davon kannte ich, er musste sie auf den Straßen New Yorks aufgeschnappt haben.

»Hoffnungslos«, sagte er, dann streckte er seinen Arm aus. »Festhalten, ich werde die Notfallautomatik auslösen!«

Eine mächtige Faust schlug mir in meine Wirbelsäule, ehe er seine Worte ganz ausgesprochen hatte. Danach gab es nur Dunkelheit, bis mich mein eigener Husten geweckt hatte.

Ich nahm meine bescheidenen Kräfte zusammen und richtete mich in eine sitzende Position auf. Ich hatte mir offenbar nichts gebrochen. Zumindest reagierte mein Körper mit keinerlei stechenden Schmerzen auf meine Experimente.

Ich krabbelte zu der Stelle, von der Dal und Haret wie zwei Fliegen in einem Spinnennetz von der Decke hingen. Haret stöhnte, als ich sie aus ihren Gurten löste und vorsichtig zur zum Boden verwandelten Decke gleiten ließ. Haret bewegte sich und starrte dann nach oben.

»Duncan, bist du in Ordnung?«

Ich nickte und vergaß für einen Moment, dass diese Geste für sie bedeutungslos war. Ich beruhigte sie mit ein paar Worten und widmete mich Dal. Er war um einiges schwerer als Haret und eine problematischere Last, als ich ihn aus seiner Position befreite. Irgendwie rutschte sein starrer Körper weg und einen Moment später lag ich unter ihm und japste nach Luft.

»Wie geht es ihm?«, fragte Haret, als ich mich befreit hatte.

»Er lebt«, sagte ich und beugte mich nach vorne, um mein Ohr auf seine Brust zu legen. »Er ist aber bewusstlos. Ich brauche Licht.«

Ich hörte einen sanften, krabbelnden Laut vom hinteren Teil der Kabine und plötzlich leuchteten unter uns Lampen auf. Die unerwartete Helligkeit schoss wie schmerzhafte Dolche in meine Augen.

Bei Licht betrachtet sah Dal nicht allzu übel aus. Ich tastete seinen Körper ab, um nach gebrochenen Knochen zu suchen, konnte zwar keine ausmachen, aber es gab eine böse Platzwunde an seinem Kopf. Ich zog eine blutverschmierte Hand zurück.

»Sieht nach einer Gehirnerschütterung aus«, sagte ich. »Wie sieht es mit dir aus? Verletzt?«

Sie zuckte mit den Achseln. »Offenbar nicht. Wo sind wir?«

»Gute Frage«, sagte ich. Ich bewegte mich zur hinteren Luke, die in die Laderäume und die Antriebsabteilung führte. Oder vielmehr: Die vormals dorthin führte. Als ich sie öffnete, bot sich mir ein Waldpanorama mit dunkelgrünen Bäumen und Unterholz unter einem bleiern wirkenden Himmel. Nieselregen fiel aus einer soliden Wolkendecke. Die Notfallautomatik hatte die Kabine abgesprengt und sie war an Fallschirmen gelandet. Kopfüber.

Ich warf einen Blick über meine Schulter auf Haret. Sie arrangierte Dal in einer komfortableren Position. »Ich werde mich etwas umsehen.«

»Geh nicht verloren!«, sagte sie. Trotz der vordergründigen Ruhe in ihrer Stimme, konnte ich den Horror heraushören, verursacht durch die Vorstellung, allein mit einem bewusstlosen Dal Corst hier gestrandet zu sein.

»Keine Sorge.«

Ich verließ die Sicherheit der Kabine und kletterte in den kalten Nieselregen, den ich mit einem leichten Schaudern begrüßte.

*

Concorde war am Rande eines Hügels zum Stillstand gekommen.

Oder vielmehr, was von Concorde nach dem Absturz übrig geblieben war. Was früher mal die Flugkabine gewesen war, ruhte majestätisch in einem Kranz ruinierter pinienähnlicher Bäume und tiefem Buschwerk, den Bauch mit entblößten Kabelresten zum Himmel gerichtet. Die Außenhülle zeigte Schmelzspuren, so als ob jemand die Kabine mit einem riesigen Flammenwerfer bearbeitet hätte. Vom Rest der Fähre war weit und breit nichts zu sehen.

Ich drehte eine vorsichtige Runde um die Kapsel, um nach Spuren von Zivilisation Ausschau zu halten. Es gab keine. Ich kletterte zum Rand des Einschlagkraters und erkannte eine Felsformation, von der aus man einen guten Überblick hatte. Grüner Wald erstreckte sich nach allen Seiten bis zum Horizont. Zu meiner Rechten erhob sich ein baumbedeckter Berg bis in die Wolkendecke. Zu meiner Linken gab es nur endlose Wellen von Hügeln, exakt wie jener, auf den ich nun geklettert war.

Es gab nirgends auch nur das kleinste Anzeichen intelligenten Lebens.

Meine Schultern zitterten unwillkürlich, als ich den Kragen meiner Jacke noch enger um meinen Hals zog. Von meinem Standpunkt sah es so aus, als wären wir in einer unbewohnten Zeitlinie gestrandet, ohne jede Hoffnung auf Rettung. Ich schob diesen morbiden Gedanken entschlossen beiseite. Selbst Dalgiri waren endloser Wildnis vorzuziehen. Bei ihnen gab es immerhin eine Chance auf Flucht, wenn man clever genug agierte.

Abgesehen davon war *Concorde* aus dem Himmel geschossen worden. Was konnte zivilisierter sein als eine automatische Kanone, die darauf programmiert war, jeden Fremden sofort in dem Augenblick zu erschießen, in dem er auftauchte?

Als ich die Kabine wieder betrat, sah ich Haret im Schneidersitz mit Dals Kopf in ihrem Schoß. Sie legte einen Verband an.

»Veränderungen?«

»Nein. Er schläft friedlich - zu friedlich. Wir können nur hoffen, dass er von selbst erwacht.«

»Verdammt.«

»Was hast du draußen gefunden?«

Ich gab meine Eindrücke wieder. Haret hörte genau zu, ihre Lippen voller Konzentration aufeinander gepresst. Ich hatte meine Schilderung nur allzu rasch mit den Worten beendet: »Es ist übel mit den Wolken. Wir könnten vielleicht Spuren von Zivilisation ausmachen, wenn es nicht so verdammt bedeckt wäre.«

»Und jene, die uns abgeschossen haben, würden uns leichter entdecken. Seien wir für das Wetter dankbar. Es hat möglicherweise unser Leben gerettet - zumindest bis auf weiteres.«

»Wo ist der Waffenschrank?«

»Durch die hintere Tür, zweiter Schrank auf der rechten Seite«, sagte sie und zeigte mit den Augen. Ich erhob mich und hielt mitten in der Bewegung inne. Ich war ja bereits durch diese Tür getreten. Auf der anderen Seite gab es nur den Wald. Ich ließ mich wieder nieder.

»Die Waffen waren im anderen Teil des Schiffes?«

»Ich befürchte es.«

Ich benutzte den pointierten Ausdruck, den Dal in New York aufgeschnappt haben musste. Danach fühlte ich mich besser.

Den Rest des Tageslichts benutzten wir, um unsere Vorräte zu sortieren. Das Ergebnis war niederschmetternd. Wir hatten keine Nahrung, kein Wasser und keine Waffen. Im Dunkeln zeigte sich, dass das Licht an Kraft verlor. Wir machten es aus, um Energie zu sparen. Ich ergriff eine Brille mit Restlichtverstärker, um damit die erste Wache zu übernehmen, während Haret in meinen Armen einschlief.

Während der nächsten drei Tage errichteten wir ein Lager, ungefähr 250 Meter bergab vom Wrack entfernt. Wir bauten eine krude Hütte, angelehnt an einen Felsvorsprung, und ich fing einige Hasen als Verpflegung. Haret kümmerte sich um Dal und ein kleines Lagerfeuer.

Am Ende des dritten Tages hatten wir so etwas wie eine Routine entwickelt.

»Ich habe über die Hasen nachgedacht«, sagte ich, während ich eines der beachtlich großen Tiere häutete, das ich am heutigen Tag gefangen hatte.

»Was ist mit den Hasen?«, fragte Haret, die einen zweiten wie einen Marshmellow aufgespießt über dem Feuer röstete.

»Warum Hasen? Warum keine fellbedeckten kleinen Dinosaurier oder laufende Fische oder Vögel mit Zähnen?«

»Ich verstehe nicht.«

»Die verschiedenen Universen der Parazeit sind seit dem Großen Knall voneinander getrennt, nicht wahr? Warum aber gibt es überall sehr ähnliche Fauna und Flora? Sie sollten sich doch eigentlich als unabhängige Zeitlinien ohne Gemeinsamkeiten entwickelt haben. Bloß weil auf meiner Erde die Menschen zwei Arme, zwei Beine und einen Kopf haben, musste das doch in den anderen Zeitlinien nicht genauso sein!«

Sie zögerte für einen Moment, ehe sie antwortete. »Das weiß keiner so genau.«

»Hm?!«

»Oh, es gibt natürlich Theorien. Die meisten denken, es hat so etwas wie eine natürliche gegenseitige Befruchtung zwischen Zeitlinien gegeben. Es gibt wohl Fälle, in denen die Zeitbarrieren zusammenbrachen und Menschen wie Tiere unabsichtlich die Zeitlinien durchquerten. Niemand hat das bisher richtig erklären können, wie so was möglich sein soll, aber es ist eine Theorie.«

Ich dachte darüber nach. Es machte durchaus ein wenig Sinn. Gab es nicht immer wieder Fälle von Menschen, die unter ungeklärten Umständen verschwanden? Warum konnte nicht Mutter Naturs eigene Version eines intertemporalen Shuttles dafür verantwortlich sein? Es hörte sich bestimmt glaubwürdiger an als mehr als eine Milliarde Fälle paralleler Evolution.

»Hört sich wie ein gutes Thema für eine Doktorarbeit an«, sagte ich.

»Das war es schon oft, sicher tausend Mal. Eine ganze Abteilung der Biologie studiert nichts anderes. Man kann die Geschichte einer Zeitlinie erfassen, indem man die Beziehung ihrer Fauna und Flora zu den sie umgebenden Universen erforscht. Je länger zwei Zeitlinien in Kontakt waren, desto mehr ähneln sich ihre evolutionären Entwicklungen. Nach einer Milliarde Jahren engen Kontakts, sind manche der Kernuniversen der zusammenhängenden Cluster fast nicht mehr voneinander unterscheidbar. In anderen Universen, vor allem den gegenläufigen Zeitlinien, ist Diversität häufiger.«

Ich nickte. Ich hatte schon herausgefunden, dass Talador und Salfa Primus im Vergleich zu meiner eigenen Zeitlinie relativ harmlos waren. Schlangen waren zum Beispiel in beiden Zeitlinien unbekannt. Möglicherweise hatte die Garten-Eden-Theorie doch einen Hintergrund harter, kalter Fakten.

Ich wurde durch einen heftigen Atemzug Harets aus meinen Gedanken gerissen.

»Was ist los?«

Es dauerte einen Moment, bis sie ihre Stimme wieder fand. Als sie sprach, war es mehr ein Flüstern. »Vier Männer schleichen sich hinter dir an uns heran. Ich glaube nicht, dass sie schon wissen, dass ich sie bemerkt habe.«

Mein Verstand raste für einige Sekunden, als meine Augen links und rechts nach einem Ausweg suchten. Ich hatte sofort ein halbes Dutzend verwegener Fluchtpläne, die ich gleich wieder verwarf. Das scharfe Knacken eines zerbrechenden Zweiges hallte über die Lichtung und ich tat das, was am intelligentesten war:

Ich erhob mich, streckte meine Hände weit von mir, drehte mich um und lächelte.

*

Es handelte sich um zwei Meter große, rotbärtige Konquistadoren.

Das war zumindest mein erster Eindruck. Er hielt nicht lange vor. Auf den zweiten Blick erkannte ich, dass ihre Rüstung eigentlich nicht wie die von spanischen Soldaten des 16. Jahrhunderts aussah. Nur die spitz zulaufenden Helme hatten eine gewisse Ähnlichkeit. Darüber hinaus trugen sie lederne Rüstungen, die dem entsprachen, was man römischen Legionären andichtete, und grüne Stiefel. Jeder Mann trug ein Langschwert auf dem Rücken, getragen durch einen Kreuzgurt, der sich über die Brust spannte. An ihren Gürteln steckten lange und schwere Dolche, die fast schon wie kurze Schwerter wirkten.

Was mich allerdings am meisten interessierte, waren die Musketen, die sie in ihren Händen hielten. Ich starrte in vier sehr große, schwarze Mündungen. Die Waffen sahen eher aus wie afghanische denn wie westliche Produkte. Der Feuermechanismus war irgendwas zwischen Lunte und Radschloss. Alles in allem vermittelten sie jedoch einen ausreichend effizienten Eindruck.

Ich lächelte und hob meine Arme mit den Handflächen nach vorne. »Freund!« Ich fühlte mich albern, als ich das sagte.

Einer der Männer - mit ein paar Verzierungen mehr auf der Rüstung als die anderen - öffnete seinen Mund und sprach einen kurzen Satz. Die Worte waren unverständlich, aber was auch immer sie bedeuteten, sie enthielten ohne Zweifel ein deutliches Kommando.

»Was meinst du?«, fragte ich Haret über meine Schulter.

Der Befehl kam erneut, diesmal unterstrichen durch eine scharfe Bewegung mit dem Musketenlauf.

»Er will, dass wir uns von Dal fortbewegen, glaube ich«, sagte Haret.

Das war auch in etwa meine Interpretation. »Abgang nach rechts oder ich schlage deinen Schädel ein!«, schien der Inhalt der bisherigen Konversation gewesen zu sein. Wir zogen uns etwas zurück.

Ein weiteres scharfes Kommando war zu hören und ein Mann senkte seine Waffe und ging auf Dal zu. Wir hatten ihn in den letzten Tagen mit heißer Hasensuppe gefüttert und er hatte instinktiv geschluckt, sich aber sonst nicht gerührt. Der Einheimische beugte sich hinab und strich mit Sachkenntnis durch Dals Haare. Er wusste offenbar, was er tat, denn er fand schnell die Schramme an Dals Schädel.

Es folgte eine schnelle Konferenz, die in einer Folge weiterer Kommandos endete. Bevor ich richtig begriffen hatte, wie mir geschah, fühlte ich mich bereits an den Armen gegriffen, die gebeugt wurden, bis meine Handgelenke sich berührten. Ich blieb bewegungslos und ließ mich fesseln. Als dies geschehen war, wurde der Vorgang mit Haret wiederholt.

Nachdem wir beide offenbar sicher waren, kümmerte man sich erneut um Dal. Ich hatte den Eindruck, dass die beiden jüngeren Männer, Teenager mit Bartflaum und einer massiven Akne, Dal töten wollten, um sich die Mühe des Transports zu ersparen. Der dritte Unterling, der Doktor gespielt hatte, war offenbar anderer Meinung. Der Anführer schien auf keinen Fall Interesse daran haben, einen der Gefangenen zu verlieren, und so hackten seine drei Männer kurz darauf Holz, um eine Trage zu basteln. Der Anführer lehnte sich derweil auf seinen Gewehrlauf und behielt uns im Auge.

Nach einer halben Stunde waren wir alle im dichten Wald unterwegs und folgten dem Lauf eines kleinen Baches. Der Anführer ging an der Spitze der Kolonne, dann kamen wir, gefolgt vom Doktor, der uns genau beobachtete. Die beiden Teenager liefen am Ende und grummelten. Sie mussten die Trage mit Dal schleppen.

Als der Bach in einem kleinen Fluss mündete, fanden wir vier etwas magere Pferde an zwei Bäume gebunden vor. Es gab offenbar weitere Diskussionen darüber, wie man die Trage durch ein Pferd ziehen lassen könne, und nach einer kurzen Pause wurde eine entsprechende Vorrichtung gebastelt. Dann ging es recht rasch weiter. Diesmal aber ritten Anführer und Doktor, während Haret und ich hinterher stolperten. Die beiden anderen wechselten sich auf dem dritten Pferd ab oder begleiteten zu Fuß die Trage.

Wir liefen den Rest des Tages, immer flussabwärts, und hielten erst an, als es deutlich zu dunkel wurde. Haret und ich verbrachten die Nacht aneinander gekuschelt, gebunden wie preiswürdige Schweine für den Markt. Dann brach der Morgen an, es gab ein karges Frühstück aus ledrigem, getrocknetem Fleisch und weiter ging es. Es war Mittag, als wir den Wald schließlich verließen und eine große Lichtung mit kniehohen Büschen und wilden Blumen betraten. Der kleine Fluss hatte sich derweil in einen sehr respektablen Strom verwandelt. Ich sank dankbar auf meine Knie, als der Anführer einen Stopp anordnete. Ich schaute hoch.

In der Ferne, auf einem weit entfernten Hügel, die Umrisse durch blauen Dunst etwas verschwommen, saß eine Burg wie aus einem Hollywood-Film.

Der Anführer drehte sich im Sattel und folgte meinem Blick.

»Fyalsorn«, sagte er und streckte seinen Finger aus.

Kapitel 8

Es war ein weiterer, sechsstündiger Fußweg bis zu den Toren der Stadt, die die Burg umrundete. Sie war eine befestigte Ansiedlung mit den typisch engen, verwinkelten Straßen, in denen die Gebäude das letzte bisschen Sonnenlicht verdeckten, das es durch die Wolken nach unten schaffte.

Wir marschierten allseitig beachtet durch gedrängte Durchgänge mit allen Gerüchen eines orientalischen Basars. Meine Nase informierte mich darüber, dass die Einheimischen Rindfleisch aßen und allerlei Gewürze von Minze bis Pfeffer kannten. Darüber hinaus schienen sie eine besonders aggressive Form von Tabak anzubauen. Oft genug wurden diese Gerüche aber durch den üblen Gestank überdeckt, der aus den offenen Abwasserkanälen drang, die alle Straßen durchzogen.

»Was hältst du von der hiesigen Farbgebung?«, fragte ich Haret, die neben mir einher stolperte. Ihrem Gesichtsausdruck konnte ich entnehmen, dass ihr die Fesseln genauso schmerzhaft zusetzten wie mir. Natürlich ging es mir um alles andere als die Farben.

Sie lächelte grimmig. »Ich glaube, ich verstehe, was du meinst«, sagte sie und verzog die Nase, als wir an einem Abwasserkanal vorbei kamen. »Es ist sicher nicht die Farbe, die mir zu schaffen macht.«

Wir erreichten das Burgtor bei Einbruch der Nacht. Ich keuchte vor Erschöpfung, als wir die Anhöhe erreicht hatten. Dennoch schaute ich mich neugierig um. Burgen waren zu meiner Zeit etwas aus der Mode gekommen.

Fyalsorn - wenn das der Name der Burg und nicht der Stadt war - war ganz offensichtlich als Festung geplant worden und keines der Märchenschlösser, wie sie verrückte bayerische Könige bevorzugten. Sie war aus Sandsteinblöcken gebaut, ausgestattet mit Türmen, Erkern und Befestigungen. Wir liefen über eine Zugbrücke und betraten den Hof hinter dem Tor. Dort wartete die erste Überraschung auf uns.

Unterbewusst hatte ich unsere Gäste technisch irgendwo auf der Höhe Europas im 16. oder 17. Jahrhundert eingeordnet. Aber am

Rande des Hofes stand, schwarzen Rauch in den Himmel stoßend, eine kohlegefeuerte Kolbendampfmaschine. Das war nicht die letzte Überraschung. Die Schmiede des 14. Jahrhunderts wären durchaus imstande gewesen, eine einfache Dampfmaschine zu bauen, hätte man es ihnen erklärt. Die Techniken, um einen Menschen in eine abnehmbare Rüstung aus Eisen zu verfrachten, mit der er zudem noch auf einem Pferd sitzen konnte, waren mindestens genauso komplex wie der Bau eines Dampfkessels.

Unsere Häscher hatten jedoch weitaus mehr erreicht. Denn angeschlossen an die Dampfmaschine stand ein primitiver elektrischer Generator. Es gab keinen Zweifel über den Zweck des großen Schwungrades, denn der Innenhof wurde durch das scharfe Licht von Karbonlampen erhellt, die überall an den Wänden hingen.

»Eine recht weit entwickelte Zeitlinie«, sagte Haret, als sie sich umsah. »Wir sollten in der Lage sein, mit ihnen umzugehen.«

Ich nickte. »Vorausgesetzt natürlich, sie verkaufen uns nicht vorher an die Dalgiri!«

Die drei Reiter saßen ab und überließen ihre Pferde den Burgwachen. Andere lösten die Trage vom vierten Pferd ab und führten es fort. Haret und ich wurden mehrere Treppen hochgetrieben, bis wir in einer großen, von zischenden Lampen erhellten Halle ankamen.

Haret schaute sich um, jedes Detail in sich aufnehmend. »Warum gibt es hier kein elektrisches Licht?«

Ich zuckte mit den Achseln. »Die Bogenlampen sind wahrscheinlich zu stark. Ich wette, diese ummantelten Laternen verbrennen Wasserstoff. Das würde die Verwendung von Kohlegas oder Elektrolyse bedeuten.«

Nach einem bellenden Kommando des Anführers blieben wir in der Mitte der Halle stehen, wo zwei Wachen endlich unsere Fesseln lösten. Binnen weniger Sekunden rann Feuer durch meine Hände, als der Blutkreislauf sich seinen Weg bahnte.

Als das schlimmste Brennen sich in bloße Nadelstiche verwandelt hatte, wurden wir durch einen Durchgang und eine enge Wendeltreppe aufwärts gescheucht. Am Ende gab es eine abgeschlossene Tür. Eine Wache schob einen mächtigen Schlüssel in das noch größere Schloss - man konnte sicher zwei Finger in das Schlüsselloch stecken

- und drehte ihn um. Die Tür schwang erstaunlich leise auf, und die ganze Gruppe stapfte hindurch. Der Anführer benutzte eine Art Feuerzeug, um eine Kerze anzuzünden und wies auf die umfassende Ausstattung des Raums. Sie bestand aus einer strohgefüllten Matratze, einer rauen Decke, einem schlecht gezimmerten Tisch, auf dem die Kerze sowie ein Tonkrug standen. Dann gab es da noch einen Eimer mit Wasser. Ich wunderte mich etwas darüber, bis mir klar wurde, dass es sich um die sanitäre Einrichtung handelte.

Unsere Wachen stolzierten mit ihren matschbedeckten Stiefeln heraus und der Anführer hielt nur kurz inne, um uns irgendetwas zu sagen, ehe er durch die Tür ging und diese hinter sich schloss. Es gab ein metallisches Geräusch, als abgeschlossen wurde, und dann nur noch die verklingenden Laute auf der Treppe.

Ich ging zur Tür und lauschte. Wie erwartet hörte ich, nachdem ausreichend Zeit vergangen war, das Geräusch von Metall auf Stein. Man hatte einen Wachposten stationiert.

Ich reckte mich und berichtete Haret von meiner Entdeckung.

»Hast du etwas anderes erwartet?«

Ich zuckte mit den Achseln.

»Was denkst du hat der Adlige gesagt, ehe er uns verließ?«, fragte sie.

»Das könnte alles zwischen ‚Schlafen Sie gut!' und ‚Willkommen im Tower von London!' gewesen sein.«

»Willkommen wo?«

»Nicht so wichtig.«

»Was ist mit Dal? Meinst du, sie werden ihm was tun?«

»Erst ihn den ganzen Weg hierher tragen und dann umbringen? Sie haben ihn sicher in ihr Hospital gebracht, falls sie hier so was haben.«

»Was machen wir also?«, fragte Haret und schaute sich in dem kahlen Raum um. Der Wind außerhalb unserer Turmzelle heulte, als er über die Unebenheiten des Mauerwerks fuhr. Ein neuer Regenschauer trommelte gegen das angeschlagene Glasfenster gegenüber des Bettes.

»Was können wir schon machen? Wir versuchen zu schlafen.«

Wir zogen unsere grauen, dreckigen Monturen aus und krabbelten unter die genauso graue und dreckige Decke. Ich streckte meinen Arm aus und löschte die Kerzenflamme zwischen Daumen und Zeigefinger. Haret war ein seidiger Ort der Wärme in einem ansonsten pieksigen und kalten Universum, als wir uns eng aneinander drückten. Wir lagen da in der Dunkelheit, bis ihre Schultern zu zittern anfingen und sie leise zu schluchzen begann..

»Was ist?«, flüsterte ich.

Als ob meine Frage einen Damm gebrochen hätte, erklang ein Seufzen aus ihrer Kehle und die Tränen flossen, als sie ihr Gesicht zwischen meinem Oberarm und meiner Brust verbarg. Ich hielt sie fest. Schließlich wurde das Schluchzen leiser.

»Besser?«, fragte ich.

»Ich habe Angst, Duncan. Was ist, wenn sie Diener der Dalgiri sind?«

»Wir überqueren diese Brücke, wenn wir sie erreichen. In der Zwischenzeit…«

Ich suchte in der Dunkelheit nach ihren Lippen und fand sie schnell. Eine unbekannte Zeitspanne später streichelte ich über erregte Brustwarzen und wurde ebenfalls gestreichelt. Dann, wie von Dämonen getrieben, intensivierte sich unser Liebesspiel. Es war sicher lange nach Mitternacht, als unsere ineinander verschlungenen Körper in den Schlaf fielen.

*

Am kommenden Morgen begannen die Sprachlektionen nach einem Frühstück, das nur der berühmte Porridge sein konnte. Unser Lehrer war ein alter gebrechlicher Krieger mit Arthritis, der sich kaum bewegen konnte. Sein Name war Argor, und hinter der Gebrechlichkeit verbarg sich ein erstklassiger Intellekt. Wie alle anderen, die wir bisher gesehen hatten, hatte er rote Haare, obgleich die Pracht durch eine wachsende Glatze sowie einen guten Anteil an Grau etwas verringert wurde.

Nach dem Ende der ersten Woche von Lektionen, die die Zeit zwischen Morgengrauen und Dämmerung angefüllt hatten, hatten wir so etwas wie eine Ahnung von der hiesigen Sprache. Das mochte in meinem Falle am Training oder an der Tatsache liegen, dass ich ohnehin in den letzten Monaten ein halbes Dutzend neuer Sprachen gelernt hatte. Wie dem auch sei, ich fand heraus, dass ich neue Worte in mich aufnahm, sobald ich sie gehört hatte.

Die Sprache hieß Swajorn, die Burg in der Tat Fyalsorn, und die Stadt, die wir aus unserem Fenster betrachten konnten, Fyalsorn-Daya - was schlicht bedeutete: Die Stadt unter dem Schutz von Fyalsorn. Der hiesige Herr war Lord Ryfik, dessen Sohn, Lord Gosfik, der Anführer der Gruppe gewesen war, die uns aufgegriffen hatte.

Sobald wir ein wenig Vokabular beherrschten, fragten wir Argor nach Dal.

Er sah uns mit seinen blauen Augen an und sagte etwas, was wir beinahe verstanden. Nach fünfzehn Minuten harter linguistischer Arbeit auf beiden Seiten fanden wir heraus, dass Dal unter der Obhut des Chefmediziners der Burg stand. Ich befragte Argor einige Minuten, bevor ich mich mit dem Begriff »Chefmediziner« begnügte, irgendwie passte seine Beschreibung nicht zum klassischen Verständnis eines Doktors.

Am Ende unserer zweiten Woche in Gefangenschaft konnten wir tatsächlich so etwas wie eine Unterhaltung führen.

»Wie lange wird man uns hier gefangen halten, Argor?«, fragte ich eines Tages nach dem Mittagessen. Die Mahlzeit hatte aus einem Laib Brot und einer Portion ausgesprochen gut karbonisiertem Rindfleisch bestanden.

»Das wird Lord Ryfik entscheiden, Ehrwürdige.« Es schien, als seien Haret und ich »ehrwürdig« - ich in der männlichen, Haret in der weiblichen Form. Warum auch immer - es mochte mit unserem Quartier im Turm anstatt des Burgkerkers zu tun haben. Die Wachen hatten mir von der Existenz des Verlieses bereits berichtet.

»Was ist mit unserem Freund?«, fragte Haret. »Wir haben nichts mehr gehört, seit du uns vor drei Tagen erzählt hast, er habe das Bewusstsein wiedererlangt.«

»Euer Freund hat einen guten Appetit und wird mit jeder Nacht stärker. Es dauert nicht mehr lange, und er wird zu Euch kommen. Außer natürlich, Ihr habt etwas dagegen, Ehrwürdige!«

»Absolut nicht, Argor!«

Drei Tage später rief uns schließlich Lord Ryfik zu sich. Die Ratshalle von Fyalsorn war groß und leer, sie erinnerte mich an eine Kirche am Dienstagmorgen. Es gab mehrere Reihen von hochlehnigen Stühlen, auf denen die treuen Untertanen die weisen Ratschlüsse ihres Herrn anhören konnten. Ein halbes Dutzend Leuchter hingen von der Decke, was die Halle noch mehr einer Kirche anglich. Der Eindruck wurde durch die farbigen Glasscheiben hoch oben an der Wand verstärkt.

Ryfik war genauso beeindruckend wie der Raum. Er war ein großer Mann mit gepflegtem rotem Haar. Graue Sprengsel verzierten seine Schläfen und eine Narbe verlief über seine rechte Wange. Seine Hautfarbe war etwas dunkler als der rotwangige, pfirsichfarbene Durchschnitt, der die lokale Norm zu sein schien. Auffallend war, dass er keinen Bart trug. In dem Saal entdeckten wir neben einigen Höflingen auch Gosfik, Ryfiks Sohn.

Haret und ich liefen den Mittelgang entlang und kamen ein Dutzend Schritte vor dem Thron zum Stillstand, so, wie man uns instruiert hatte. Soweit es das Zeremonielle betraf, war es das auch schon. Argor hatte nichts über Verbeugungen und Ehrerbietungen gesagt, von denen Monarchen normalerweise träumten, also standen wir nur da, in einer hoffentlich respektvollen Haltung.

Ryfik schaute kurz über unsere angegriffenen Monturen, dann gab er einer der zahlreichen gut bewaffneten Wachen ein Zeichen. Der Mann verschwand durch eine Seitentür und kam schnell wieder, einen noch etwas zittrigen Dal Corst mit dem Arm stützend. Er half ihm zur Mitte der Halle, wo wir standen.

Haret und ich umringten Dal, sobald die Wache ihn losließ. Haret küsste ihn und ich schlug ihm auf die Schulter. Er sah einen Moment desorientiert aus. Doch wirkte er, als sei er aus hochverdichtetem Stahl gemacht, und das trotz seiner eingefallenen Wangen und dem grauen Gesicht.

»Berichtet, Zeitagenten. Was ist passiert?«

Ich gab ihm einen knappen Bericht über alles, was seit dem Transit passiert war, und Haret füllte ein paar Löcher. Ryfik sah uns für einige Minuten interessiert zu, dann räusperte er sich vernehmlich.

Wir stoppten sofort und wandten uns dem Thron zu.

Die Audienz hatte offensichtlich begonnen.

*

»Wir haben lange auf eine Chance gewartet, einen von Euch als Geisel nehmen zu können, Ehrwürdige. Wie schätzt Ihr die Wahrscheinlichkeit eines Lösegeldes ein? Wird Euer König zahlen?«

Ryfiks Stimme hallte mit Macht durch den Saal, so dass ich vermuten musste, dass der Architekt dieses Raumes recht viel Ahnung von Akustik hatte. Er sprach langsam und deutlich, mit weitaus stärkerer Betonung als sonst in Swajorn üblich. Trotzdem musste ich immer erst ein wenig über seine Worte nachdenken, ehe ich sie verstand. Ich begriff sofort, was schief gelaufen war, als ich mitbekam, wie Haret Dal eine schnelle Übersetzung zuflüsterte.

Diese Leute hielten uns für Dalgiri!

»Ihr irrt Euch, mein Fürst!«, erwiderte ich in bewusster Imitation der kraftvollen Stimme Ryfiks. »Jene, von denen Ihr Lösegeld erwartet, sind unsere eingeschworenen Feinde!«

Das Echo meiner Worte war gerade verklungen, als mir deutlich wurde, dass ich meine Ansicht auch etwas diplomatischer hätte formulieren können. Ich wandte mich an Dal, der weiterhin mit einem selbstbewussten Gesichtsausdruck nach vorne schaute.

»Es ist ihr Job, Zeitagent«, flüsterte er. »Machen Sie um unser aller Heil willen bloß keinen Fehler...«

Ich war schon zu tief drin, als dass ich jetzt noch zurück konnte. »Jene, für die Ihr uns fälschlich haltet, nennen wir Dalgiri«, sagte ich. »Wir sind aus Talador und seit Ewigkeiten ihre Feinde!«

Ein aufgeregtes Geflüster kam von einigen der anwesenden Höflinge und erstarb unter Ryfiks strengem Blick. »Erkläre uns das, Ehrwürdiger!«

Ich gab ihm eine bearbeitete Abhandlung des Krieges zwischen Talador und Dalgir, ohne weiter darauf einzugehen, wie wir hierher gekommen waren. Ich vermutete stark, dass diese Leute ihre eigene Welt genügend erkundet hatten, um herauszufinden, dass die Dalgiri wie auch wir von woanders her kamen. Ich hoffte, dass sie keine Ahnung hatten, wo sich dieses »woanders« nun genau befand.

Als ich geendet hatte, lehnte sich Ryfik zurück und betrachtete mich misstrauisch. »Was meinst du, Sohn?«

Gosfik sah uns an und zuckte mit den Achseln. »Sie sehen in der Tat nicht wie die Anderen aus, das ist wahr. Aber wie sollen wir sicher sein, dass sie nicht zusammen gehören? Vielleicht haben wir es mit zwei verschiedenen Clans aus dem gleichen Königreich zu tun.«

»Was sagt Ihr dazu, Ehrwürdiger?«

»Was kann ich sagen? Wenn Ihr uns glaubt, können wir Euch vielleicht gegen die Dalgiri helfen. Wenn nicht, seid Ihr einem Ende ihrer Herrschaft nicht näher als zuvor.«

»Das ist wahr«, erwiderte Ryfik, offenbar tief in Gedanken. Dann schwieg er.

Haret nutzte diese Pause, um etwas in mein Ohr zu flüstern. »Frag nach den Dalgiri. Was haben diese Monster getan?«

»Wie hat Euch mein Feind geschädigt, mein Fürst?«

Die Geschichte war lang, aber es schien, als hätten die Dalgiri ihre Standardprozedur in dieser Zeitlinie verfolgt. Sie waren eines Tages aufgetaucht und hatten einen Stützpunkt in einem rund fünfzig Kilometer entfernten Tal errichtet. Ihre Basis bestand aus einer Anhäufung von silbernen Hallen - Dal bezeichnete sie als Forschungsstation, nachdem Haret übersetzt hatte -, umgeben von einem elektrischen Zaun und durch automatische Waffen verteidigt.

Wenn die Aktivitäten der Dalgiri für Ryfik auch seltsam waren, Haret und Dal waren sie nur allzu vertraut. Die Methoden des Imperiums waren über lange Zeiträume erprobt und effektiv. Zuerst würden die hiesigen Agenten die Sprache und Kultur durch die Entführung zahlreicher Einheimischer erlernen und ihre Gehirne mit computerisierten Psychosonden melken. Da dies aus den Interviewten normalerweise lallende Idioten machte, wurden sie anschließend getötet.

Das war noch nicht das Schlimmste.

Ryfik hatte schnell eine Truppe zusammengezogen, um den Eindringlingen zu zeigen, was es bedeutete, das Territorium von Fyalsorn zu verletzen. Glücklicherweise waren es nicht allzu viele Soldaten gewesen - 20 oder 30 Burgwachen unter dem Kommando eines Onkels von Ryfiks Ehefrau. Keiner war wieder zurückgekehrt, nach einem Monat hatte man nur einige verlassene Pferde aufgegriffen.

Nach dieser Aktion hatten die Dalgiri einige Angriffe gestartet. Ferne Bauerndörfer wurden zwei- bis dreimal im Jahr von Shuttles angegriffen, offenbar, um den Bewohnern eine dauerhafte Lektion zu erteilen. Ryfiks Minister waren der Ansicht, dass die Dalgiri Gefangene als Geiseln in ihrer Station festhielten, als Versicherung für Fyalsorns gutes Benehmen. Solche Vorgehensweisen entsprachen hiesigen Formen von Staatspolitik und wurden erwartet.

Als die Geschichte vorbei war, hielt ich eine kurze, flüsternde Konferenz mit Haret und Dal. »Was denkt ihr? Sollen wir ihnen sagen, dass nach unseren Erfahrungen alle Gefangenen längst tot sein dürften?«

Dal kaute unentschieden auf seiner Lippe herum. »Das könnte ihn überzeugen oder es könnte ihn in unkontrollierbare Wut versetzen. Du weißt, was manchmal mit dem Überbringer schlechter Nachrichten passiert, oder?«

»Haret?«

»Ich habe keine Meinung, Duncan.«

»Wir müssen ihnen etwas sagen. Schau, wie Lord Ryfik schon ungeduldig wird.«

»Dann die Wahrheit«, sagte Dal. »Das soll manchmal durchaus wirksam sein.«

Also tat ich exakt das. Ich erklärte den Prozess mit der Psychosonde so deutlich wie möglich und betonte den Zustand der Opfer nach Abschluss desselben. Als ich sprach und immer wieder nach den richtigen Worten in Swajorn suchte, durchfuhr ein entsetztes Murmeln die Menge der Anwesenden. Ryfik, der anfangs schlicht interessiert gewirkt hatte, schaute immer finsterer drein. Als ich mit meiner Schilderung fertig war, schien er seine Wut nur noch mühsam unter Kontrolle halten zu können. Ich sah, dass mehr als eine Hand der Umstehenden unbewusst zur Waffe gegriffen hatte. Als ich fertig war, herrschte eine tödliche Stille, die plötzlich nur noch durch ein lautes Schluchzen unterbrochen wurde.

Ich stellte mit Entsetzen fest, dass es aus der Kehle eines der hartgesottenen Wachsoldaten kam, der an der Wand der Halle stand. Niemand schien sich darum zu kümmern.

Schließlich sprach Ryfik, jedes Wort sehr langsam und betont aussprechend, jedoch in einem Ton, als würde er jedes einzelne ausspucken. »Ist… das… wahr?«

»Ich schwöre es, mein Fürst.«

»Wir werden sehen. Ist es wahr, werde ich einen Heiligen Krieg gegen diese Dämonen ausrufen. Wenn aber nicht…«

Ich nickte. Wenn nicht, würden die drei »Ehrwürdigen« aus dem fernen Talador nähere Bekanntschaft mit dem Kerkermeister Fyalsorns schließen.

Ich konnte die glühenden Nadeln unter meinen Fingernägeln bereits spüren.

Kapitel 9

Ein paar schnelle Worte von Ryfik und die Audienz war beendet. Vier der am fähigsten wirkenden Wachen begleiteten Dal, Haret und mich in die Privatquartiere des Fürsten. Dort warteten Ryfik, Gosfik, unser Lehrer Argor und zwei Edelleute auf uns, die ich grob als »Außenminister« und »Kommandierender General« klassifizierte. Sie standen um einen kleinen Kartentisch herum, direkt vor einem gemütlich flackernden Kaminfeuer.

Als wir drei uns gegenüber von Ryfik auf Stühle niedergelassen hatten, sah er von der Karte auf, die vor ihm lag. Es schien, als habe sich seine Wut etwas abgekühlt, und der dadurch gewonnene emotionale Raum wurde durch kühle Überlegung eingenommen.

»Nun, Ehrwürdige, wenn Eure Geschichte wahr ist, wird es Krieg geben. Wie bestätigen wir den Wahrheitsgehalt Eurer Darstellung?«

Ryfik unsere Aufrichtigkeit zu beweisen, stellte sich als schwere Aufgabe heraus. Haret und ich wechselten uns darin ab, unseren potentiellen Verbündeten von unserem fernen Herkunftsland zu berichten und was zwischen dem Abschuss sowie dem Moment, in dem Gosfik uns fand, passiert war. Wir beantworten drei Stunden lang ihre Fragen, und kamen doch immer wieder zu dem einen Problem zurück: Wir können wir beweisen, dass wir die Wahrheit sprechen?

Schließlich blickte Argor von seinem Platz neben dem Feuer auf, an dem er seine schmerzenden Knochen gewärmt hatte, und schlug einen Plan vor.

»Diese Flugmaschine ist in der Nähe des Platzes, an dem Gos Euch gefunden hat?«

»Ja«, sagte ich.

Argor räusperte sich und wandte sich an Ryfik. »Dann, mein Fürst, haben wir eine Methode, die Aufrichtigkeit der Ehrwürdigen zu testen. Unser Kampf gegen die Invasoren verlief nicht gänzlich ohne Beute. Wir haben Exemplare des Gekrakels, das sie anstatt anständiger swajornischer Schrift verwenden. Wenn diese drei aus einem anderen Königreich kommen, wird ihre Sprache von derjenigen der Feinde unterschiedlich sein.«

Ich übersetzte Argors Idee für Dal, der sofort zustimmte. »Natürlich! Warum habe ich nicht selbst daran gedacht? Dalgirischrift ist so unterschiedlich vom Taladoranischen, dass sogar ein Blinder den Unterschied bemerken würde.«

Ich nickte. Dalgirischrift erinnerte an Morsecode - viele Punkte und Striche -, während Taladoranisch etwa so aussah, als würde man die Schrift der Gutenbergbibel mit dem Arabischen kreuzen.

»Wo finden wir ein Beispiel taladoranischer Schrift?«, fragte Haret.

»Deswegen hat Argor nach dem Schiff gefragt«, sagte ich. »Wir bringen sie zur Notkapsel, zeigen ihnen die Beschriftung unserer Instrumente und sie werden uns hoffentlich glauben.«

Wir verbrachten den Rest des Nachmittags mit Diskussionen darüber, wer die fyalsornische Truppe zum Wrack begleiten würde. Am Ende wurde ein Handel vereinbart, mit dem ich nicht sonderlich glücklich war.

Es wurde ausgemacht, dass Dal und ich Lord Ryfik, seinen Sohn und einen schwer bewaffneten Trupp zurück zu unserem Lager begleiten würden. Haret würde als Geisel zurück bleiben.

Wir brachen sofort am nächsten Morgen auf. Das erste Mal seit unserer Ankunft in dieser Zeitlinie öffnete sich die Wolkendecke etwas und zeigte den blauen Himmel. Unser Trupp bestand aus insgesamt gut 50 Männern. Zählte man noch die Packtiere und Ersatztiere dazu, gab es eine durchaus beeindruckende Prozession.

Dal und ich ritten hinter den Adligen, beobachtet von zwei aufmerksamen Wachen, die ihre Waffen bemerkenswert locker in den Holstern trugen. Sie machten keine Anstalten, unsere Unterhaltung in Basic zu unterbrechen. Ihre einzige Aufgabe war es, unsere Flucht zu verhindern.

»Wie Sie gestern mit dem alten Feuerfresser umgegangen sind, ist eines Kompliments würdig«, sagte Dal, als wir den Fluss entlang ritten. Er sah erstaunlich natürlich aus in der ledernen Reitkleidung, mit der Ryfik uns ausgestattet hatte.

»Ich musste etwas tun«, sagte ich. »Ich bin offenbar kein besonders effektiver Glücksbringer auf dieser Reise.«

»Blödsinn. Wir sind am Leben, oder nicht?«
»Nicht wegen mir«, sagte ich. »Wenn ich an all die Millionen anderen denke, die Jana Dougwaix anstatt meiner hätte kontaktieren können, Leute, die in einem Notfall zu sinnvollen Handlungen fähig sind…«
Dal grinste. »Es kann sein, dass wir Sie früher oder später um eine Liste bitten.«
»Das verstehe ich nicht.«
Dal zögerte einen Moment, als ob er sich erst noch überlegen müsse, mich ins Vertrauen zu ziehen. »Es ist noch nicht öffentlich, aber der Rat hat Ihre Leistungen sorgfältig beobachtet. Es gibt eine starke Strömung, die dafür plädiert, Europo-Amerika die Mitgliedschaft in der Konföderation anzubieten.«
»In der Tat?« Diese Neuigkeit empfand ich nicht als besonders positiv. Ich konnte nicht genau sagen, warum mich eine plötzliche Welle von Ablehnung durchfuhr. Es war ja nun nicht so, dass ich die Taladoraner nicht mochte. Nach allen Gesichtspunkten handelte es sich um anständige Leute. Wie dem auch sei, sie waren nicht *meine* Leute. Ich glaube, das war es. Die Vorstellung einer Konföderation, die meine eigene Zeitlinie überwältigt, war ein Problem. Nun, sie würden uns sicher nicht im formalen Sinne erobern. Erfahrung hatte gezeigt, dass es keinen Sinn machte, eine Zeitlinie gegen ihren Willen zu halten. Kulturell würde die taladoranische Gesellschaft jedoch exakt das tun, was die westliche Zivilisation in meiner Zeitlinie zu oft getan hat: Annexion und Überwältigung. Wie provinziell Europo-Amerika auch sein mochte, wir hatten etwas Besonderes. Ich wäre nicht glücklich darüber, wenn dies zerstört werden würde - auch nicht durch jemanden, der es gut mit uns meinte.
»Ein Großteil der Opposition im Rat bezieht sich auf die Tatsache, dass Europo-Amerika kein Teil unseres transtemporalen Clusters ist«, sagte Dal. »Wenn wir die Dalgiri-Technologie für Sprünge ohne Portale nutzen können, ist das völlig egal. Dann steht uns die gesamte Parazeit offen.«
Die Unterhaltung wurde danach leiser. Wir kamen in dichten Wald und es wurde zu schwierig, sich auf ein Gespräch zu konzentrieren, wenn man hintereinander auf Wildpfaden daher ritt. So blieb mir eine Menge Zeit, um nachzudenken.

Es war früher Nachmittag, als die Späher uns entgegen kamen, um uns mitzuteilen, dass sie unser Camp gefunden hatten. Ich fühlte das Adrenalin in meinen Adern kreisen, als wir unsere Pferde antrieben und auf die Notfallkapsel zugaloppierten.

*

Die zerbrochene, abgesprengte Kabine der *Concorde* war exakt dort, wo wir sie zurück gelassen hatten. Unsere Kavalleriesoldaten durchkämmten den Busch, als Lord Ryfik, Gosfik, Dal und ich abstiegen und das Wrack durchsuchten.

Ich zeigte den Weg durch die hintere Luke und dann Ryfik alles, was taladoranische Beschriftung hatte. Seine aufmerksamen Augen registrierten jedes Detail, gnadenlos auf der Suche nach einem Widerspruch, der eine Lüge belegen würde. Nach fünfzehn Minuten Frage- und Antwortspiel grinste er schließlich und ergriff meine Hand in der Form, die die Fürsten von Fyalsorn seit 200 Jahren benutzten, um Vereinbarungen zu besiegeln.

»Willkommen, mein Freund!«, sagte er mit Tränen in den Augen.

»Mögen wir gemeinsam gut kämpfen«, sagte ich, bemüht, dasselbe formale Swajorn wie Ryfik zu benutzen. Ich durfte dann auch Gosfik umarmen, während Dal das Gleiche mit seinem Vater tat.

Nachdem Freundschaftsschwüre zwischen allen ausgetauscht worden waren, wandte sich Ryfik an mich. »Lass uns diesen Sarg verlassen, Ehrwürdiger. Mein Rücken wird sich wie der Argors beugen, wenn ich mich auch nur eine Minute länger hier aufhalte.«

Ryfik, Gosfik und ich verließen die Kapsel, während Dal begann, Schaltmodule aus den Armaturen zu entfernen. »Eine Minute noch«, sagte er. »Die werden wir später gut gebrauchen können.«

Ich übersetzte das für Ryfik.

Eines musste ich ihm lassen: Wenn er vermutete, Dal wäre auf der Suche nach einer Waffe, ließ er sich nichts anmerken. Dies war offensichtlich eine Zeitlinie, in der das Wort eines Mannes noch etwas bedeutete.

Vielleicht hatte Ryfik auch nicht genügend über die Folgen seines Handelns nachgedacht. Als wir wieder auf die Lichtung traten, wurde die Stille des Waldes durch das simultane Krachen aus einem Dutzend Musketen durchbrochen.

Früher wäre ich wie ein Idiot stehen geblieben und hätte in die Richtung des Geräusches gestarrt. Doch diesmal nicht. Ich warf mich hin. Eine Sekunde, nachdem die Gewehrschüsse über die Hügel und Täler gehallt waren, sah ich einen stillen Lichtblitz über der Concorde, ein Lichtblitz, der nur von einem Strahler kommen konnte.

Die einzigen Strahler dieser Zeitlinie waren im Besitz der Dalgiri.

Großes Geschrei erklang aus anderen Ecken unseres Perimeters, als unsere Wachmannschaft herbei eilte. Die Salven wurden mehr, als zusätzliche Soldaten gegen einen unsichtbaren Feind zu kämpfen begannen. Zweimal explodierten Baumstämme wie superheiße Geysire, als sie von Energiebolzen getroffen wurden. Jedes Mal kamen die Einschläge etwas näher. Jedes Mal kam der nächste Schuss etwas schneller. Lord Ryfiks Männer jedoch wirkten furchtlos angesichts dieser Horrorwaffe.

Nach einigen weiteren Minuten intensiver Salven herrschte plötzlich wieder Stille. Ich lag wo ich mich hatte fallen lassen, meine Nase in einem stinkenden Gemisch aus heruntergefallenen Piniennadeln und versuchte vergeblich mich umzusehen, ohne den Kopf zu heben. Dann erklang lautes Knacken im Gebüsch aus der Gegend des Schusswechsels. Ein massiger Soldat erschien plötzlich vor uns.

»Was ist passiert, Zoor?«, fragte Ryfik.

Der Wachmann beugte sich nach vorne, seine Hände auf die Knie gestützt, heftig vor Erschöpfung keuchend. Dennoch brachte er zwischen den Atemstößen seine Geschichte vor. »Die Invasoren haben uns beobachtet. Wrof und Birst sind über sie gestolpert...Wrof ist tot, Brist wird den Sonnenuntergang nicht mehr erleben. Ich glaube, wir haben einen verwundet.«

»Wo sind sie jetzt?« Ich versuchte, die Panik in meiner Stimme unter Kontrolle zu bekommen.

Der Wachmann schaute mich zweifelnd an. Ryfik bedeutete ihm, die Frage zu beantworten.

»Sie hatten einen fliegenden Wagen und konnten entkommen.«

»Luftwagen«, murmelte ich auf Englisch zu mir. »Sie werden wahrscheinlich Verstärkung holen.«

»Das glaube ich nicht«, sagte eine Stimme auf Temporal Basic hinter mir.

Dal stand in der offenen Luke der Kapsel.

»Was hat der Ehrwürdige gesagt?«, wollte Ryfik wissen.

Ich sagte es ihm und wandte mich an Dal. »Wenn sie das Wrack gefunden haben, dann auch unser Camp«, sagte er. »Sie müssen zu dem Schluss gekommen sein, dass die Einheimischen uns aufgegriffen haben. Das heißt, die zwei oder drei Wachen, die sie hier zurückgelassen haben, waren nur dazu gedacht, etwas aufzupassen, bis Zeit für genauere Untersuchungen ist. Eine viel größere Streitmacht wird nunmehr ohne Zweifel entsandt, um uns bei den Einheimischen zu suchen. Und der erste Ort, an dem sie nachschauen werden, wäre ohne Zweifel…«

»… Fyalsorn!«, keuchte ich.

Dal nickte.

Die Neuigkeiten trafen Ryfik wie mit einem Vorschlaghammer, nachdem ich übersetzt hatte. Er sagte einige Worte, die wie Flüche klangen und begann, Befehle zu brüllen, die sofort befolgt wurden. In Sekunden war der Wald gefüllt von Pferden und Männern, bereit, den Rückweg anzutreten.

Als sich alle versammelt hatten, saß Ryfik auf und beschrieb kurz die Situation. Ein wütendes Gemurmel ging durch die Männer und es gab viel Gefummel an den Waffen. »Nach Hause, Männer!«, beendete er seinen Vortrag und wendete sein Pferd in Richtung Burg. »Fyalsorn ist in großer Gefahr!«

»Du musst ihn stoppen!«, rief Dal. »Wir müssen die Kapsel ausplündern. Wenn wir die Dalgiri erfolgreich angreifen wollen, benötigen wir moderne Technologie!«

Ich erklärte Ryfik unsere Bedürfnisse. Ich konnte seinen inneren Aufruhr erkennen, als er zehn Wachleuten mit der gleichen Anzahl an Packeseln befahl, bei Dal zu bleiben. Derweil schwang ich mich auf mein Pferd und war bereit, mit Ryfik zurück zur Burg zu reiten.

Ich versuchte nicht daran zu denken, dass Haret dort war.

*

Der Ritt zurück nach Fyalsorn war ein Alptraum. Ryfik trieb uns an, bis es stockdunkel war. Er hätte auch dann nicht gestoppt, wenn nicht innerhalb von fünf Minuten drei Pferde gestolpert wären, wobei sich eines ein Bein gebrochen hatte.

»Lass uns anhalten, Vater«, forderte ihn Gosfik schließlich auf.

Unser Lager war kalt, nass und windig. Feuer wurde nicht erlaubt, damit uns die Dalgiri nicht entdeckten. Selbst wenn das Portal zur Zeit geschlossen war - eine Frage, der sich Dal später würde annehmen müssen - und sie über kein Shuttle verfügten, konnten sie mit ihren Gleitern jederzeit kurzen Prozess mit uns machen.

Die Truppe war in schlechter Stimmung, als am nächsten Morgen der Befehl zum Aufbruch gegeben wurde. Wir saßen beim ersten Licht im Sattel und machten nur einmal in der Stunde eine Pause, um die Pferde zu wechseln.

Wir sahen den Rauch am Horizont, als der Morgen richtig anbrach. Danach hielt Ryfik und seine Leute nichts mehr zurück. Wir erreichten Fyalsorn-Daya kurz vor Mittag.

Die meisten Feuer in der Stadt waren schon erloschen und hatten geschmolzene und mit Asche gefüllte Ruinen gefüllt hinterlassen. Hier und dort flackerten noch Flammen empor. Der Gestank von verbranntem Holz war so stark, dass er sogar fast den der Kanalisation überdeckte. Fast.

Ryfik machte keine Anstalten, die Geschwindigkeit zu reduzieren. Er galoppierte über das trümmerbedeckte Kopfsteinpflaster, vorbei an benommenen Stadtbürgern, und ließ uns am Ende fast eine Meile zurück.

Ein schneller Blick über den Hof der Burg ließ uns erkennen, dass Fyalsorn das gleiche Schicksal wie die Stadt erlitten hatte. Die Festung war nur noch eine ausgebrannte Hülle. Eine große Anzahl von Leichen lag in aufgereiht neben den Resten der Dampfmaschine, andere waren unter den Trümmern des Südwalls begraben. Die Mauer war von einer großen Explosion durchbrochen worden.

Als wir unsere Pferde zum Stillstand gebracht hatten, kam der Kommandierende General auf uns zu. Sein Gesicht zeigte Schmerz und sein rechter Arm hing verletzt und kraftlos an seiner Seite. Ich erkannte das Werk eines dalgirischen Energiebolzens. Angesichts der

Fähigkeiten der hiesigen Mediziner gab es keinen Zweifel, hier einen lebenden Toten zu sehen.

»Mein Fürst, welch eine Erleichterung!«

»Berichte, Warough! Was ist geschehen?«

Die Geschichte sprudelte so schnell hervor, dass ich Schwierigkeiten hatte, ihr zu folgen. Drei Kampfgleiter waren über der Burg erschienen, ungefähr zur gleichen Zeit, als wir beim Wrack angekommen waren. Eine lautsprecherverstärkte Stimme hatte Verhandlungen gefordert. Warough hatte ihnen mitgeteilt, wohin sie ihre Forderung stecken konnten und die Dalgiri hatten das Feuer eröffnet.

Die erste Salve hatte das Dach eines der Türme am hinteren Ende von Fyalsorn abrasiert. Ein Gleiter war dann im Hof gelandet und hatte mehrere Salven Energiebolzen in alle Richtungen geschossen. Der dritte hatte die Stadt angegriffen. Nach fünf Minuten hatten sich die drei Maschinen in der Luft getroffen und waren über dem Turm geschwebt, in dem Haret und ich als Gefangene gesessen hatten.

In der Zwischenzeit hatte Warough eine Verteidigungslinie im Haupthaus organisiert und sich über die Taktik der Dalgiri gewundert. Ich schüttelte traurig meinen Kopf, als er in seinem Bericht mehrmals kurz davor stand, in Tränen auszubrechen. Wenn auch ungewohnt für diese Zeitlinie, waren die Dalgiri-Taktiken für mich sonnenklar.

Ihre primäre Mission war es gewesen, die taladoranischen Schiffbrüchigen zu finden und dieses Ziel hatten sie so direkt wie möglich zu erreichen gesucht. Die Besatzung des gelandeten Gleiters hatte einen unglücklichen Gefangenen am Wickel, während die beiden anderen Feuerschutz gaben. Als sie dann wussten, was sie wissen wollten, hatten sie sich alle um Haret gekümmert.

Vier Dalgirikämpfer waren abgesetzt worden und hatten sich durch den Hof in den Turm vorgekämpft, die Spiraltreppe hoch bis zur Kammer, in der Haret war. Dabei starben zwanzig der Verteidiger - darunter auch der arme Argor. Warough war sich nicht sicher, aber er meinte, dass einer der Dalgiri einen seiner Kameraden auf den Schultern zurück getragen hatte. Die beiden anderen hatten Haret in den Gleiter gezerrt und dann war man wieder gestartet. Der Gleiter mit Haret hatte sofort den Rückzug angetreten, während die beiden anderen noch einige Angriffe über der Stadt geflogen waren, um ihrem

Missfallen Ausdruck zu geben. Als Warough mit seiner Geschichte durch war, sah Lord Ryfik eine lange Minute um sich und nahm die Zerstörung von zehn Generationen harter Arbeit in sich auf. Dann wandte er sich an mich, mit Entsetzen in seinen Augen.

»Wie viele waren es?«

Ich benetzte meine trockenen Lippen und fragte mich erneut, ob ich den Mann falsch eingeschätzt hatte.

»Drei Gleiter? Wenn von normaler Größe, vielleicht zwölf oder sechzehn Mann Besatzung, mein Fürst.«

»Sechzehn Krieger haben diese Zerstörung verursacht? Was haben die Bewohner von Fyalsorn getan, um diesen Schrecken zu verdienen, den Ihr über uns gebracht habt, Fremder?«

Ich suchte nach Worten, um seine Wut zu dämpfen, aber mir fiel nichts ein. Er hatte ja auch Recht. Wie in vielen anderen Fällen, so war auch Ryfiks erste Begegnung mit der Parazeit keine angenehme gewesen.

Schließlich seufzte ich tief und ergriff seine Schulter. »Ich weiß, wie Ihr Euch fühlt, mein Fürst. Wir dummen armen Fremdzeitler scheinen in diesem Universum immer eins auf die Mütze zu bekommen, nicht wahr?«

*

Dal und sein Trupp voll gepackter Tiere kam am nächsten Morgen an. Zu der Zeit hatte sich Ryfiks Hilflosigkeit in brennenden Zorn verwandelt. Dal fand nach seiner Rückkehr einen Kriegsrat in intensiver Sitzung zwischen den Ruinen vor.

Ich brachte ihn auf den aktuellen Stand der Dinge. Ich wollte fast losheulen, als ich ihm von Harets Schicksal berichtete.

»Bleib ruhig«, meinte er. »Sie ist gegen die Psychosonde konditioniert. Die Dalgiri werden nicht versuchen, sie zu verhören, ehe sie sie nicht ins Imperium bringen können. Jetzt erzähl mir lieber, was unser Freund Ryfik hier plant.«

Der Plan war einfach. Ryfik hatte Boten zu den umliegenden Fürsten entsandt und um Soldaten gebeten. In einigen Fällen hatte er zwanzig Jahre alte Gefallen eingetrieben. In drei Wochen würde man sich bei Fyalsorn treffen und die Dalgiri-Station angreifen, um sie im Notfall durch schiere Übermacht zu überwältigen.

»Das wird nicht funktionieren«, meinte Dal kritisch.

»Hm? Warum nicht?«

»Weil die Dalgiri zurzeit von ihrer Zeitlinie isoliert sind. Das Portal ist geschlossen. Es öffnet sich in zwei Zehntagen. Wir müssen angreifen, sobald der Shuttle ankommt, um Haret nach Dalgir zu transportieren.«

»Angreifen, wenn der Shuttle ankommt? Das ist verrückt!«

Er sah mich an, als sei ich einer jener Unglücklichen, denen man niemals ein scharfes Werkzeug überlassen könne. »Wenn wir vorher angreifen, wie sollen wir dann nach Hause kommen?«

Ich öffnete meinen Mund für eine Antwort, dann schloss ich ihn wieder und überließ es Dal, seinen Plan zu entwickeln.

Ein transtemporaler Shuttle war dann verwundbar, wenn es gelandet war. Haret und ich waren damals auf Salfa Primus von einer Waffe abgeschossen worden, deren Zweck es war, die Antriebsmaschinen eines Shuttles auszuschalten. Wir konnten niemals etwas gegen einen laufenden Antrieb tun, aber im gelandeten Zustand mochten wir dafür sorgen, dass er eine Weile nicht funktionierte. Gelandet konnte ein Shuttle seine schweren Waffen nicht einsetzen.

Einen Unterbrecher zu basteln, sollte aus den Maschinenteilen möglich sein, die Dal vom Wrack mitgebracht hatte. Was ich nicht verstand, war, was diese seltsame Konstruktion uns nützen würde, wenn man zu ihrem Einsatz doch bis auf wenige Meter an die Fähre heran musste, bevor das Antriebsfeld aktiviert wurde.

»Wer soll dieses Ding denn durch die Annäherungsalarme und radargesteuerten Strahler bringen?«, fragte ich.

Dal grinste. »Ich dachte mehr an so etwas wie ein Katapult.«

Kapitel 10

Der Regen hatte mich seit Mitternacht sporadisch durchnässt und war schließlich versiegt, um den geisterhaften Tentakeln eines vordringenden Nebels Platz zu machen. Eine Schicht tief hängender Wolken reflektierte die Perimeterbeleuchtung der Stationskuppeln am Grunde des Tals. Es entstand ein surrealistisches Lichtspiel von Licht und Schatten über den Hügeln, in denen wir auf Lauer lagen.

Ich hob mein Nachtsichtgerät und beobachtete den Wald vor mir. Irgendwo da unten, genau am Rande des Lichtkreises, lauerten eintausend bewaffnete und gepanzerte Männer. Von der Seite hörte ich die leisen Vorbereitungen der Kanoniere, das sanfte Zischen des Dampfes, der abgelassen wurde, während die Besatzung des Katapults auf das Morgengrauen wartete.

Ich unterdrückte ein Niesen und sah auf meine Armbanduhr. Weniger als dreißig Sekunden. Neben mir beobachtete Ryfik den sich erhellenden Morgen. Es war keine Bewegung zwischen den Kuppeln erkennbar. Es hatte überhaupt keine Hinweise auf die Besatzung der Forschungsstation gegeben, seit wir hier gegen Mitternacht unsere Wache begonnen hatten.

Es war nun zwei Zehntage her, seitdem wir nach unserer Rückkehr vom Wrack der *Concorde* die Trümmer Fyalsorns vorgefunden hatten. Diese drei Wochen waren sowohl sehr anstrengend wie auch voller Sorgen gewesen. Keine Stunde war vergangen, in der wir - Dal, Ryfik, Gosfik oder ich - nicht mit Furcht in den Himmel gestarrt hätten, in der Erwartung, den schwarzen Schatten eines Dalgiri-Shuttles auftauchen zu sehen.

Von diesen Phasen der Furcht abgesehen, arbeiteten wir an der schier unlösbaren Aufgabe, eintausend Bewaffnete geheim und lautlos die rund sechzig Kilometer bis zur Station zu bewegen. Sie ritten in Gruppen zu sechst oder siebt, immer die Deckung der dichten Wälder ausnutzend. Wir schickten Reiter zu den benachbarten Burgen - jede von ihnen mehr als hundert Kilometer entfernt -, um deren Kontingente zum Rendezvouspunkt zu geleiten. Am siebzehnten Tag waren unsere Kavalleristen überall in den Bergen verteilt. Jede Kompanie wurde durch einen fähigen Offizier geführt, der den Befehl hatte, jeden Soldaten zu erschießen, der es wagte, ein Feuer zu entzünden.

Ich weiß nicht, wie es uns gelungen war, aber wir schafften es. Ich bezweifle, dass irgendeine nicht-mechanisierte Armee unserer Zeitlinie so einen Marsch unter diesen Bedingungen geschafft hätte. Selbst diese Operation wäre unmöglich gewesen, wenn nicht das Wetter auf unserer Seite gewesen wäre. Es blieb während der ganzen Zeit ausgesprochen schlecht. Die Dalgiri in der Station waren Techniker und Garnisonssoldaten, die offenbar wenig Freude dabei empfanden, bei dem kalten und nassen Wetter großartige Erkundungstouren zu unternehmen.

Da ich selbst die meiste Zeit im Freien verbracht hatte, konnte ich Verständnis für diesen Standpunkt aufbringen.

Wir versteckten unsere Armee, die Kanonen und unser Katapult für geschlagene drei Tage, in denen die kalte Nässe bis auf unsere Haut drang. Wir warteten geduldig auf den Hinweis, dass das Portal zur Dalgiri-Zeitlinie sich wieder öffnete. Kurz vor Einbruch der Nacht am dritten Tag überbrachten galoppierende Kundschafter die Nachricht, auf die wir gewartet hatten: Ein Shuttle war in der Station gelandet.

Unsere Streitkräfte wurden mit der Routine von Männern unterwegs, die in den Hügeln aufgewachsen waren. Sie nahmen Positionen knapp vor dem Perimeter ein und bewegten sich in der Dunkelheit wie eine Legion Geister. Als wir in Stellung waren, drückten wir uns gegen den kalten und feuchten Boden, machten unseren Frieden mit unseren diversen Göttern… und warteten auf die Morgendämmerung.

Ich schaute ein letztes Mal auf meine Uhr und zählte die verbleibenden Sekunden bis zur Stunde Null.

»Drei… zwei… eins - jetzt!«

Es gab ein zischendes, dann rauschendes Geräusch, als hinter mir ein Dutzend dunkler Objekte in die Luft katapultiert wurden. Es war das Dampfkatapult, das die wenigen automatischen Unterbrecher, die wir hatten konstruieren können, abfeuerte. Ich hielt meinen Atem an, als ich sah, wie die kleinen, schwarzen Würfel zwischen den Kuppeln aufschlugen.

Der erste Schuss des Katapultes war das Zeichen für die großen Kanonen, die am Talrand aufgereiht waren. Das bleiche Grau der Szenerie wurde durch das lange Echo eines rollenden Donners durchschnitten, gefolgt vom kreischenden Geräusch der Kanonenkugeln. Große, blaue Wolken schwebten gelassen über einer verborgenen Kanone, was den Surrealismus der Szene nur noch verstärkte. Das Stakkato der Musketen wurde zu einem Crescendo und verstummte dann, als die Musketiere sich eilig daran machten, ihre Waffen nachzuladen.

Eintausend Schlachtrufe ausstoßende Männer erhoben sich plötzlich aus ihren Verstecken und stürmten in den Rauch und Nebel am Talboden und feuerten dabei beständig. Sehr schnell konnte man außer dem Aufblitzen der Musketen und einem gelegentlichen Energiebolzen nichts mehr erkennen. Hinter uns zischte das Katapult erneut, diesmal war das Geschoss ein tonnengroßer Gefechtskopf, der an der Spitze seiner Flugbahn explodierte. Plötzlich war das Schlachtfeld überdeckt mit flatternder Metallfolie in Streifen, die wir mühsam aus der Isolierung der *Concorde* gewonnen hatten. Wir hofften, dies würde die Sensoren der Dalgiri verwirren und die automatischen Waffen behindern.

Ich kam auf meine Füße, streckte meine Beine und Dal kam auf mich zu. Er hatte das Katapultfeuer gezielt.

»Gute Schüsse«, sagte ich. »Alle Pakete sind innerhalb des Perimeters gelandet.«

»Bleibt die Hoffnung, dass sie nahe genug am Shuttle liegen, um etwas zu bewirken. Sollen wir in die Schlacht ziehen?«

Es war nicht ganz so, wie ich mir meine erste Kampferfahrung vorgestellt hatte. Dal, Ryfik und ich liefen ruhig den Hügel hinunter und in das Gemetzel hinein.

Ich war plötzlich sehr damit beschäftigt, am Leben zu bleiben.

Ich rannte durch Rauch und Nebel in die Richtung des Gewehrfeuers. Einmal zischte ein lautloser Energiebolzen so nahe an mir vorbei, dass ich die Hitze spüren und das Ozon riechen konnte. Ich beugte mich tiefer und rannte schneller.

Ich fand mich rasch neben dem gelandeten Shuttle wieder. Jemand feuerte mit einem Strahler durch die geöffnete Luke und hielt damit rund dreißig unserer Musketiere in Schach. Sie erwiderten das Feuer und hofften offenbar auf tödliche Querschläger in der Kabine. Ich lugte vorsichtig um die Seite einer kleinen Mauer, hinter der ich Deckung gefunden hatte und sah den Grund dafür, dass die Dalgiri die Luke nicht längst geschlossen hatten.

Drei Leiber lagen halb in, halb außerhalb der Fähre. Einer war ein Dalgiri, offenbar erschossen, als er die beiden Fyalsorner hatte wegzerren wollen, die ursprünglich die Luke versperrt hatten. Ich schaute mich um, um Dal nach Rat zu fragen, aber er war nicht zu sehen. Ich schluckte meine Furcht hinunter und widmete mich wieder dem Schlachtfeld.

Ein blaues Leuchten fiel mir auf.

Direkt unter der geöffneten Luke, unter dem geschwungenen Leib des Shuttles, lag ein Dalgiri-Strahler. Ich flüsterte dem Kämpfer neben mir Anweisungen zu und zog mich rasch von der Deckung nach hinten zurück.

Mein Plan war einfach. Sollte es mir gelingen, mich zum Heck des Shuttles vorzuarbeiten, bestand eine gute Chance, an den Strahler zu kommen, ohne dass mich die Verteidiger sahen. Was ich dann mit der Waffe anfangen würde, wenn ich sie erst hatte, wusste ich allerdings noch nicht.

Wenn es nichts anderes gab, sollte ich zumindest imstande sein, damit dem einsamen Verteidiger mächtig einzuheizen.

Ich erreichte den Shuttle ohne Zwischenfall und lag auf meinem Bauch unter dem Rumpf des Fahrzeugs. Ich kam langsam voran. Ich krabbelte vorsichtig vorwärts, dann machte ich eine kurze Pause, um meinen Mut zusammenzuraffen. Die angreifenden Krieger bemerkten mich, als ich die Hälfte des Weges zurückgelegt hatte und verstärkten ihr Deckungsfeuer, während ich die wenigen Meter bis zu meinem Ziel überbrückte.

Dann lag ich unter der Lukenöffnung, immer noch verborgen durch den Rumpf, und hatte den Strahler in der Hand. Sein letzter Besitzer hatte offenbar wenig Gelegenheit zum Gebrauch gehabt, die Energieladung stand auf Maximum.

Ich stählte mich und nickte meinen Freunden zu, die jetzt alles gaben, was sie hatten, so dass der Verteidiger hektisch in Deckung ging. So konnte ich mich aufrappeln und ein paar Energiebolzen in die innere Schleusenkammer abfeuern.

Und dann war es getan. Die Kämpfer erhoben sich und rannten durch den blauen Dunst, der über dem Schlachtfeld hing, auf mich zu. Jeder schrie seine Freude mit höchsten Tönen heraus. Sie warteten nicht einmal darauf, dass sich die Kammer wieder abkühlte, sondern stürmten ohne Rücksicht in die glühende Hitze. Ich hörte ihr Triumphgebrüll durch den Shuttle hallen.

Ich wartete noch einige Sekunden, um mein Herz wieder aus meiner Kehle zu bekommen, und folgte dann.

Nachdem der Kampf um den Shuttle gewonnen war, wurde es ruhiger. Ich ließ sechs Männer als Wache innerhalb des Schiffes und zeigte ihnen, wie man die Luke schloss, nachdem wir die Körper entfernt hatten. Ich befahl ihnen, den Shuttle nicht ohne ausdrücklichen Befehl zu verlassen. Dann sammelte ich meine Truppen - mittlerweile etwa fünfzig Mann - und schaute mich nach anderen Feinden um, die es zu überwältigen galt.

Es gab nicht mehr allzu viele. Als wir jede Kuppel durchsuchten, wurde klar, dass die gesamte Besatzung nicht mehr als hundert Mann betragen hatte und dass unser Angriff eine vollständige Überraschung gewesen war. Viele waren halb angezogen getötet worden. Viele waren gestorben, als sie versucht hatten, Bunker zu bemannen. Die wenigen, denen das gelungen war, fielen kleinen Gruppen von Musketieren zum Opfer, die ihnen aus eigener Initiative auf den Pelz gerückt waren.

Am Ende gab es weniger als ein Dutzend Überlebende unter den Dalgiri und sie wurden zur Kapitulation aufgefordert. Wir hatten den Kämpfern die entsprechenden Worte in Dalgiri vorher beigebracht. Die Antwort bestand aus flammenden Strahlern in den Verteidigungspositionen. Als wir in diese vorgedrungen waren, fanden wir den Feind, der sich selbst gerichtet hatte.

Der Krieg zwischen dem dalgirischen Imperium und der taladoranischen Konföderation bringt nur sehr selten Kriegsgefangene. Sobald wir einigermaßen sicher waren, dass der Widerstand der Dalgiri gebrochen war, nahm ich mir einige Männer und begann, die Kuppeln systematisch nach Haret abzusuchen. Meine Helfer entwickelten eine perverse Begeisterung für ihre Aufgabe. Während der Schlacht hatte es wenig Gelegenheit für die Fyalsorner gegeben, ihre bevorzugte Waffe einzusetzen: das Schwert. Ihre Enttäuschung verschwand rasch, als ich Ihnen auftrug, innere Trennwände zu zerhacken. Es waren rund 40 Minuten nach dem letzten Musketenschuss vergangen, als Saurzon, ein stämmiger Zweimetermann, eine Tür eintrat und eine aufgeregte Frauenstimme zwischen dahinter liegenden Gitterstäben hervor klang.

»Haret!«, schrie ich, als ich mich an Saurzon vorbei schwang, das Schloss zerbrach und mich in ihre Arme warf.

»He, vorsichtig, meine Rippen!«

»Sorry. Bist du in Ordnung?«

Ein kleines Angstzittern durchfuhr sie in ihrem plumpen Gefängnisgewand, das die Dalgiri ihr gegeben hatten. »Jetzt bin ich es. Ich hatte eine schlechte Nacht in der Gewissheit, dass der Shuttle angekommen war, um mich nach Dalgir zu bringen.«

»Das ist jetzt vorbei«, sagte ich und drückte sie erneut. »Lass uns was Passendes zum Anziehen für dich finden und dann Dal und Ryfik suchen.«

Fyalsorn-Bekleidung konnten wir ausschließen - sie war für Harets in dieser Zeitlinie sehr kleinen Körper viel zu groß. Wir fanden etwas Dalgiri-Oberbekleidung, die sie tragen konnte. Saurzon gab ihr seinen Umhang, um die dalgirische Uniform zu überdecken und keinen versehentlichen Schuss zu provozieren.

Wir fanden Ryfik und Dal beim Shuttle. Dal hatte gerade eine Inspektion beendet und stand mit einem verwirrten Ausdruck vor der Luke. Dann sah er Haret und wurde vor Freude wild. Drei gigantische Fyalsorner standen um uns herum und betrachteten den gegenseitigen Umarmungswettstreit mit offenen Mündern, während Tränen die Wangen der Taladoraner herabströmten. Ich sah mir das für etwa eine Minute an, ehe ich mich betont räusperte und damit Dals Aufmerksamkeit auf mich lenkte.

»Was ist mit dem Shuttle? Es ist doch einsatzbereit, oder?«

Er ließ Haret frei und wandte sich an mich. »Soweit ich gesehen habe, ja. Es ist allerdings keine der Standard-Fährenklassen der Dalgiri, die mir vertraut sind. Neben den Antriebs- und Temporalgeneratoren gibt es einige vollständig neue Instrumente im Maschinenraum. Dem Logbuch zufolge ist es eines von zwei Shuttles, die an der Basis stationiert waren. Rate mal, wo das andere ist.«

»Der Shuttle, der die Akademie angegriffen hat!«, rief Haret aus. »Dann ist dieses auch dazu ausgerüstet, den Temporalsprung ohne Portal durchzuführen! Wir haben das Ziel unserer Mission erfüllt.«

»Das hoffe ich", sagte Dal. »Aber es gibt noch einiges, das der Erklärung bedarf. Warum hat die Crew auf das Öffnen des hiesigen Portal gewartet, bevor es zur Basis zurückgekehrt ist? Wofür sind diese zusätzlichen Generatoren und was soll die spezielle Ausrüstung?«

»Spezielle Ausrüstung?«

Dal nickte. »Sie bringen sie gerade heraus.«

Zwei Kämpfer erschienen an der Luke. Beide trugen einen der seltsamen Gegenstände mit sich.

»Was ist das?«, fragte Haret mit einem Ausdruck der Verwirrung auf ihrem Gesicht. »Eine Art Tauchanzug für Tiefseeoperationen?«

Dal zuckte mit den Schultern. »Ich glaube eher, es handelt sich um Schutzanzüge für Arbeiten mit giftigen Chemikalien.«

Ich starrte mit aufgerissenen Augen auf die beiden Fyalsorner mit ihrer Beute, dann zurück auf Dal und Haret, die mit jeder Sekunde verwirrter aussahen. Es war zuviel für mich. Ich brach mit lautem Gelächter zusammen, sank auf den nassen Boden und hielt meinen rasch schmerzenden Bauch mit beiden Armen, als ich anfing, herum zu rollen. Ich schaute nach oben und sah, dass sich Haret voller Besorgnis über mich beugte und das öffnete die Schleusen noch ein Stück weiter. Nach ein oder zwei Minuten hörte ich lange genug mit meinem Gekicher auf, um mich wieder auf die Füße zu stellen und die Tränen aus meinen nassen Augen zu wischen.

»Alles in Ordnung, Duncan?«, fragte Dal.

Ich nickte und blickte wieder auf die beiden Konstruktionen in einem fluoreszierenden Orange und Grün, die die beiden Kämpfer hielten.

Ich hatte sie sofort erkannt.

Sie waren nicht gerade NASA-Standardausführung, aber die »spezielle Ausrüstung« waren ohne Zweifel ein Paar Raumanzüge.

Kapitel 11

Die Sonne ging hinter den westlichen Bergen unter und zeichnete ein wunderschön strahlendes, goldenes Bild über den Dächern der immer noch verlassenen Akademie der Zeitwache. Nach Monaten des monotonen Grau in der Fyalsorn-Zeitlinie war der Anblick eines richtigen Sonnenunterganges wie eine Wiedergeburt.

Ich wandte mich vom Panoramafenster im obersten Stockwerk des Akademie-Hauptquartiers ab und begann, wieder nervös meinen mittlerweile eingetretenen Pfad entlang der Fensterfront abzuwandern. Die beiden taladoranischen Marinesoldaten, die den einzigen Ausgang bewachten, beobachteten meine Wanderung mit unbewegten Augen. Ich nahm die Beiden schon gar nicht mehr wahr. Sie waren für mich zu einem Teil der Einrichtung geworden.

Meine Aufmerksamkeit konzentrierte sich eher auf die zweite Tür, hinter der das Notfallkomitee des Regierungsrates seit nunmehr nahezu acht Stunden tagte. Während der ganzen Zeit war ich auf diesen Raum begrenzt gewesen, mit nicht mehr zu tun, als in die Wildnis von Salfa Primus zu starren und umherzuwandern.

Die Wartezeit war zu ertragen gewesen, so lange Haret sich hier bei mir befunden hatte. Doch man hatte sie vor zwei Stunden hinein gerufen und sie war seitdem nicht mehr aufgetaucht. Dal Corst hatte ich noch gar nicht erblickt. Wahrscheinlich hatte er dem Treffen schon von Anfang an beigewohnt.

Das Warten hatte ein plötzliches Ende, als sich die Tür öffnete und ein dunkelhäutiger Mann in der Uniform eines Commanders der Zeitwache auftauchte. »Wir sind jetzt bereit für Sie, Zeitagent.«

Ich seufzte. »Ich denke, ich bin auch bereit.«

»Folgen Sie mir, bitte!«

Der Rat tagte in demselben Konferenzraum, in dem uns Dal auf die Fyalsorn-Mission vorbereitet hatte. Sowohl er als auch Haret saßen mit einem Pokerface an der Wand und schienen es nicht zu wagen, mich anzusehen, als ich an den langen Tisch geführt wurde, an dem ein Dutzend Würdenträger saßen. Ich sah auf die doppelte Reihe erwartungsvoller Gesichter und war überrascht, das eine oder andere auch zu erkennen. Es handelte sich um die mächtigsten Frauen und Männer der Konföderation. Am Kopfende des Tisches saß Tasloss, der Ratsvorsitzende.

»Setzen Sie sich bitte, Zeitagent«, sagte er und sah dabei noch erschöpfter aus als damals, als ich ihn in seinem Büro in der Hauptstadt aufgesucht hatte.

»Danke, Sir.«

»Ihre Gefährten haben uns über die Details dessen informiert, was auf ihrer Mission geschehen ist, Zeitagent. Wir erwarten von Ihnen zu späterer Zeit einen vollen Bericht. Jetzt allerdings wäre dieses Komitee daran interessiert, wie Sie auf die Idee kamen, dass die seltsamen Anzüge aus dem Shuttle für das Vakuum konstruiert worden sind.«

Ich zuckte mit den Achseln. »Es waren Raumanzüge. Es konnte sich um nichts anderes handeln. Sie hatten runde Helme, Rucksäcke mit Lufttanks, Druckgelenke und eine Konstruktion, die offensichtlich dazu gedacht war, Druck innen zu erhalten und nicht äußeren Druck abzuhalten. Ich habe genug Bilder gesehen, um einen Raumanzug zu erkennen, wenn ich einen sehe.«

Ein Mann mit gelblicher Hautfarbe und braunen Haaren beugte sich halb über den Tisch.

»Das heißt, Ihnen sind die Möglichkeiten einer Reise jenseits der Grenzen unserer Atmosphäre vor Ihrem Beitritt zur Zeitwache bekannt gewesen?«

Ich runzelte die Stirn. »Gewiss. Dal Corst hat Ihnen sicher von meiner Herkunft berichtet.«

»Er hat, aber wir würden gerne aus Ihrem eigenen Mund hören, wie Sie das Geheimnis gelüftet haben. Wenn es Ihnen nichts ausmacht, Zeitagent…«

»Ja, Sir. Nun, wie Sie wissen, komme ich aus einer Zeitlinie, die das transtemporale Reisen noch nicht entdeckt hat. Da Parazeit für uns unzugänglich ist, haben wir unsere Aufmerksamkeit auf den Weltraum gerichtet. Wir haben Männer zum Mond geschickt und für gewisse Zeiträume Raumstationen bemannt. Daher kann man wohl sagen, dass ich mit diesen Möglichkeiten durchaus vertraut bin. Dal,

Haret und ich haben uns sehr lange über die Natur der Parazeit unterhalten, während wir darauf warteten, dass sich das Zeitportal öffnet. Ich erfuhr dabei einige Dinge, die ich nicht gewusst habe. Zum Beispiel, dass die Entstehung eines Portals etwas mit der Raumkrümmung in jedem Universum zu tun hat. Ich grübelte über die Möglichkeit nach, zwischen zwei kongruenten Punkten im selben Universum zu springen. All diese neuen Erkenntnisse müssen sich in meinem Bewusstsein festgesetzt haben, während wir die Gäste von Lord Ryfik waren. Dann, als ich diese beiden Krieger sah, wie sie Raumanzüge mit sich herum trugen, machte es Klick und plötzlich passte alles zusammen.«

»Haben Sie solche intuitiven Einfälle öfters, Zeitagent?« Das kam von einer Frau mit scharfen Gesichtszügen zu meiner Rechten. Ich erkannte sie an ihrer Kleidung als Erbpriesterin von Mulipoor, dessen Orden als die größte Ansammlung von Intelligenzbestien in der ganzen Konföderation galt.

»Nein. Das war mein erster. Mir wurde plötzlich klar, dass die Erde nicht die einzige Masse im Universum ist, die die Bildung von Zeitportalen bedingen kann. Wenn die Dalgiri Raumanzüge benötigen, dann weil sie außerhalb der Atmosphäre operieren. Die nächste bedeutende Masse zur Erde ist natürlich der Mond. Wenn man sich einmal auf diese Idee eingelassen hat, kommt man sofort darauf, dass es Zeitportale auf dem Mond geben muss; Zeitportale, die die Dalgiri für Transits von einer Zeitlinie in die nächste nutzen können. Von dem, was ich über temporale Physik gelernt habe, macht das mehr Sinn als anzunehmen, dass sie eine Methode des Zeitsprungs ohne Portale gefunden haben. Ein Shuttle, das derlei schaffen will, benötigt die Energie einer durchschnittlichen Sonne. Wenn die Dalgiri über so ein Shuttle verfügen würden, dann hätten sie keine Notwendigkeit, die Barriere zu durchbrechen. Sie würden in der Lage sein, in jedes beliebige Portal in der Konföderation einzudringen, und zwar ungeachtet dessen, wie gut es verteidigt ist.«

Tasloss warf mir vom anderen Ende des Tisches einen scharfen Blick zu.

»Also haben Sie geschlossen, dass die Dalgiri Teleportation als ein Mittel entwickelt haben, um auf den Mond zu gelangen?«

»Nun, Sir, nicht sofort. Ich dachte, sie würden normale Triebwerke benutzen, denn das wäre die gleiche Methode, die meine Leute benutzt hätten. Nachdem wir die Maschinen einen Zehntag studiert hatten, identifizierten wir die seltsamen Maschinen als Teleportationsgeneratoren und fanden dann auch das automatische Leitsystem, das sie steuerte. Danach war es nur noch eine Sache des Experiments. Wir kreuzten unsere Finger und aktivierten den Hauptschaltkreis. Einen Moment später saßen unsere Herzen in unseren Hälsen und wir schwebten über einer Mondebene bei einem Sechstel Schwerkraft. Wir konnten nicht lange bleiben, denn der Kampf hatte die Dichtigkeit der Fähre beeinträchtigt. Unsere Ohren knackten schon sehr verdächtig, als die Luft durch die undichten Stellen auszuströmen begann. Dal drückte den Knopf erneut und wir fanden uns auf Salfa Primus, auf der anderen Seite der Welt, gegenüber der Akademie. Wir sind die ganze Nacht geflogen, sind auf dem Flughafen gelandet und baten um Hilfe. Und hier sind wir.«

»Hah!« Diese Lautexplosion kam von einem stämmigen Herrn an der rechten Seite des Vorsitzenden. Er schien bis zu diesem Zeitpunkt kein sonderliches Interesse zu zeigen und hatte eigentlich nur mit der edelsteinbesetzten Kette um seinen Hals gespielt. Jetzt aber stand offener Triumph in seinen Zügen.

»Was habe ich Ihnen seit zwei Jahren erzählt, verehrte Kollegen? Die Zeitlinie dieses jungen Mannes ist etwas Besonderes. Dort breitet man sich in Bereiche aus, von denen wir schmerzhaft wenig wissen. Ich sage, dass die Vorsicht einiger an diesem Tisch lobenswert ist, aber sie ist auch fehl am Platze. Wir müssen jetzt – noch heute Nacht! – das Heft der Handlung ergreifen, bevor die tausendmal verdammten Dalgiri noch einen Angriff auf uns wagen!«

»Pardon, Ratsherr?«, fragte ich und fühlte, wie mein Magen bis in die Kniekehlen rutschte. »Wovon reden Sie?«

Der Mann stellte sich gewichtig auf seine Füße und wirkte wie ein Politiker, der eine Rede zu halten beabsichtigte. »Ich bin dafür, in genau diesem Moment darüber abzustimmen, die Zeitlinie Europo-Amerika in die Gemeinschaft unserer gloriosen Konföderation aufzunehmen! Sollte der Rat meinem Votum zustimmen, kann die Kontaktflotte binnen eines Zehntages auf dem Weg sein!«

Ich nickte und erhob mich unsicher. Ich hatte derlei fast erwartet. Ich nahm einen tiefen Atemzug und wusste, dass alles, was in den nächsten Minuten passierte, mein Leben auf immer verändern würde.

»Nur über meine Leiche!«

Chaos brach aus. Für einen Moment war ich kein Beteiligter an der Diskussion mehr, sondern nur ein Besucher, der ein interessantes Arrangement in einem Wachsfigurenkabinett beobachtete.

Tasloss hielt ein geschwungenes Szepter, Zeichen seiner Amtswürde. Er war darauf konzentriert, es ist in dem sinnlosen Versuch, die Ordnung wiederherzustellen, auf den Tisch zu hämmern. Die Hälfte der Ratsmitglieder drohte mir mit der Faust – oder benutzten weniger leicht erkennbare Gesten, um ihrer Empörung Ausdruck zu geben – während die andere Hälfte sich zurückgelehnt hatte und ihre Kollegen aufmerksam beobachtete. Ich konnte Haret und Dal aus meinen Augenwinkeln wahrnehmen. Haret saß wie paralysiert in ihrem Sessel und sah mich voller Entsetzen an, während Dal sich erhoben hatte und auf mich zukam.

Dann stand er neben mir und der Bann löste sich auf.

»Was machen Sie, MacElroy?«, flüsterte er scharf auf Englisch.

»Ich verteidige meine Heimat vor gierigen Fremden«, erwiderte ich steif.

Er schien für meinen Moment darüber nachzudenken, dann nickte er. »Vielleicht haben Sie da nicht ganz Unrecht.« Damit drehte er sich um und nahm wieder Platz.

Schließlich kehrte wieder so etwas wie Ordnung am Konferenztisch ein. Als Tasloss die Stimme erhob, merkte man ihm an, dass er um Selbstbeherrschung rang. »Wären Sie so gut, uns Ihren Kommentar zu erklären, Zeitagent? Ich hätte angenommen, dass Sie über die Aussicht, ihrer Zeitlinie früher als erwartet die Segnungen der taladoranischen Zivilisation zu bringen, eher erfreut sein müssten!«

»Ich bin mir nicht sicher, ob ich es erklären kann, Sir – aber ich will es versuchen. Ich glaube, mein größtes Problem ist die Tatsache, dass Ihr Angebot eben aus der taladoranischen Zivilisation besteht. Es ist Ihr aller Weg, Dinge zu tun, aber nicht unserer. Meine Zivilisation würde schlicht überwältigt werden. Ich war mit Lord Ryfik zusammen, als wir herausfanden, dass Fyalsorn zerstört worden war. Seine

Reaktion hat mich sozusagen erleuchtet. Oh, er verfluchte die Dalgiri als die Übeltäter, die sie waren. Und er verfluchte Talador mit gleicher Inbrunst. Für ihn sind beide Zivilisationen im Grunde das Gleiche. Er ist nicht an Ihrem Krieg interessiert. Er will schlicht in Ruhe gelassen werden. Und wissen Sie was? Ich weiß ganz genau, wie ihm dabei zumute war.«

Tasloss musterte mich über den Tisch hinweg. »Ich denke, dass Sie übertreiben, Zeitagent.«

»Tatsächlich? Was ist mit meinem eigenen Fall? Mir wurde die Wahl gelassen, entweder einen Teil meines Gedächtnisses zu verlieren oder Zeitagent zu werden. Eine tolle Methode, sich für meine Hilfe zu bedanken. Soll ich Ihnen sagen, warum ich mich für die Zeitwache entschieden habe? Weil man mir sagte, die Dalgiri würden meine Zeitlinie in ein paar Jahrzehnten überschwemmen und ich habe gehofft, etwas dagegen tun zu können. Ich habe alles aufgegeben in der Hoffnung genau das zu verhindern, was Ryfik zugestoßen ist.«

»Sie haben die richtige Entscheidung getroffen«, murmelte jemand.

»Habe ich das? Wäre ich als erstes den Dalgiri begegnet, was hätte mich davon abgehalten, mich ihnen anzuschließen? Was für einen Unterschied hätte das gemacht? Es sieht so aus, als wären unsere zwanzig Jahre Gnadenfrist so oder so auf wenige Wochen zusammengekürzt, egal, was ich tue! Das, meine Damen und Herren, sind die Fakten aus meiner Sichtweise! Mir wurde mehrmals gesagt, dass meine Zeitlinie einzigartig sei. Wir dringen in das Weltall vor, schieben die Grenze in eine Region hinaus, die Sie nie besucht haben. Sie würden diese Anstrengungen abbrechen und unsere Energien für den Kampf gegen die Dalgiri sammeln. Wir würden exakte Kopien Ihrer selbst werden. Kurz gesagt, Sie würden uns aufsaugen und zu einer weiteren gerade so zivilisierten Zeitlinie unter Hunderten anderer machen!«

Ich unterbrach mich, um Luft zu holen.

Ich sah das Erschrecken auf den Gesichtern. Es war so, als hätte ich einer Versammlung der »Töchter der Amerikanischen Revolution« mitgeteilt, dass es mein sehnlichster Wunsch wäre, dass die Mayflower niemals in See gestochen wäre. Ich ließ sie nicht zur Ruhe kommen.

»Oh, es war eine wichtige Erfahrung, das will ich Ihnen zugestehen. Ich habe gelernt, dass Nationen nicht immer das tun können, was richtig ist, sondern oft nur das Notwendige. Also, lassen Sie uns im Namen der Notwendigkeit darüber reden, warum Talador Europo-Amerika nicht annektieren sollte. Ihr habt festgestellt, dass die Erde nicht die einzige Quelle von Zeitportalen ist. Aus irgendeinem Grunde seid Ihr alle überrascht, dass die Gesetzte temporaler Physik auch jenseits der Atmosphäre gelten. Wir wissen, dass es Portale auf dem Mond gibt. Was ist mit den anderen Planeten? Krümmt ihre Masse den Raum etwa nicht? Denken wir an den Mars… an die Venus… an den Giganten Jupiter! Wie viele Verbindungen zwischen den Zeitlinien mögen wir allein dort vorfinden, wenn wir danach suchen würden? Und das ist doch noch nicht alles! Es gibt Milliarden von Sternen in unserer Galaxis! Wie viele von denen haben Planeten? Woher wollen wir wissen, dass dort nicht etwas Größeres und Böseres als der Homo sapiens auf uns wartet und nur schlicht noch nicht zum Zuschlagen bereit ist? Die Möglichkeiten sind endlos! Ihr sprecht so gelassen über die Unendlichkeit der Parazeit! Ihr habt kein richtiges Konzept von Unendlichkeit, wenn Ihr nicht einmal eine lange Winternacht durch das Okular eines Teleskops in den Himmel starrt und erkennt, was Ihr da eigentlich seht! Alternative Universen mögen unendlich in ihrer Anzahl sein, aber der Weltraum… das ist die größere Unendlichkeit!«

Dal lächelte. Es lag Aufregung in seinen Augen. Ich dachte, er verstand die Botschaft. Tasloss räusperte sich, er schien sich nicht wohl zu fühlen. Vielleicht begann auch er zu verstehen.

»Es sieht für mich so aus, Zeitagent, als hätten Sie gerade klar dafür argumentiert, dass Ihre Zeitlinie sofort annektiert werden muss. Wenn die Gefahr so groß ist, wie Sie sagen, müssen wir auf alle Fälle Zugang zu den Erfahrungen Ihrer Leute bekommen.«

Ich schüttelte meinen Kopf. »Sie haben das nicht durchdacht. Unser Raumfahrtprogramm steht erst ganz am Anfang. Wir haben es knapp bis zum Mond gebracht und werden in nächster Zukunft auch nicht dorthin zurückkehren. Was passiert, wenn solche Pläne gleich ad acta gelegt werden, wenn meine Leute erfahren, dass Reisen zu anderen Planeten eigentlich gar nicht mehr notwendig sind? Warum sollten die

Bewohner meiner Zeitlinie aufrechtere Verfechter ihrer Prinzipien sein als die anderer? Ihr habt tausende lieblicher, ausbeutbarer Erden verführt. Warum sollte jemand die Reise in einer vakuumdichten Sardinenbüchse wagen, wenn er mit einem Zeitshuttle zwischen paradiesischen Erden hin und herreisen könnte? Wenn die Raumfahrt beendet wird, habt Ihr ein gigantisches Problem. Ihr werdet mit einer Technologie in ihren Anfängen stecken bleiben. Sie wird sich nicht weiterentwickeln. Ihr werdet wohl den Mond bewachen können, aber die Sonne, die Sterne, ja die nächsten Planeten werden außerhalb Eurer Reichweite bleiben. Wäre es nicht besser, die Annektion von Europo-Amerika zu verschieben? Lasst uns Raumfahrt so weit entwickelt haben, dass wir das Sonnensystem beschützen können. Niemand hindert Euch, die Technologie im Geheimen abzugucken. Seht es als kontrolliertes Experiment an, mit dem Ihr eine alternative Entwicklung betrachtet.«

Das Ratsmitglied, das als erstes den Vorschlag der Annektion gemacht hatte, trommelte mit den Fingern auf der Tischplatte. Er starrte mich mit Verrat in den Augen an. »Wenn es so unmöglich für eine Parazeit-Zivilisation ist, Raumfahrt zu entwickeln, wie haben das wohl die Dalgiri geschafft?«

»Ganz einfach«, erklang eine bekannte Stimme. »Sie haben es nicht!«

Ich stellte mit Erstaunen fest, dass es sich um meine Stimme handelte.

»Erklären Sie das!«

Ich befeuchtete meine Lippen und fühlte mich in etwa so wie bei unserem ersten Gespräch mit Lord Ryfik. Mein Mundwerk hatte mich in eine schwierige Situation gebracht und es war mein Mundwerk, das mich da wieder rausholen musste. Ich dachte hektisch nach, während ich die Antwort hinauszögerte. Dann, plötzlich, hatte ich die richtigen Worte gefunden.

»Die Dalgiri haben die Raumfahrt nicht entdeckt. Sie sind bei ihren Zeitreisen genauso darüber gestolpert wie ihr. Ich hätte früher darauf kommen sollen. Die Teleportationskontrollen im Shuttle sind einfach zu simpel. Man drückt einen Knopf und befindet sich auf dem Mond. Man drückt noch einmal und ist in einer anderen irdischen Zeitlinie. Selbst die Russen haben ihren Besatzungen mehr Kontrolle eingeräumt. Es sollte eine Art manuelle Notsteuerung geben für den Fall, dass die Automatik versagt. Die gab es nicht, denn die Dalgiri verstehen diese Technologie im Grunde gar nicht. Wenn sie sie nicht verstehen, können sie sie auch nicht erfunden haben. Also wurde sie von irgendwem gestohlen.«

Ich machte erneut eine Pause zum Atemholen und dann fiel mir auch kein weiteres Argument mehr ein.

Tasloss fixierte nachdenklich den Tisch, ehe er sich an mich wandte. »Danke für Ihre Einsichten, Zeitagent. Bitte warten Sie im Nebenraum, bis wir eine Entscheidung getroffen haben.«

Ich begab mich unsicher zur Tür. Ich konnte das Gefühl nicht ablegen, dass mein Mundwerk es diesmal nicht geschafft hatte. Ein letzter Blick zurück überzeugte mich. Der Ausdruck in ihren Gesichtern zeigte mir, dass ich verloren hatte.

*

Ein raues Schütteln riss mich aus dem Schlaf. Ich schaute auf. Dal lehnte sich über mich. Ich runzelte die Stirn. Das letzte, an das ich mich erinnerte, war, dass ich mich hingesetzt hatte, da mir die Füße wehgetan hatten. Die Ratssitzung hatte weitere zwei Stunden nach meinem Rausschmiss getagt, die Streitigkeiten waren so laut geworden, dass sie sogar die Isolierung des Konferenzraumes überwunden hatten.

»Erzählen Sie mir nicht, dass ich eingeschlafen bin«, gähnte ich. »Es geht um das Schicksal meiner Welt und ich kann nicht einmal wach bleiben.«

»Das war ein höllischer Auftritt, den Sie da hingelegt haben! Sie haben sich Ruhe verdient«, sagte Dal auf Englisch.

»Und? Ich möchte ungern vor Spannung sterben. Werde ich zurück auf die gute alte Zeitwachenuni geschickt, um brav weiter zu lernen oder packe ich meine Sachen für die Reise nach Leavenworth?«

»Nichts davon.«

»Hm?«

Ich musterte Dals Gesicht, um einen Hinweis auf meine Zukunft zu finden.

Er gab mir keinen. Dann, nach unerträglichen zehn Sekunden, verzogen sich seine Lippen zu einem Lächeln.

»Sie haben es geschafft. Die Annektion wird nicht stattfinden!«

Ich schrie meine Freude so laut heraus, dass das Fenster neben mir zu zittern begann. Ich hätte einen Stepptanz aufgeführt, wenn ich nicht so müde gewesen wäre – und gewusst hätte, wie man stepptanzt.

»Es war keine einfache Entscheidung«, fuhr Dal fort. »Sie waren kurz davor, sich gegenseitig umzubringen, als Sie gegangen sind. Glücklicherweise regten sie sich alle ab und in gewisser Hinsicht hat dann die Vernunft gesiegt. Das Komitee wird empfehlen, dass der vollständige Rat den Vorschlag akzeptiert, Europo-Amerika sich ohne Einfluss von außen entwickeln zu lassen. Nicht, dass wir diese Zeitlinie aufgeben würden. Wir werden die Anzahl der Agenten dort verdoppeln. Der Plan ist, die Hochtechnologieindustrie mit unseren Spionen zu spicken. Sie werden jede Phase des Raumfahrtprogrammes an uns berichten, so dass wir alles kopieren können, was uns viel versprechend erscheint. Raumanzugdesign steht übrigens ganz oben auf der Liste.«

»Hört sich gut an«, sagte ich.

»Ein klein wenig Rekrutierung ist doch ebenfalls nicht zu beanstanden, oder?«

»Nein, ich denke nicht.«

»Gut, denn sie sind der Meinung, Europo-Amerika ist eine gute Quelle für neue Zeitagenten. Sie selbst haben uns gezeigt, dass wir ein wenig zuviel Inzest betrieben haben und neues Blut und neue Ideen benötigen. Natürlich werden wir alles, was in unserer Kraft steht, dazu tun, die Dalgiri auch fernzuhalten. Es wäre kein sonderlich erfolgreiches Experiment, wenn es dazu führen würde, dass das Imperium die Zeitlinie in ein paar Dekaden schlicht übernimmt, nicht wahr?«

»Sicher nicht.«

Dal grinste. »Sie hätten den alten Tasloss am Ende sehen sollen. Er sah aus, als würde er das Gewicht der gesamten Parazeit auf seinen Schultern tragen. Er hat sein Leben damit verbracht, die Barbaren unter Kontrolle zu halten und dann kommen Sie und öffnen eine ganz neue Perspektive mit noch mehr Bedrohungen. Nun muss er sozusagen von vorne anfangen und neue Verteidigungslinien ziehen. Er wird die Arbeit von Jahrhunderten benötigen, die Angst zu besiegen, die Sie heute ausgelöst haben, Duncan. Ich hoffe, Sie sind stolz auf sich.«

Ich grinste zurück. »Wissen Sie was? Das bin ich. Ich bin der Zeitwache aus vielen Gründen beigetreten, einige davon sind mir selbst unverständlich. Vor allem aber wollte ich meine Zeitlinie beschützen. Wenn das dazu führt, dass ich aus der Zeitwache gekickt werde, soll mir das recht sein.«

»Wer kickt hier wen raus?«

»Nun, ich nahm an, da ich meine Ausbildung in der Akademie nicht fortsetzen darf...«

»Was für ein absurder Einfall. Wir brauchen Sie! Der Rat hat ein Sofortprogramm zum festungsartigen Ausbau des Mondes in allen Zeitlinien ausgearbeitet. Alle Ressourcen der Konföderation werden darauf konzentriert – ‚neun Frauen schwängern, um ein Baby in einem Monat zu produzieren' (argh...) heißt wohl die korrekte Beschreibung. Wir brauchen die Dienste eines jeden Experten zum Thema Konstruktion im Vakuum, den wir kriegen können. Wenn ich das richtig sehe, dürfte die Anzahl solcher Leute innerhalb der Konföderation an einer Hand abzählbar sein. Es wird sogar ein Daumen dafür ausreichen. Und sie heißen alle Duncan MacElroy?«

»Konstruktion im Weltraum? Darüber weiß ich doch gar nichts!«

»Jedenfalls mehr als wir, hoffe ich. Keine Angst. Man wird Sie nicht lange dafür einsetzen. Wenn der Rat ein Sofortprogramm beschließt, entwickeln sich die Dinge meist sehr schnell. Binnen eines halben Jahres sollten unsere eigenen Ingenieure mehr als genug wissen, um Sie freizulassen. Und wenn es soweit ist, kommen Sie mit mir. Ich bereite eine Expedition vor, um diese mysteriöse Zeitlinie zu finden, die die Dalgiri mit der Teleportationstechnologie versorgt hat. Wer weiß, wenn es denen geht wie den anderen Klientelwelten des Imperiums, dann schließen sie sich uns möglicherweise an.«

»Eine Expedition? In Dalgiri-Zeitlinien?«

Dal nickte. »Sie haben keine große Lust dazu, nicht wahr?«

»Aber nein! Ich möchte gehen! Ich habe Ryfik versprochen, alles in meiner Macht stehende zu tun, um seine Welt zu beschützen. Das hört sich wie etwas an, mit dem wir die Dalgiri genug beschäftigen können, so dass sie ihn nicht weiter belästigen.«

»Da kann ich noch mehr bieten. Wir werden Fyalsorn mit allem was wir haben befestigen. Wir können nicht zulassen, dass dauernd Dalgiri-Shuttle über Salfa Primus auftauchen. Haret ist zum Verbindungsoffizier zu Ryfik und seinen Leuten ernannt worden. Sie wird auch dafür sorgen, dass die Exzesse des kulturellen Imperialismus, den Sie so effektiv beklagt haben, sich in Grenzen halten.«

»Haret wurde neu eingeteilt?«

»Sagte ich das nicht gerade?«

»Wann wird sie aufbrechen?«

»In dreißig Tagen, warum?«

Ich grinste. »Ich dachte, ich lade sie zum Schwimmen in unserem Lieblingsbergsee ein. Wir wurden an einem sehr schlechten Moment unterbrochen und ich würde gerne dort weitermachen, wo wir aufhören mussten.«

Kapitel 12

Dal hatte in einem völlig Recht. Wenn der Regierungsrat entschied, dass etwas in der schnellstmöglichen Zeit zu erledigen sei, dann geschah das auch. Doch nicht einmal der Rat konnte Wunder befehlen.

Am Ende der sechs Monate hatte das Projekt zur Befestigung des Mondes gerade einmal begonnen. Es dauert seine Zeit, eine radikal andere Technologie umzusetzen, selbst dann, wenn Design und Fabrikation der Ausrüstung vornehmlich durch Computer erledigt werden.

Das schwache Glied in der Kette war, wie immer, der Mensch.

Die Wissenschaftler, Ingenieure, Techniker und Arbeiter mussten mit einer neuen Denkweise vertraut gemacht werden. Es war in etwa so, als hätte der US-Präsident 1962 beschlossen, dass man 1963 auf dem Mond landen müsse. Es gab einfach nicht genügend Vorbereitungszeit. Menschen brauchen etwas Zeit, um eine neue Idee zu durchdenken.

Dann gab es Verzögerungen im Modifikationsprogramm für die Shuttles. Jede Werft in der Konföderation ließ alles fallen, was sie gerade tat und fing an, Teleportationsgeneratoren in die Schiffe der Flotte einzubauen – die dafür zusätzlichen weiteren Anpassungen natürlich auch. Das Problem war, dass es für derlei gar nicht genug Werften gab. Und es gab die üblichen Verzögerungen, die immer auftraten, wenn Entwicklung und Produktion parallel laufen sollten. Jeden Monat mussten Veränderungen an den Veränderungen gemacht werden, um Probleme zu lösen, die wir bei den Testflügen mit dem erbeuteten Shuttle entdeckten.

Am Ende war aber dann doch eine Reihe von raumtauglichen Fähren bereit und man begann hastig damit, die Monde in der Konföderation zu überwachen. Das Ergebnis war, dass neun von zehn Monden Zeitportale hatten – einige bis zu drei Stück. Die Ergebnisse wurden aufgenommen wie die klassische Pointe eines »gute Nachricht – schlechte Nachricht«-Witzes.

Die gute Nachricht war, dass die Kernuniversen der Konföderaton stärker miteinander verwoben waren, als man dies bisher angenommen hatte. Das bedeutete einfachere, weniger umständlichere Reisen mit daraus resultierenden geringeren Transportkosten und letztendlich einem höheren Lebensstandard für alle.

Auf der anderen Seite bedeutete das jedoch auch, dass jedes lunare Portal verteidigt werden musste, so dass die Herausforderungen der Zeitwache auf ein Niveau anstiegen, das nicht mehr zu bewältigen war. Das Ingenieurscorps sah sich plötzlich mit der Aufgabe konfrontiert, fast fünfzig schwer bewaffnete Raumfestungen überall in der Parazeit und so schnell wie möglich errichten zu müssen. Es wäre bereits mit der Hälfte dieser Einrichtungen völlig überlastet gewesen.

*

Zwei Jahre, nachdem Dal mir versprochen hatte, mich von der Entwicklungsarbeit zu erlösen, fand ich mich innerhalb von sechs Monaten in siebzehn verschiedenen Zeitlinien wieder. In der siebzehnten stand ich unter einer brennenden Sonne, ohne jede Ablenkung durch eine Atmosphäre, mein gepeinigtes Fleisch eingezwängt in einen stinkenden Raumanzug mit einem überforderten Kühlaggregat. Ich beobachtete ein halbes Dutzend taladoranischer Techniker, die versuchten, die Energieversorgung einer automatischen Geschützbatterie in Gang zu bringen, die unsere einzige Verteidigungsmöglichkeit darstellte. Wir befanden uns im Anaxagoras-Krater im nördlichen lunaren Hochland meiner eigenen Zeitlinie Europo-Amerika. Die Batterie – und das Zeitportal, das sie bewachte – waren rund hundert Kilometer von hier auf der anderen Seite des lunaren Pols.

Die Erde – meine Erde! – war ein blauweißer Kreis, der knapp über dem südwestlichen Kraterrand schwebte. Vor drei Tagen hatte der Anblick des wunderschönen Balls vor dem Hintergrund des samtenen Weltraums mein langes Exil fast mit Sinn erfüllt. Nun aber nicht mehr. Ich fühlte mich derzeit viel zu ungemütlich, als dass ich noch viel Energie für die Rettung der Welt aufzubringen vermochte. Ich konzentrierte mich auf unmittelbarere Bedürfnisse – wie etwa der Tatsache, dass mir heiß war, ich erbärmlich stank, zuwenig schlief, der lunare Sand, der irgendwie überall war, mich unentwegt kratzte und ich generell nicht sehr froh über die Entwicklungen in meinem Leben war.

»Duncan MacElroy, bitte melden Sie sich sofort beim Basiskommandanten!« Der Befehl kam aus meinen Ohrhörern und schwang in meinem engen Helm nach. Normalerweise hätte ich jede Gelegenheit begrüßt, meinen Raumanzug zu verlassen, aber nicht diesmal. Einige Stunden des Leids waren der Himmel gegen ein Gespräch mit Garsich Mersaicho, dem Zeitagenten, der die Verantwortung dafür trug, dass Anaxagoras-Basis so schnell wie möglich in Dienst gestellt werden konnte.

Wenn man von Garsich gerufen wurde, war eines sicher: Er tat dies nicht, um einen auf beide Wangen zu küssen.

*

»Zeitagent MacElroy meldet sich wie befohlen.«

Der alte Recke hockte vor seinem Computerterminal und grunzte etwas als Erwiderung auf meine Meldung.

»MacElroy, was wissen Sie über diesen Satelliten, den Ihre Leute innerhalb des nächsten Zehntages ins All schießen wollen?«

Ich zögerte, um meine mentale Gangschaltung anzupassen. Dann erinnerte ich mich. Als die Taladoraner diesen Mond zum ersten Mal erreicht hatten, fanden sie zwei kartographierende Satelliten im Orbit – einen amerikanischen und einen russischen. Beide waren neutralisiert worden, um zu verhindern, dass sie Bilder über unsere Aktivitäten auf die Erde senden würden. Die Russen hatten das Rennen um Ersatz gewonnen und waren bereit, eine neue Rakete zu starten.

»Das sind nicht meine Leute. Es sind die Russen«, sagte ich etwas bockig.

»Aus der gleichen Zeitlinie dann.«

»Nun…«

Weiter kam ich nicht. Der Alarm wurde ausgelöst und die Sirenen verschluckten meine Antwort. Das nächste, was ich mitbekam, war, dass Garsich verschwunden war. Ich wandte mich um, ihm zu folgen. Ich fand ihn im Kontrollraum wieder.

Er spuckte Befehle aus, etwa die Hälfte davon bestand aus Schimpfworten.

Ich fand dort auch Jana Dougwaix. Es waren vier Jahre vergangen, seit wir uns am Fährhafen von Jafta verabschiedet hatten, vier Jahre, in denen Jana die Eingeborenen von Europo-Amerika studiert hatte. Sobald der Bau der Anaxagoras-Basis begonnen hatte, war sie als Expertin für die hiesige Kultur zwangsverpflichtet und zum Mond gebracht worden.

»Was ist los, Jana?«

»Ein Eindringling kam gerade aus dem Zeitportal, sehr schnell und überraschend«, sagte Jana. »Sie versuchen, ihn mit den Satelliten zu erfassen.«

»Identifikation?«

Sie nickte und verwendete europo-amerikanische Gestik mit einer Leichtigkeit, die angeboren schien. »Dalgiri, wer sonst?«

Mir lief ein Schauer den Rücken hinunter, als ich an das Arbeitsteam dachte, das ich gerade verlassen hatte. Ohne die Energieversorgung für die Batterie waren wir unfähig, uns zu verteidigen.

Ein Dutzend Wandbildschirme erhellte sich mit Daten von den Sensoren, die das Portal umgaben. Alle zeigten Warnmeldungen und erneut begannen die Sirenen zu heulen. Ich schaute gerade rechtzeitig hoch, um einen zweiten Shuttle zu erkennen, der sich materialisierte.

»Ein Dalgiri, der dem ersten Schiff folgt«, meldete der Mann an der Ortung.

Die neue Fähre beschleunigte rasch und verschwand jenseits des Horizonts. Eine Karte der anderen Mondseite erschien auf einem Schirm. Der Kurs des zweiten Shuttles wurde darauf abgebildet.

»Noch weitere Fähren?«, grummelte Garsich, als er die Bewegungen des zweiten Fahrzeugs beobachtete.

»Keine Ortung«, war die Meldung.

»Da ist irgendwas nicht in Ordnung«, murmelte er zu sich selbst. »Das war verdammt fix für eine Kundschaftermission. Irgendeine Chance, dass wir ein Portal übersehen haben?«

Schruelsin bis Halson, der Stellvertreter Garsichs und immerhin so etwas ähnliches wie ein Temporalphysiker, schaute von seiner Beobachtungsstation in der Mitte des Raumes auf.

»Keine Chance, Gar. Wir haben Detektorsatelliten im Orbit, nicht viel höher als die Spitzen des Mondgebirges. Es gibt nur ein Gebiet mit niedrigem Temporalpotential auf diesem Mond und wir sitzen genau drauf.«

»Energieausbruch, Commander!« Die Meldung kam von einem der Ortungstechniker, die die Eindringlinge im Auge behielten. »Strahlerfeuer, wie es aussieht.«

»Was bei den Quadratgöttern von Lashua geht dort vor sich?«

»Ziel Eins wieder erfasst – noch mehr Strahlerfeuer – die kämpfen gegeneinander!« Die Berichte kamen nun schnell hintereinander, mit Daten der äußeren Ortungsstationen. Auf den Schirmen erkannten wir nichts als die raue Hochebene und einige Blitze, deren Helligkeit sich die Sensoren nicht schnell genug anpassten.

»Zweite Fähre getroffen, feuert aber zurück. Sensoren entdeckten austretende Atmosphäre – nun Treffer an der ersten Fähre, nicht so gravierend. Da! Direkter Treffer! Shuttle Zwei wurde vernichtet!«

Der Kommentar der Ortungstechniker war unnötig, denn wir standen alle wie festgenagelt vor den Schirmen und starrten auf das Schauspiel, das sich uns bot. Die beiden Dalgiri hatten einen harten Kampf über dem Mare Moscoviensis ausgetragen und der zweite Shuttle hatte ihn verloren. Wir beobachteten einen hellen, herabstürzenden Flecken und dann waren die Schirme schwarz.

»Unsere Sensoren sind durch die Explosion ausgebrannt worden«, meldete ein Techniker.

»Was ist mit dem Überlebenden?«, fragte Garsich.

»Es scheint, dass er beschädigt wurde. Die Sensoren berichten einen Ausfall des Triebwerks kurz bevor sie sich verabschiedeten. Die Fähre könnte abgestürzt sein.«

Ich wandte mich an Jana, die das Drama mit der gleichen Verwunderung verfolgt hatte wie ich. »Was soll das alles jetzt bedeuten?«

»Ich habe nicht die leiseste Ahnung«, sagte sie. »Aber ich wette, dass der alte Garsich nicht lange zögern wird, es herauszufinden.«

»Keine Wette.«

*

In der Tat, keine Wette. Innerhalb von fünfzehn Minuten waren wir unten im Hangar und schlüpften in die Raumanzüge. Ich sagte wir, weil es Jana und ich waren, die einen Überwachungsgleiter für eine Erkundungsmission steuern sollten. Der Gleiter war nicht sehr viel mehr als eine Sitzbank für zwei und ein Triebwerk. Er war etwas größer als ein Ein-Mann-Gleiter, aber das war es dann auch.

Wir wurden zusammen mit drei weiteren Suchteams zur Stelle der Explosion geleitet, die die Sensoren ausgeschaltet hatte. Ein einfacher Blick bestätigte uns, dass niemand dieses Inferno hatte überleben können. Nachdem wir uns vergewissert hatten, dass der geschmolzene Metallklumpen wirklich ein Dalgiri-Shuttle gewesen war, trennten wir uns und suchten die Umgebung ab.

Wir entfernten uns bis auf rund 50 Kilometer von den anderen Gleitern und folgten einer fiktiven Linie mit dem Zentrum des Mare Moscoviensis als Orientierung. Dann machten wir einen Abstieg den Tereshkova Krater hinunter auf den großen Fleck, den man Mendelev nannte. Wir trugen mobile Detektoren bei uns, die auf die Existenz eines Parazeit-Shuttles reagieren würden, selbst auf einen abgestürzten – außer natürlich, es war im gleichen Zustand wie der Metallklumpen, den wir verlassen hatten.

Wir flogen langsam südwärts, die Oberfläche unter uns bestand aus einer Vielzahl von Einschlagkratern, und suchten in völliger Stille, nur durch das Geräusch unseres Atems durchbrochen, als: »Hey!«

»Was?«, fragte ich, und setzte mich ruckartig gerade hin. Ich verdrehte meinen Hals um zu sehen, was auch immer Jana entdeckt hatte.

»Ich habe was auf dem Detektor«, sagte sie.

»Der Shuttle?«

»Kann sein. Steuer nach links, da drüben zu dem großen Krater am Horizont!«

Ich steuerte den Gleiter in die angegebene Richtung und nahm mit den anderen Mitgliedern der Suchtruppe Kontakt auf. Wir flogen dicht an der Oberfläche, während Jana versuchte, eine klarere Anzeige auf ihren Bildschirm zu bekommen.

»Da ist es!«, rief ich, als wir den Kraterwall erreicht hatten. Vor uns lag der Dalgiri-Shuttle. Er war hart aufgeschlagen. Die Hülle war aufgebrochen und aus dem Inneren drang Licht nach außen. Das war auch gut so, denn sonst hätte er beinahe unsichtbar im Schatten des Kraterwalls gelegen.

Jana und ich landeten hinter einem großen Felsen, der das Innere des Kraters dominierte. Wir warteten, bis die anderen Suchmannschaften uns erreicht hatten und dann schlichen uns an das Wrack an. Ich signalisierte Jana, in Deckung zu bleiben und glitt dann durch den Bruch in der Hülle. Dabei fühlte ich mich sehr verwundbar. Glücklicherweise war der Shuttle verlassen.

Ich hatte das Innere bereits zehn Minuten erforscht, als Jana mir mitteilte, dass Fußabdrücke von dem Fahrzeug wegführten. Ich verließ die Fähre schnell und gesellte mich zu ihr. Ein Bruch im Kraterwall führte in einen sehr düsteren Bereich. Dorthin ging die Spur.

Um genau zu sein, es waren zwei Spuren. Wir berichteten das den anderen, schalteten die Lampen ein und folgten. Schon nach wenigen Metern war uns klar, dass einer der Überlebenden verletzt sein musste. Eine Spur sah wie geschlurft aus, unsicher, mit unterschiedlich tiefen Abdrücken. Ich war kein Indianerscout, aber es sah so aus, als würde einer den anderen beim Vorankommen stützen.

Als wir die kleine Schlucht betraten, traten wir von der blendenden Helligkeit des ungefilterten Sonnenlichts in den tiefschwarzen Schatten. Jana und ich machten eine kurze Pause, um unseren Helmscheiben etwas Zeit zu geben, sich neu zu polarisieren. Während sich unsere Pupillen an die neuen Lichtverhältnisse gewöhnten, fummelten wir an unseren gezogenen Strahlern herum und starrten in die Dunkelheit vor uns.

»Was meinst du?«, fragte ich.

»Ich meine, wir brauchen mehr Leute.«

»Soll ich noch zwei der Gleiter herrufen?

Sie wandte sich mir zu und schüttelte still den Kopf. Das bedeutete: Was für einen Sinn hätte es, wenn alle von uns hier getötet werden? Wir setzten unseren Weg in die Höhle des Löwen fort, jeder Schritt brachte uns näher an unsere verwundete, bewaffnete und somit wahrscheinlich gefährliche Beute.

Plötzlich blieb Jana stehen und schwang ihre Lampe nach rechts. Ich folgte meiner Gefährtin sofort. Die Spuren verloren sich in einem fast rechteckigen Loch in der Felswand, fast wie in einer Höhle.

»Nun?«, fragte ich.

»Ich denke, wir müssen da rein«, erwiderte sie mit angespannter Stimme.

Wir gingen langsam hinein, vorsichtig darauf bedacht, nicht in die Schusslinie des jeweils anderen zu geraten. Wir schalteten die Kommunikatoren aus und legten die Helme für Absprachen aneinander. Nach einer kurzen Auseinandersetzung akzeptierte Jana meinen Plan und positionierte sich an der Seite des Eingangs. Nachdem wir bis drei gezählt hatten, aktivierte sie plötzlich ihre Lampe mit höchster Leistung und größter Reichweite, die Höhle vor uns erhellend, während sie selbst jederzeit Deckung hinter einigen Felsen finden konnte. Im gleichen Moment sprang ich vor und durch den Eingang und landete in bester Western-Manier auf meinem Bauch, die Strahler nach vorne m Anschlag.

»Nicht schießen!«, rief ich.

Direkt vor mir kauerten zwei Gestalten in Dalgiri-Raumanzügen. Doch die Leute, die sie trugen, waren keine Dalgiri. Zumindest das Gesicht desjenigen, der sich nun dem Licht zuwandte, war definitiv nicht pseudo-Neanderthal. Ich habe Dutzende von Dalgiri gesehen und keiner hatte eine süße Knopfnase, sanfte, rote Lippen oder ein wunderschönes, herzförmiges Gesicht, eingerahmt von Kaskaden tiefschwarzen Haares.

Kapitel 13

Ich lag für etwa zehn Sekunden in dieser Höhle und hörte meinem laut schlagenden Herz zu. Die Frau starrte mich mit zusammengekniffenen Augen an, die gegen die Lichtflut aus Janas Scheinwerfer ankämpften. Sie hielt die andere Person beschützend in ihren Armen. Ich wandte meinen Blick von ihrem schönen Gesicht ab und sah mich nach Waffen um. Sie war, soweit ich das beurteilen konnte, unbewaffnet.

Ich bat Jana, mir Deckung zu geben und erhob mich auf Hände und Knie, dann auf meine Füße. Die Augen der Frau verfolgten jede meiner Bewegungen. Ihr Mund öffnete sich und ihre Lippen bewegten sich in lautloser Sprache. Ich schaltete meinen Kommunikator auf Kanalsuchlauf.

»... Tun Sie uns nichts an! Bitte, tun Sie uns nichts an«, hörte ich in meinen Kopfhörern. Die Stimme war ein angenehmes Contralto, durch Panik gehärtet.

Die Sprache war Dalgiri.

»Keine Angst, Sie sind bei uns in Sicherheit«, antwortete ich in der gleichen Sprache. Ich ging nach vorne, meine Hände für sie deutlich sichtbar, und warf einen Blick auf die zweite Gestalt. Der Mann hatte ähnliche äußere Merkmale wie die Frau und war offenbar bewusstlos. Ein dünner Blutfaden lief aus seinem Mundwinkel und verfing sich in einem dünnen Bart.

Die Frau sagte etwas, was ich nicht richtig verstand. Die Sprache war immer noch Dalgiri, aber die Worte hatten einen Akzent, den ich nur schwer verstand.

Ich streckte mich und klopfte der Frau beruhigend auf die Schulter, in der Hoffnung, dass dies in ihrer Zeitlinie ebenso positiv gewertet wurde wie in meiner.

»Wir tun Ihnen nichts«, sagte ich noch einmal auf Dalgiri und formte meine Worte betont langsam und deutlich, um sicher zu gehen, dass die Frau mich verstand.

Sie lächelte und enthüllte dabei einen Satz perfekter perlweißer Zähne, die scharf mit ihrer Haut und ihren Haaren kontrastierten.

»Danke«, sagte sie einfach.

»Wie ist Ihr Name?«

»Felira Transtas, Clan Rossa des Volkes von Syllsin.«

Ich nannte ihr meinen Namen und zeigte auf den Mann. »Wer ist das?«

»Mein Bruder, Graf Transtas. Er ist während unseres Kampfes mit den Vecka verletzt worden. Bitte helfen Sie ihm!«

Ich hatte keine Ahnung, wer die Vecka waren, aber die Betonung dieses Wortes ließ keinen Zweifel darüber aufkommen, dass Felira von ihnen nicht allzu viel hielt.

»Alles klar da drin?«, fragte Jana vom Höhleneingang her.

»Alles klar. Ruf bitte einen Shuttle.«

Sie tat wie geheißen, bevor sie ihren Strahler einsteckte und hereinkam. Wir schafften es, den Verletzten hochzuheben, ich schwang ihn mir wie ein Feuerwehrmann über die Schulter. Das war keine einfache Übung mit einem Raumanzug, selbst, wenn die Verletzten nur fünfzig Pfund oder so wogen. Ich hoffte, ihn dadurch nicht noch mehr verletzt zu haben, aber wir mussten ihn zum Kraterboden bringen, wo der Shuttle landen würde.

Drei Gleiter schwebten von ihren Positionen am Kraterrand hinab. Zu ihrer Besatzung gehörte auch der Medizinische Offizier der Station, Zela Bar aus der Varnoth-Zeitlinie. Er beugte sich über den Verletzten und betrachtete ihn durch die Helmscheibe.

»Schock«, sagte er bedrückt, als er sich erhob. »Wahrscheinlich innere Blutungen. Der Shuttle sollte sich besser beeilen, wenn wir ihn noch retten wollen.«

*

Eine Stunde später landete eine Rettungsfähre neben dem abgeschossenen Dalgiri-Shuttle. Es war einer dieser gigantischen Lastenballons, die normalerweise Material zur Basis transportierten. Während Zela Bar für den Abtransport des Verletzten sorgte, erklärte ich Felira, dass sie den Doktor und ihren Bruder begleiten werde.

»Werden Sie nicht auch kommen, Duncan?«

»Ich muss hier bleiben und den anderen helfen«, sagte ich. »Gehen Sie nur, alles ist in Ordnung.«

Wenige Sekunden später war sie die Rampe hoch gelaufen. Die Schleusentore des gigantischen Ladefrachters schlossen sich, das Schiff verschwand im Sternenhimmel und schlug einen nördlichen Kurs ein.

»Sie ist wunderschön, nicht wahr?«, sagte eine Stimme in meinen Kopfhörern. Ich drehte mich um und sah Jana einige Meter von mir, mit einem sehr kryptischen Ausdruck in ihrem Gesicht.

»Wer?«, fragte ich.

Jana grinste. »Wer wohl? Unsere kleine Schiffbrüchige natürlich!«

»Ja«, stimmte ich nickend zu. »Das ist sie.«

*

Der Rückflug zur Basis dauerte die gleichen zwei Stunden wie der Hinflug. Als die Station sich deutlich vor uns abzeichnete, war ich mehr als bereit, den Anzug vom Körper zu reißen und eine Kratzorgie zu beginnen. Es gab da diese Stelle direkt zwischen meinen Schulterblättern…

Unsere vier Gleiter verließen die Formation und machten in einer geraden Linie den Landeanflug. Das Hangartor schwang auf und sanftes, blaues Licht goss über die schwarz-grau-braune Mondoberfläche.

Jana und ich waren die Nummer Drei in der Reihe. Wir konnten es kaum abwarten, bis der Gleiter zum Stillstand gekommen war, bevor wir uns aus den Sitzen warfen und hektisch zu den Schleuseneingängen rannten. Sobald wir drin waren, halfen wir uns gegenseitig, die Druckverschlüsse zu öffnen und starteten einen Wettbewerb, wer sich zuerst seines Anzuges entledigt hatte. Jeder, der lyrische Elogen über die Wonnen der Raumfahrt verfasst hat, hat nie einen Tag mit sich selbst in einem Raumanzug verbracht.

»Aaah!«, sagte ich, als Jana mir half, das Oberteil meines Anzuges über den Kopf zu streifen, und dann renkte ich mir fast die Schultern aus, um jene ganz bestimmte Stelle auf meinem Rücken zu erreichen.

»Komm, ich helf dir«, sagte sie und ließ ihre sanften Hände auf meinen Rücken gleiten. »Ungefähr hier?«

»Etwas höher… nach rechts… runter… genau da!«

Es gibt nur wenige Freuden im Leben, die so simpel waren wie das Gefühl, ein beständiges Jucken gekratzt zu bekommen. Ohne klar darüber nachzudenken, gab ich den Gefallen zurück, indem ich meine Hände verspielt über Janas Körper streifen ließ. So verbrachten wir eine halbe Minute in segensreicher Ignoranz unserer Umgebung, uns umarmend und mit beschäftigten Händen.

»Erinnert dich das an irgendwas?«, fragte ich sanft, als ich ihr Ohr küsste. Ich konnte ihre lächelnden Lippen an meiner Kehle spüren.

»Die erste Nacht in der Hütte deines Onkels«, sagte sie.

»Wünschst du dir manchmal, wir könnten dahin zurückkehren?«

»Manchmal. Wenn sich die Dinge nur anders entwickelt hätten…«

Wir wurden unterbrochen, ehe sie mir erklären konnte, was sie damit gemeint hatte. Der Wandlautsprecher begann zu plärren: »Zeitagent MacElroy, melden Sie sich sofort im Büro des Kommandanten!«

»Verdammt!«, fluchte ich auf Englisch, da ich der Ansicht war, dass ein Fluch auf Taladoranisch emotionale Tiefe vermissen ließ. »Was denn jetzt?«

Da es keine allzu offensichtliche Antwort auf diese Frage gab, rannte ich durch die großen, leeren Hallen, die eines Tages Unterkünfte enthalten würden, aber jetzt nicht mehr waren als gigantische Räume voller Echos. In weniger als fünf Minuten stand ich wieder dort, wo ich erst diesen Morgen gewesen war. Mir kam es mehr wie letztes Jahr vor.

»Zeitagent MacElroy meldet sich wie befohlen, Sir!«

»Schön, dass Sie so schnell waren, MacElroy«, sagte Garsich und schaute von einem Bericht auf, der vor ihm auf dem Tisch lag. »Vor weniger als einem Bora erhielt ich eine Nachricht vom Hauptquartier, Sie betreffend. Sie sagt, und ich zitiere: Der besagte Zeitagent ist hiermit von seinen derzeitigen Aufgaben unter Ihrem Kommando entbunden und hat sich sofort bei Commander Dal Corst bezüglich der Vorbereitung einer großen Offensive gegen die Dalgiri zu melden. Dazu können Sie mir nicht zufällig etwas erzählen?«

Ich nickte. »Dal hat wohl endgültig die Erlaubnis bekommen, seine Expedition ins Dalgiri-Imperium zu starten, um den Ursprung der Teleportationsgeneratoren zu ergründen.«

Garsich lächelte, einer der wenigen Momente, in denen ich ihn je dabei gesehen hatte. »Nun, ich wünsche Ihnen Glück. Ich wünschte mir, ich würde statt Ihrer gehen. So muss ich weiter in diesem verfluchten Loch mit einem Haufen etwas zu unabhängig denkender Techniker sitzen. Ihre Transportpriorität ist leider nur ‚Routine', also werden Sie auf den nächsten planmäßigen Flug warten müssen.«

»Was ist mit dem Spezial-Shuttle, das die beiden Flüchtlinge nach Talador bringen soll?«

»Schon weg. Zela Bar meinte, der Verletzte benötige je eher desto besser erstklassige medizinische Einrichtungen.« Ich zuckte mit den Schultern und übersetzte die Geste dann sofort in das taladoranische Äquivalent. »Dann also der planmäßige Flug. Ich melde mich ab, Sir!« Ich wollte mich abwenden.

»Einen Moment noch, MacElroy«, sagte Garsich. »Da Sie uns ja noch etwas länger zur Verfügung stehen, bis der nächste Transport fliegt, könnten Sie eigentlich auch was Sinnvolles tun.«

»Wie zum Beispiel…«

»Nun, der komische Satellit Ihrer Leute wird immer noch planmäßig starten und wir haben zwei Parazeit-Shuttlewracks auf der Rückseite dieses luftlosen Stücks wertlosen Felsens rum liegen. Es wäre nicht so schön, wenn dieser Satellit die finden würde, oder? Also werden Sie am Arbeitsteam teilnehmen, das den Krempel aufräumen soll. Melden Sie sich bei Pilot Belream in Schleuse A-3.«

Ich drehte mich um, blieb stehen und wandte mich erneut Garsich zu. »Heißt das, ich soll wieder draußen in einem Raumanzug arbeiten?«

Der alte Kämpfer schaute noch einmal von seinem Arbeitsplatz hoch, sein Gesicht war nun die übliche Maske disziplinierter Langeweile. »Sie werden draußen arbeiten. Ob Sie dabei einen Raumanzug tragen oder nicht, ist Ihre Sache. Sie können gehen.«

*

Die Aufräumarbeiten beanspruchten das meiste meiner noch verbleibenden zehn Tage. Feliras Shuttle war dabei der einfache Teil. Er war noch mehr oder weniger in einem Stück. Der Shuttle der Vecka war mehrere hundert Quadratmeter über die Oberfläche verteilt und hatte ein schönes Loch in die Mondoberfläche geschmolzen. Das stellte uns vor ungleich größere Probleme. Wir mussten nicht nur alle Einzelteile aufsammeln und den Einschlagkrater einebnen, sondern auch all unsere Fußabdrücke und andere Hinweise auf unsere Anwesenheit entfernen. Natürlich war es unmöglich, wirklich alle Spuren des Unfalls zu verwischen. Wenn jemand ernsthaft vermuten würde, es gäbe Menschen auf dem Mond, musste er nur die Fotos des Lunar Orbiters aus den 60er Jahren mit aktuellen vergleichen. Wir verließen uns vor allem darauf, dass niemand auf diese absurde Idee kommen würde, und so blieben wir daher letztendlich mit unserer Arbeit relativ oberflächlich. Also sammelten wir Shuttleteile auf, bliesen komprimierte Luft über den Boden und schauten generell nach, ob irgendwas Außergewöhnliches zu erkennen war.

Es war eine sehr müde Truppe von Weltraumputzfrauen, die schließlich aus der Ladeluke des Shuttles heraustorkelte, nur eine Wache vor meinem Abflug nach Talador. Jana und ich verbrachten den Abend zusammen, wobei nur zu berichten bleibt, dass ich mitten im Abendessen ausgesprochen ungalant entschlummerte. Sie begleitete mich am kommenden Morgen zum Abflug.

»Pass auf dich auf, Duncan.«

»Du aber auch. Das kann da oben ein ziemlich rauer Platz sein«, sagte ich und wies mit dem Daumen in die allgemeine Richtung, in der die unsichtbare Erde lag.

»Ich wünschte, wir müssten nicht immer nur Auf Wiedersehen zueinander sagen.«

»Ja, ich auch«, sagte ich. »Du wolltest etwas sagen, damals, als wir gerade von der Rettungsmission zurückgekommen waren, oder?«

»Was meinst du?«

»Du sagtest: Wenn sich die Dinge nur anders entwickelt hätten… Wie anders?«

Sie seufzte. »Ach nichts. Ich hatte nur darüber nachgedacht, was passiert wäre, wenn wir uns unter anderen Bedingungen getroffen hätten. Wenn ich keine Zeitagentin gewesen wäre und du kein Fremdzeitler, dazu bestimmt, Großes zu tun. Wenn wir uns einfach nur getroffen und einen Spaziergang gemacht hätten.«

Ich nahm sie in meinen Arm und grinste. »So, wie dein Make-up aussah, wäre gar nichts passiert. Du warst die zweithässlichste Frau, die ich je getroffen habe.«

Sie wurde rot und lächelte dann. »Man sagte mir, ich solle unauffällig wirken.«

»Das warst du.«

Der Signalton, der den unmittelbar bevorstehenden Abflug ankündigte, beschloss in diesem Moment zu erklingen.

»Mach nichts Dummes, kleiner Bruder«, sagte Jana und küsste mich. Dann drehte sie sich um und floh aus dem Hangar. Der Schimmer von Tränen in ihren Augen war mir aber nicht entgangen.

Ich betrat den Shuttle mit beschwingtem Kopf. Ihr Kuss war alles andere als geschwisterlich gewesen.

Kapitel 14

Dal Corst wartete im Passagierterminal von Jafta auf mich, als ich den Shuttle verlassen hatte.

»Willkommen«, sagte er und schlug mir auf die Schulter. »Den Urlaub zuhause genossen?«

»Schon mal drei Tage hintereinander in einem Raumanzug gesteckt?«, fragte ich.

Dal grinste. »Ich dachte, Sie wollten schon immer ein Raumfahrer werden!«

Ich reagierte mit der erwarteten rüden Äußerung. Dann fragte ich: »He, was soll denn das ‚Commander' Corst bedeuten?«

»Ich wurde befördert.«

»Gratulation!«

»Nichts, was ein anderer beherzter und entsprechend dummer Taladoraner nicht auch hätte tun können. Wo ist das Gepäck?«

»Wenn ich das wüsste. Man sagte mir, es sei durch die Quarantäne und ich könnte es im Terminal abholen.«

Es dauerte fast eine halbe Stunde, um das organisierte Chaos des Flughafens zu verlassen. Endlich führte Dal mich zu einem offiziell aussehenden Luftwagen, der auf einem VIP-Parkplatz stand.

»Duncan MacElroy, ich würde Ihnen gerne meinen Stellvertreter vorstellen, Hral Ssaroth«, sagte Dal.

Dals Stellvertreter, der uns den Rücken zugewandt hatte, als wir uns genähert hatten, drehte sich um. Ich griff instinktiv zu meinem Strahler, den ich zum Glück nicht trug. Hral Ssaroth trug zwar die graue Uniform der Zeitwache, aber es war ganz klar ein Dalgiri.

Ssaroth bemerkte meine Reaktion und lächelte, was sein zerfurchtes Gesicht in eine miniaturisierte Mondoberfläche verwandelte. Dal hielt sich amüsiert zurück.

»Vielleicht hätte ich Sie warnen sollen. Hral ist einer unserer Ex-Spione, gerade von einer fünfzehnjährigen Tour im Imperium zurückgekehrt. Er kommt exakt zum richtigen Zeitpunkt. Mir wurde gesagt, dass sein Überleben allein seinem Glück sowie seinen überlegenen Fähigkeiten zuzuschreiben sei. Er kommt aus der Aazmoran-Zeitlinie.«

Ich grinste nun auch und presste meine Faust gegen die Ssaroths. Ich kam mir aufgrund meiner spontanen Reaktion etwas albern vor. Obgleich die Herrscher der Feinde Taladors alle aus der menschlichen Rasse der Neandertaler stammten, bedeutete das noch lange nicht, dass das andere Humanoide ähnlichen Aussehens von der Mitgliedschaft in der Konföderation ausgeschlossen hätte. Es gab drei Neandertal-Zeitlinien in der Konföderation und Aazmoran war die am weitesten entwickelte. Ich hatte auf der Akademie einige ihrer Vertreter getroffen und es hatte sich durchweg um kultivierte und angenehme Zeitgenossen gehandelt.

»Ich muss mich entschuldigen, Hral Ssaroth. Dal wird Ihnen gesagt haben, dass ich ein Fremdzeitler bin. Ich habe mich noch an einige Dinge zu gewöhnen, oder vielmehr: mir einiges abzugewöhnen. In der Nase bohren und voreilige Schlüsse ziehen gehören dazu.«

Ssaroth lachte. »Ich verstehe. Es für mein Volk schon immer ein Kreuz gewesen, entfernte Verwandte der Dalgiri zu sein. Ich bin nicht beleidigt.«

Er übernahm die Steuerung des Luftwagens, während Dal und ich uns nach hinten setzten. Schnell glitten wir hoch über die Skyline der Metropole.

Da war ein fragender Ausdruck in Dals Gesicht, als er mich mit seinen violetten Augen musterte.

»Wissen Sie, alter Freund, manchmal geben Sie mir wirklich zu denken.«

»Ach?«

»Ich habe die ganzen letzten zwei Jahre mit den Vorbereitungen für unsere Expedition verbracht. Es war harte und anstrengende Arbeit, aber schließlich habe ich alle losen Enden verknotet. Und was passiert? Sie werden in ein Arbeitslager geschickt, machen einen schönen Spaziergang und lösen alle Probleme mit einem Schlag!«

»Ich verstehe kein Wort.«

»Sie erinnern sich bestimmt an eine gewisse junge Frau unbekannter Herkunft, die Sie vor zehn Tagen auf dem Mond getroffen haben? Sie ist zufälligerweise Vertreterin des Volkes, das die Teleportationsgeneratoren erfunden hat.«

»Sie meinen Felira.«

»Ja, ich meine Felira. Wie machen Sie so was? Warum sind Sie immer zur richtigen Zeit am richtigen Ort?«

Ich hob die Schultern. »Ich habe Glück, glaube ich. Wie geht es ihrem Bruder?«

Dal seufzte. »Er hat es nicht geschafft. Die inneren Verletzungen waren zu massiv.«

»Das ist schlimm. Es muss sie tief getroffen haben.«

»Mich noch mehr. Diese verdammten Ärzte hatten sie einen halben Tag unter Beruhigungsmitteln. Bis vor drei Tagen wusste ich noch nicht einmal von ihrer Existenz. Hätte ich das alles vorher gewusst, dann hätte ich mit einem Spezial-Shuttle nach Ihnen geschickt und nicht auf den regulären Transport gewartet.«

»Was liegt nun an, Dal?«

»Geduld, alles wird in Kürze erklärt. Ich habe ein Briefing für Sie arrangiert, ich selbst bin zurzeit sehr beschäftigt. Ihre Felira hat Löcher in meinen Plan gebrannt und ich muss jetzt alles umwerfen.«

»Sie ist nicht meine Felira«, sagte ich, über meine eigene Empfindlichkeit etwas irritiert.

Dal bekam diesen geheimnisvollen Gesichtsausdruck, der anzeigte, dass er etwas wusste, dass ich nicht wusste. Und er genoss diese Tatsache viel zu sehr, als dass er es mir enthüllen würde.

»Das ist Ihre Meinung«, sagte er nur und grinste wieder.

*

Der Konferenzraum war leer bis auf Dal Corst, meiner selbst und einer kleinen, plump wirkenden Frau mit einem fleckigen, roten Gesicht und Haaren, in die ein komplexes Muster geschnitten war. Sie wurde mir als Soufilcar Jouniel vorgestellt, Chef-Korrelationistin und verantwortlich für die Verhöre von Felira Transtas.

»Fil wird Sie über alles informieren, Duncan. Ich muss los«, sagte Dal. »Es gibt hier zurzeit für mich einfach mehr als genug zu tun.« Damit war er auch schon verschwunden.

Ich wandte mich an die Frau.

»Ich bin bereit, wenn Sie es sind.«

Jouniel drückte einen Knopf auf dem Armaturenbrett vor sich und es wurde dunkel. Ein Bildschirm erhellte sich und zeigte das Gesicht von Felira. Sie stand entweder unter Drogen oder schlief friedlich.

»Commander Corst war der Ansicht, es sei das Beste, wenn Sie die wichtigsten Teile der Interviews mit ihr selbst sehen. Aufgrund der traumatischen Erfahrung des Verlustes ihres Bruders stand sie die meiste Zeit unter dem Einfluss von Narkoquiz. Der Ausschnitt, den Sie jetzt sehen, stellt die Zusammenfassung von Gesprächen mit einer Dauer von mehr als vierzig Bora dar.« Die drückte einen weiteren Knopf und das Gesicht in der Darstellung wurde zum Leben erweckt. Außerhalb der Kamera fragte Jouniel sie nach ihrem Namen.

»Felira Rossif Bax Adelphia Transtas, zweite Tochter des Grafftar Bax Transtas, Erbsprecher von Transtas Sieben, Clan Rossa.« Ihre Augen blieben geschlossen, aber ihre Stimme war kräftig und klar.

Jouniel drückte erneut und das Gesicht gefror wieder.

»Beachten Sie die ritualistische Genealogie und den Wert, den sie auf die Familie legt. Es handelt sich um eine modifizierte Clangesellschaft mit starker Familienbindung.«

Eine neue Szene. Felira lag immer noch auf einem gepolsterten Tisch mit Jouniel außerhalb der Kamera. Der Unterschied war, dass die Kamera ihren Blickwinkel etwas erweitert hatte, so dass Feliras nackte Schultern und der obere Ansatz ihrer Brüste erkennbar waren. Der Blick war nicht außergewöhnlich enthüllend, nichts, was ich nicht schon auf tausend Werbeanzeigen für Parfums oder Haarspray gesehen hatte. Trotzdem spürte ich, wie mein Herz schneller zu schlagen begann.

Jouniel stellte Fragen bezüglich Feliras Familie und der Vecka. Felira bewegte sich im Schlaf. Ihre Stimme, als sie denn endlich erklang, hatte einen besonderen Unterton und schnell wurde klar, dass das, was wir zu hören bekamen, die epische Saga der Geschichte ihres Volkes war.

Einst, so begann die Saga, waren die Syllsintaag ein stolzes und machtvolles Volk gewesen, Herren ihrer eigenen Welt. Sie hatten den Planeten erobert und begonnen, sehnsuchtsvoll in den Sternenhimmel zu schauen. Dann waren die Vecka mit ihren großen Schiffen aus dem Nichts gekommen und die Plünderungen hatten begonnen. Dreihundert Jahre lang hatten sie mitgenommen, was sie wollten: Rohstoffe, Technologie und Menschen. Waren die Schiffe gefüllt, verschwanden sie in den blauen Himmel. Die schwarzen Schiffe kamen alle sieben Jahre. Jedes Mal wurden mehr Städte geplündert und eine größere Anzahl von Syllsintaag entführt. Zwischen den Überfällen blieb den Daheimgebliebenen nichts anderes, als den Schaden zu reparieren und zu versuchen, die Verteidigungsanstrengungen zu erhöhen.

Dann, für einen Zeitraum von 75 Jahren, gab es keine Überfälle mehr. Die Zivilisation begann wieder zu wachsen. Ein Goldenes Zeitalter brach auf der Welt Syllsin an. Die Leute begannen, den Alptraum der Vergangenheit zu vergessen. Sie wurden faul und zufrieden, bis die größte Horde von allen auftauchte. Und diesmal war es keine Plünderung.

Es folgten zehn Jahre harten Kampfes, in dem die Hälfte der Syllsintaag starb. Sie kämpften tapfer, aber es war sinnlos. Am Ende regierten die Vecka Syllsin mit eiserner Hand.

Jouniel stoppte die Aufzeichnung und wandte sich an mich. »Natürlich ist dies keine objektive historische Darstellung. Es ist eine heroische Saga mit starken Kontrasten und keinem Bedürfnis nach moderater Darstellung. Der zentrale Punkt der Geschichte, der Kampf der Veckan gegen Syllsin, scheint aber recht akkurat zu sein. Das erinnert Sie sicher an etwas, Agent?«

Ich nickte. »Ich würde sagen, an eine gegenläufige Zeitlinie mit unregelmäßig erscheinenden Portalen.«

Jouniel lächelte. »Dal hatte Recht. Sie sind ein kluger Bursche.«

Wie Europo-Amerika verlief auch Feliras Heimatuniversum quer zu den anderen Zeitlinien und berührte den Cluster der Zeitlinien nur unregelmäßig. Der Unterschied war, dass Syllsin nicht allein, sondern Teil eines Zeitlinienpaars war. Das kam in der Parazeit nicht selten vor und führte zu sehr dauerhaften und stabilen Zeitportalen zwischen diesen Linien. Hier wieder war Syllsin eine Ausnahme von der Regel. Für Jahrhunderte war das Zeitportal nach Veck unbeständig gewesen und hatte sich nur für wenige Tage oder Wochen innerhalb eines Jahrzehnts geöffnet. Dann, wie es eben vorkam, hatte es sich für vier Generationen ganz geschlossen, um sich schließlich permanent zu öffnen, als sich das verwirrende Muster entropischer Energie für ein Augenzwinkern geologischer Zeitrechnung stabilisierte.

So lange das Portal instabil gewesen war, hatten die Vecka sich auf kurze Plünderzüge für Rohstoffe und Sklaven beschränken müssen. Als das Portal verlässlich wurde, waren sie gekommen, um zu bleiben und hatten ein Imperium geschaffen, in dem die Syllsintaag am untersten Ende der Hackordnung standen.

Das Hologramm bewegte sich wieder.

»Was ist mit dem Teleportationsgenerator?«

Felira bewegte sich unruhig, etwas bewegte sie. »Graf… wo ist Graf?«

»Graf ist fortgegangen«, erwiderte Jouniels Stimme sanft. »Was ist mit dem Generator?«

Wie sich herausstellte, war der Generator das Ergebnis eines Crashprogramms der Wissenschaftler, um die Geheimnisse der schwarzen Vecka-Schiffe zu ergründen, und zwar während der letzten Dekade organisierten Widerstands. Es wurde viel experimentiert, bis ein glückloser Wissenschaftler es schaffte, eine Kopie eines Vecka-Antriebs verschwinden zu lassen. Anstatt jedoch von Syllsin auf eine alternative Erde transportiert zu werden, fand er sich auf dem Mond wieder, wo ihn explosive Dekompression tötete. Die Rückkehrautomatik holte ihn schließlich zurück. Sein toter Körper gab genug Hinweise auf das, was offensichtlich geschehen war.

Die Aufzeichnung endete und das Hologramm verdunkelte sich. Ich wandte mich an Jouniel.

»Also – wer sind diese Vecka und wie passen die Dalgiri da ins Bild?«

Jouniel schaute überrascht, dann betroffen. »Habe ich das nicht erklärt? Offenbar nicht. Entschuldigung.«

»Und?«

»Wird das nicht durch die Sprache der jungen Frau deutlich? Die Vecka sind eine kleine Bande von Dalgiri-Flüchtlingen.«

Ich bewegte diese Information ein paar Mal in meinem Kopf hin und her. Irgendwas an dieser Erklärung fühlte sich nicht richtig an.

Doch so sehr ich mich bemühte, es gelang mir nicht, mein Unbehagen in Worte zu fassen.

»Warum Flüchtlinge?«, fragte ich.

»Sie waren auf der Jagd nach Sklaven. Warum? Maschinen sind doch viel effizienter. Trotzdem waren sie in erster Linie hinter Energieerzeugungstechnologie und gebärfähigen Sklaven her. Das macht nur Sinn, wenn es sich um eine kleine Gruppe handelt, die von der Mutterkultur abgeschnitten ist. Da unsere Agenten im Imperium nie etwas von diesen Vecka gehört haben, kann es gut sein, dass sie sich absichtlich verstecken, selbst vor den Dalgiri. Wir werden mehr wissen, wenn wir das naheliegendste Problem gelöst haben.«

»Problem?«

»Wir sind gezwungen gewesen, die Befragung der jungen Frau einzustellen. Sie haben selbst gesehen, wie sie sich aufregt, wenn Erinnerungen an ihren Bruder hochkommen. Vorsichtshalber habe ich daher die Verwendung von Narkoquiz beendet, bis uns etwas Besseres eingefallen ist. Die Informationen in ihr sind viel zu wertvoll, als dass wir irgendeine Schädigung ihres Gehirns in Kauf nehmen dürften.«

Ich erschauerte etwas bei dem Gedanken, wie Felira die Wirkung von Narkoquiz bekämpfen würde. Es gab andere Methoden, um Informationen aus jemandem herauszulocken – Methoden, wie sie von den Dalgiri standardmäßig verwendet werden. In den meisten Fällen ließen sie ihre Opfer auf dem Niveau gekochten Gemüses zurück. Auch die Konföderation verwendete diese Methoden manchmal, wenngleich nur in absoluten Notfällen. Wenn es sich um einen Fall handelte, in dem das Wohlbefinden eines Einzelnen gegen das von zwei Billionen aufgerechnet werden musste…

»Sie werden nichts Gefährliches oder Schädigendes ausprobieren, oder?«

Jouniel lächelte. »Das hängt wohl von Ihrer Qualität als Konversationspartner ab.«

»Wie bitte? Was habe ich denn damit zu tun?«

»Dal hat sich die Freiheit genommen, ein Abendessen mit Ihnen und der jungen Frau zu arrangieren. Sie hat das akzeptiert. Sie werden das Gespräch sehr umsichtig auf jene Information lenken, die wir benötigen, um unsere eigene Expedition durchführen zu können.«

»Warum ich?«

Jouniel antwortete nicht. Stattdessen ertönte eine nur allzu bekannte Stimme von hinten durch den ganzen Konferenzraum: »Weil, oh Glückspilz, die junge Dame sich offenbar in Sie verliebt hat.«

Ich wandte mich um, sah Dal Corst an, der sich an den Türrahmen lehnte und ein breites Grinsen produzierte.

»Nicht Liebe«, korrigierte Jouniel. »Es handelt sich wohl eher um eine Schwärmerei, möglicherweise eine emotionale Abhängigkeit.«

»Das verstehe ich nicht«, sagte ich. »Wir waren nur für wenige Bora zusammen, und alles, was ich tat, war der Versuch, sie von ihrem Bruder abzulenken. Verdammt, wir steckten in Raumanzügen. Es dürfte schwer sein, eine Beziehung zu beginnen, wenn man von Kopf bis Fuß in zentimeterdickem Gummi steckt!«

»Es ist gar nicht so kompliziert. Die Frau hat einige Tage unter extremer mentaler Beanspruchung gestanden. Da gab es den emotionalen Stress ihrer Flucht, gefolgt von einer Verfolgungsjagd durch mehrere Zeitlinien. Dann kamen der Kampf auf dem Mond, die Verletzung ihres Bruders und der Fußmarsch zur Höhle. Dort hatte sie sich bereits mit ihrem Ende abgefunden. Als Sie eintrafen, boten Sie ihr stattdessen ihr Leben an. In einer solchen Situation hat das Unterbewusstsein Probleme, zwischen Erleichterung und Liebe zu unterscheiden, vor allem dann, wenn die Quelle dieser Erleichterung aus einem fernen Land stammt und dem anderen Geschlecht angehört. Bis heute hat sie ihr Bild von Ihnen auf das Zehnfache anwachsen lassen. Sie sind ihr Anker in der Realität, ihre Verteidigung gegen die üblen Wahrheiten, die sie umgeben. Sie werden sehr vorsichtig sein müssen, um diesem Bild gerecht werden zu können.«

Ich saß für eine Minute nur da und dachte darüber nach. Es hörte sich immer noch nicht sehr nachvollziehbar an. Ich räusperte mich und wandte mich an Dal.

»Jetzt verstehe ich, was diese Bemerkung im Luftwagen bedeutet. Es scheint wirklich so zu sein, als hätte ich eine Zauberfee als Patentante, nicht wahr?«

»So ist es, mein Freund.«

Kapitel 15

Ich war das letzte Mal so nervös vor einer Verabredung gewesen, als ich achtzehn Jahre alt war und vor dem Abschlussball der Highschool das schönste Mädchen der Klasse ausführen sollte. Das Gefühl ist bekannt – klamme Hände, trockener Mund, die Angst, etwas Falsches zu sagen und entweder das Mädchen oder sich selbst zu beschämen. Glücklicherweise war das etwas, was mit dem Alter verschwunden ist – wie Pickel.

Ist das so, ja?

Wenn, dann war mein geistiger Zustand für den Rest des Tages am ehesten dadurch zu erklären, dass ein unheilbarer Ausbruch von Akne bevorstand.

Als ich Feliras Appartment im medizinischen Hauptquartier erreichte und den Türsummer betätigte, hatte ich die Schmetterlinge in meinem Bauch so einigermaßen unter Kontrolle. Der erste Blick auf sie, als die Tür auf glitt, genügte bereits, um eine komplett neue Generation auftauchen zu lassen.

Sie trug ein Abendkleid im neusten Stil, Schwaden von blauer Gaze, die wenig dazu beitrugen, einen athletischen, wohl gerundeten Körper zu verbergen und hin und wieder einen Blick auf freie Haut möglich machten.

Feliras Augen waren mit einem mir unbekannten Blumenmuster geschminkt und ihre Haare fielen in einem seidenen Wasserfall nächtlicher Sanftheit auf ihre Schultern.

Ich war davon binnen zweier Herzschläge völlig fasziniert.

»Hi, erinnern Sie sich an mich?«, war das Ausmaß an Eloquenz, das ich in diesem Moment fertig brachte.

Ihr Lächeln erschien wie ein Sonnenaufgang, zeitgleich dazu nahm ich erstmals ihr Parfum wahr. Sofort verwandelten sich meine Knie in Gummi.

»Wie könnte ich den Helden vergessen, der mich vom sicheren Tod gerettet hat, Zeitagent?«

»Ich wünschte nur, ich hätte mehr für Ihren Bruder tun können. Mein Name ist übrigens Duncan, nicht vergessen.«

»Sowohl ich als auch der Rossa-Clan danken Ihnen für das, was Sie versucht haben, Duncan.«

»Das ehrt mich.«

»Die Ehre ist auf meiner Seite.«

»Sind Sie hungrig?«

»Fast verhungert«, sagte sie.

»Dann sollten wir uns auf den Weg machen, Milady. Unser Streitwagen harret unser.«

»Aber ich kann nicht!«

»Warum nicht?«

Felira errötete, was bei ihrer Hautfarbe nicht sehr einfach war.

»Eine unverheiratete Frau von Syllsin erscheint nicht so in der Öffentlichkeit. Ich würde Schande über meine Familie bringen.«

»Blödsinn, dieses Kleid umfasst alle lokalen Sitten, Traditionen, Vorlieben und Gewohnheiten. Außerdem sind Sie darin absolut zauberhaft.«

»Wirklich? Man wird mich nicht anstarren?«

»Ganz ehrlich«, sagte ich und nahm ihre Hände in die meinen. »Aber was das Starren angeht, so kann man wirklich niemandem vorwerfen, einen solchen Anblick genießen zu wollen!«

Sie lächelte und schien bereit, ihre Besorgnis aus ihren Gedanken zu verbannen. »Dann sollten wir aufbrechen«, sagte sie und legte sich einen passenden Umhang um. »Ich bin so hungrig, ich könnte einen veckanischen Steuereintreiber ohne Salz verschlingen.«

»Gut«, sagte ich. »Ich kenne ein Restaurant, dessen Spezialität veckanische Steuereintreiber sind!«

Das Restaurant war wie ein offener Garten in den Bergen oberhalb Jaftas gelegen. Es wurde durch einen polarisierenden Dom überspannt, der es irgendwie schaffte, sowohl einen guten Blick auf die Metropole unter uns als auch in den Sternenhimmel zu ermöglichen. Das Innere der Kuppel war ein Dschungel verschiedener Pflanzen und jeder Tisch hatte seinen eigenen Alkoven. Alles war darauf ausgerichtet, die Illusion von Privatheit zu erschaffen.

Felira war verzaubert.

Nach einer Weile schien sie sich wirklich zu entspannen. Während meiner Versuche, die Menukarte zu übersetzen, lachte sie erstmals richtig.

»Hier ist was Leckeres«, sagte ich. »Eine Versuchung aus gekochten Affenaugen, bedeckt mit einer köstlichen Sauce auf den rohen Innereien eines verdorbenen Fisches.«

Das brachte sie zum Lachen. »Das klingt köstlich«, sagte sie.

Ich lächelte und fühlte, wie sich auch meine Stimmung deutlich verbesserte. Es war, als wäre eine unsichtbare Wand zwischen uns verschwunden.

Während des Abendessens sprachen wir über unsere Heimat – ich, wie es war, in den USA aufzuwachsen, sie mit Anekdoten über ihre Kindheit auf Syllsin. Ich war etwas überrascht darüber, dass die Kinder der Syllsintaag auch unter der Knute der Vecka einigermaßen glücklich und sorglos aufwachsen konnten. Natürlich hatten Kinder schon immer diese Fähigkeit, ungeachtet der Dinge, die ihre Eltern sich gegenseitig anzutun bereit waren.

Als der Abend später wurde und Felira entspannt wirkte, bewegte ich die Unterhaltung langsam in die Richtung, die mir Jouniel gewiesen hatte.

Schließlich erreichten wir das Themenfeld »Vecka« und als ich das Aufnahmegerät in meiner Tasche aktivierte, fühlte ich mich plötzlich schuldig.

»Um ehrlich zu sein, ich habe die Vecka nicht bewusst wahrgenommen, bevor ich vierzehn war«, sagte Felira. »Bis dahin waren die Kriegsherren nur Monster aus Erzählungen, die Mütter benutzten, um ihre Kinder zu bestrafen… wie Höhlentrolle oder der alte Mann im Sumpf. Einmal, als mein Vater mich ins Clanhaus der Rossa mitnahm, sah ich einen der Meister, wie er an uns vorüberging. Ich erinnere mich, dass ich seinen Körpergeruch Meter gegen den Wind wahrnehmen konnte.«

»Sie stationieren keine Truppen in Euren Städten?«, fragte ich etwas erstaunt. Ich hatte gedacht, ich müsste mir Syllsin wie die Niederlande während der Naziherrschaft vorstellen.

»Das würden sie nicht wagen!«, erwiderte Felira mit Feuer in ihren Augen. »Wir sind hundertmal mehr als sie und würden sie sofort überwältigen. Nein, die Vecka regieren durch die Drohung massenhafter Zerstörung und bleiben ansonsten unter sich.«

»Revoltiert denn niemand?«

»Es gab mal einen Aufstand der Fischer von Rana-Süd vor etwa zwanzig Jahren. Es wird gesagt, dass es immer noch gefährlich ist, die Ruinen zu betreten.«

»Was passierte dann, als Sie vierzehn wurden?« Für einen Moment befürchtete ich, einen Fehler begangen zu haben, denn ihr Gesicht verdunkelte sich und ihr Blick weigerte sich, den meinen zu kreuzen. Stattdessen schob sie ein unidentifizierbares Stück Fisch aus einer Zeitlinie, von der ich nie gehört hatte, mit so etwas ähnlichem wie einer Gabel auf ihrem Teller hin und her.

Als sie sprach, hörte ich die Zurückhaltung in ihrer Stimme. »Das war das Jahr, in dem die Rekrutierungstrupps Graf für die technische Ausbildung auf Veck entführten. Ich hatte nicht damit gerechnet, ihn je wieder zu sehen.«

»Und wie… ?«

»Ich wurde als Geisel genommen. Es hatte Ärger in unserem Distrikt gegeben und der Gouverneur verlangte die Söhne und Töchter der Clanführer als Garantie für weiteres Wohlverhalten. Wir wurden in der Brolis-Basis interniert und mussten in den Küchen arbeiten. Dort fand ich Graf. Er plante, ein Schiff zu stehlen und in die Wildnis zu entkommen. Er hatte seine Vorbereitungen fast abgeschlossen, als wir uns trafen.«

»Vorbereitungen?«, fragte ich. »Was für welche?«

»Oh, viele. Eine Hypnodisk stehlen, mit der Piloten trainiert werden, um sich die notwendigen Fähigkeiten zu vermitteln. Er hatte mit einem der Diener – ein Nachkomme jener, die früher entführt und versklavt worden waren – Freundschaft geschlossen und genoss seinen Schutz. Er war auch gut darin, die Basiscomputer zu manipulieren, so dass wir an die notwendige Ausrüstung kamen.«

»Wie habt ihr es geschafft, das Schiff zu stehlen? Ich kann mir vorstellen, dass sie ihre Kriegsschiffe besser bewachen als alles andere.«

Felira lachte humorlos auf. »Es gibt ein Sprichwort auf Syllsin: Die Wahrheit kann man nicht oft genug sagen! Normalerweise dürfen wir Syllsintaag nicht einmal in die Nähe der großen Schiffe. Die Besatzungen bestehen ausschließlich aus Vecka und ihren Sklaven. Uns ,Wilden' kann man nicht vertrauen. Nein, es war alles ein Zufall. Ich hatte bereits ein Jahr auf der Basis verbracht, als Gerüchte über ein neues Bündnis mit den Dalgiri die Runde machten. Das war im Winter. Im Frühling hatte sich die auf der Basis stationierte Anzahl an Vecka-Schiffen nahezu verdoppelt. Eines Morgens tauchte dann eine seltsame Flotte über der Basis auf. Einige der Diener jammerten, weil sie einen Angriff befürchteten. Aber die Vecka-Schiffe starteten ebenfalls und schlossen sich der Flotte an. Sie flogen alle nach Norden.«

»Irgendeine Ahnung, wohin die Reise ging?«

»Eine der Putzfrauen hatte einen der Offiziere gehört, als dieser davon gesprochen habe, dass sich das Schicksal nun erfüllen werde und ein neues Imperium vor der Gründung stehe. Was immer das bedeuten mochte.«

»Also nutzen Sie und Ihr Bruder diesen Abflug als Gelegenheit zur Flucht?«

»Oh nein. Die Wachsoldaten waren aufmerksam wie immer. Es war später, sobald alles durcheinander ging, als sich unsere Chance ergab.«

»Durcheinander?«

»Nur zwei der 23 Schiffe kehrten zurück, zwei kleine Dalgiri-Einheiten. Nicht ein Schiff der Vecka schaffte es. Graf und ich wurden beauftragt, beim Ausladen der Verwundeten zu helfen. Wir versteckten uns im Laderaum, bis kurz vor Sonnenuntergang. Dann überwältigten wir die einzige Wache und flogen in Richtung der Berge. Doch wir hatten Pech. Das andere Schiff muss voll bemannt gewesen sein, denn es nahm sofort die Verfolgung auf. Wir waren gezwungen, das Portal auf dem Mond anzufliegen und zu fliehen. Sie verfolgten uns und wir flohen erneut. Wir sprangen blind, bis wir uns in einem Universum ohne Ausgang wieder fanden. Wir versteckten uns im Krater und als unsere Verfolger in Sicht kamen, griffen wir sie an. Da waren wir glücklicher und gewannen.«

»Und das nächste, was passierte, war, dass ich aus dem Nichts auftauchte und Sie zu Tode erschreckt habe, nicht wahr?«, fragte ich, um die Stimmung etwas zu heben.

»Ich dachte, der Mond in jenem Universum sei unbewohnt. Wir flohen aus dem Schiff, weil Graf nicht sicher war, die Verfolger tatsächlich vernichtet zu haben. Ich hatte mich schon damit abgefunden, in der Höhle zu bleiben, bis der Sauerstoff zur Neige geht. Glaub mir, ich war sehr dankbar, als ich dich gesehen habe, Duncan!«

Ein plötzliches Gefühl von Intimität entstand. Ich lächelte und grübelte gleichzeitig über das, was ich gerade erfahren hatte. Es gab offenbar mindestens drei Zeitportale in der Syllsin-Zeitlinie. Eine verband die Welt mit Veck, eine mit dem Ziel, das die Dalgiri angegriffen haben und eine den Mond mit Europo-Amerikas Trabanten, wenngleich durch eine lange und schwierige Kette von Zwischenetappen. Für mich eine ungewöhnlich hohe Anzahl an Portalen in einer gegenläufigen Zeitlinie.

»Seltsam und immer seltsamer«, murmelte ich zu mir.

»Was?«, fragte Felira verständnislos.

Ich lächelte. »Das sagen wir nur, wenn wir etwas nicht richtig verstehen«, erwiderte ich. Dann zögerte ich kurz, ehe ich wagte, das neue Thema anzusprechen.

»Wie würdest du gerne nach Hause reisen?«

Für einen Moment wirkte sie wie gelähmt und ihr Weinglas blieb zwischen dem Tisch und ihren Lippen schweben. »Das... ist... nicht möglich, oder? Wir sind blind gesprungen. Ich könnte den Weg nach Syllsin nicht beschreiben, selbst, wenn ich Pilotin wäre!«

»Das ist eigentlich kein Problem. Wir haben den Flugschreiber aus deinem Shuttle geborgen. Wir können die Flugroute daher nachvollziehen.« Ich begann, ihr zu erklären, dass es unser Bedürfnis sei herauszufinden, welche weiteren Geheimnisse die Dalgiri von den Vecka gelernt hätten – vom Teleportationsgenerator einmal abgesehen. Ich erwähnte nicht, dass ihre Schilderung Talador vor ein ganz neues Problem gestellt hatte. Die Dalgiri hatten einen Großangriff auf ein Ziel jenseits von Syllsin gestartet. Sie waren mit dem Schwanz zwischen den Beinen zurück gekrochen. Jemand, der dem Imperium dermaßen eine blutige Nase verpassen konnte, war es wert, beobachtet zu werden. Ich wiederholte meine Äußerung.

»Würdest du es mögen, wenn wir dich nach Hause bringen?«

»Mehr als alles andere!«, rief sie aus, beugte sich vor und warf ihre Arme um meinen Hals. Ich genoss die Berührung, meine Nase in ihrem parfümierten Haar vergraben, und meine Haut war sich der warmen und weichen Weiblichkeit, die sich an sie drückte, durchaus bewusst. Schließlich ließ sie los.

»Wann können wir starten?«, fragte sie.

»Wir beginnen mit der Planung morgen früh. Binnen eines Vierteljahres sollte es losgehen.«

*

Die Expedition nach Syllsin fand nicht wie geplant nach drei Monaten statt. Es waren eher drei Tage.

Als Felira und ich in ihr Appartment zurückgekehrt waren, lag für mich eine Nachricht von Hral Ssaroth, Dals Stellvertreter, vor. Ich verabschiedete mich und rannte den halben Kilometer bis zu Operationszentrum, das ich in einem nahezu panikartigen Zustand vorfand.

»Hi, was ist los?«, fragte ich, als Ssaroth mit den drei Agenten fertig war, die vor mir in der Warteschlange gestanden hatten.

»Wo zum Teufel sind Sie gewesen?«, grollte er und starrte mich mit rotgeränderten Augen an.

»Die Informationen von Felira bekommen, nach denen Dal gefragt hat.«

Sein Gesicht umwölkte sich und ich dachte, er würde gleich explodieren, aber dann fasste er sich und grinste. »Sorry. Heute ist wirklich nicht mein Tag. Hier, nehmen Sie dies zu einem der unbesetzten Arbeitsplätze und schauen Sie es sich an.«

»Dies« war ein Aufnahmewürfel für den Standardholografen. Es dauerte nicht lange, bis ich herausgefunden hatte, warum alle so aufgeregt waren.

Der Würfel enthielt die Analyse des Flugschreibers, von dem ich auch Felira erzählt hatte. Sie und ihr Bruder waren durch insgesamt elf Zeitlinien gereist, ehe sie dort angekommen waren, wo ich sie getroffen hatte. Wenn schon die Anzahl der Passagen überraschend war, so war es die Identifikation der Portale noch um einiges mehr. Vom ersten Sprung von Syllsins Mond einmal abgesehen, fand sich jede Zeitlinie, die daraufhin verwendet worden war, im taladoranischen Gesamtverzeichnis. Keines der Portale war von großer Qualität und Zuverlässigkeit. Einige waren nur wenige Monate stabil, andere hielten immerhin schon ein Jahrzehnt, um dann für Jahrhunderte unzugänglich zu werden.

Das grundsätzliche Problem war, dass der direkteste Weg nach Syllsin in weniger als einem Monat unpassierbar sein würde. Das letzte Portal in der Serie – das auf Syllsins Mond – würde in weniger als 29 Tagen dicht machen.

Wenn es in einigen Monaten wieder zugänglich würde, gäbe es drei andere in der Reihe, die unpassierbar geworden wären. Die Autobahn zwischen Feliras Welt und Europo-Amerika wäre für lange Zeit geschlossen.

»Und, haben Sie die schlechten Nachrichten gelesen?«, fragte Ssaroth, nachdem ich den Würfel zurückgebracht hatte.

Ich nickte. »Das erinnert mich an die Bemühungen, Raumsonden auf die Große Tour durch das Sonnensystem zu schicken. Entweder startet man in den wenigen Monaten eines möglichen Zeitfensters oder man kann es ganz bleiben lassen.«

Ssaroth grunzte etwas Zustimmendes. »Dal meint, dass sich unser Zeitfenster in weniger als einem Zehntag schließen werde.«

»Wo ist der Boss überhaupt?«

»Bettelt um Schiffe.«

»Keine Chance, eine alternative Route zu finden?«, fragte ich.

»Die Chance gibt es immer. Die Zwischenverbindungen in dieser Region der Parazeit sind durchaus zahlreich.«

»Können wir es denn in der kurzen Zeit schaffen?«

»Wir haben keine Wahl. Wir müssen. Die Flotte startet in dreihundert Bora, bereit oder nicht.«

»Kann ich helfen?«

»Setzen Sie sich und gehen Sie ins Computernetz. Es gibt eine Million Sachen, die wir bis zum Start vorbereiten müssen. Und jetzt stören Sie mich nicht länger, ich bin beschäftigt.«

*

»Temporaler Sprung in dreißig Zentibora. Alle Mannschaftsmitglieder melden sich an den Stationen, alle Kampfstationen sind sofort voll zu besetzen.«

Der gigantische Leib des taladoranischen Schlachtschiffes *City of Isvall* summte laut, als die Durchsage ein zweites Mal wiederholt wurde. Ich saß in einer Abteilung, die wie eine kleinere Version des Waffenkontrollzentrums der Mondbasis aussah.

Soufilcar Jouniel saß am Hauptschaltpult auf einer erhobenen Plattform in der Mitte eines Kreises von Konsolen. Ich saß vor einer der beiden Beobachtungskonsolen direkt hinter ihr. Felira saß vor der anderen. Als der Countdown sich Null näherte und Jouniel ihren Leuten mit ruhiger, gelassener Stimme Anweisungen gab, ertastete Feliras Hand auf der Suche nach etwas Zuversicht die meine.

Ich war recht dankbar dafür. Ein wenig Zuversicht konnte mir jetzt auch nicht schaden.

Die Lautsprecher erwachten wieder zum Leben.

»Zwanzig Zentibora!«

Auf den Monitoren zeichneten sich die drei anderen Schiffe unserer Flotte ab. Zu meiner Rechten erkannte ich die *City of Ool*, ein Schiff der gleichen Klasse wie die *Isvall*. Es hatte eine große, ovale Form, bedeckt mit hohen Aufbauten, Waffentürmen und Flügelkonstruktionen für die Abwärme der großen Fusionsreaktoren. Die beiden anderen Schiffe waren die *Kreshni* und die *Zirca*, Zeitfähren der Kreuzerklasse, deren Silhouetten an gedrungene Zylinder mit abgerundeten Ecken erinnerten. Der Hintergrund aller Schiffe bestand aus der nur allzu bekannten, langweiligen lunaren Landschaft. Wir standen vor unserem letzten Sprung.

»Waffen auf volle Energie. Transition in zehn Zentibora!«

»Achtung«, rief Jouniel ihren Technikern zu. »Ich möchte eine volle Sensorenortung sofort nachdem wir das Portal verlassen haben.«

»Sprung!«

Die Bildschirme um uns herum blitzen auf, als unsere Flotte verschwand und eine neue Welt vor uns auftauchte. Es brach hektische Aktivität aus, als die Fernsensoren damit begonnen, nach feindlichen Bewegungen Ausschau zu halten. Ich hielt unwillkürlich meinen Atem an und wartete auf den unvermeidbaren Moment unserer Entdeckung.

Während wir warteten, wanderten alle Augenpaare auf den Hauptbildschirm. Dort war der vertraute blauweiße Ball zu sehen, den ich mir in den vergangenen Jahren sehr oft von dieser Warte aus angesehen hatte. Hier und dort waren braungrüne Flecken auszumachen und sorgten für etwas Abwechslung.

Meine Inspektion der neuen Erde wurde durch Dal Corsts Stimme unterbrochen, die aus dem Lautsprecher drang. »Ist Felira da?«

»Ich bin hier«, erwiderte sie.

»Wo finden wir die Brolis-Basis von hier aus?«

»Ich bin mir nicht sicher. Lasst mich sehen. Das dort ist Gassilrow, Sfarble und die Inseln von Rem fast in der Mitte des Bildschirms«, sagte sie laut, offenbar ihre Gedanken in Worte fassend. »Brolis ist auf der anderen Seite des Planeten.«

»Duncan und Sie melden sich bitte sofort bei mir. Ich rufe den Rest der Flotte und Ihr solltet auf dem Weg sein, bevor wir uns verbergen. Jouniel, übergeben Sie das Kommando Ihrem Stellvertreter und schließen Sie sich bitte an.«

»Wir sind auf dem Weg.«

Kapitel 16

Das Kontaktteam bestand aus vier Personen, die minimale Anzahl, um den Job zu erledigen und eine vernünftige Chance zu haben, nicht entdeckt zu werden. Die vier Auserwählten waren Felira, Jouniel, Hral Ssaroth und ich. Jouniel würde das Oberkommando innehaben und vornehmlich für diplomatische Beziehungen zuständig sein. Ssaroth würde als ihr Assistent fungieren. Er war ursprünglich nicht für diese Mission vorgesehen gewesen, war aber dann hinzugefügt worden, da jemand mit Erfahrungen im Undercover-Außendienst nützlich sein könnte, wenn es hart auf hart kam. Jemanden zu haben, der als Vecka durchgehen konnte, mochte ebenfalls von Vorteil sein.

Feliras Job war es, als Verbindungsfrau zwischen uns und den Clanführern zu dienen. Niemand erwartete von ihr, etwas gegen die Interessen ihres eigenen Volkes zu unternehmen, aber sie hatte deutlich gemacht, dass sie uns gegenüber eine Schuld abzutragen habe und daher auch unsere Interessen zu wahren gedachte

Und ich? Meine offizielle Aufgabe war es, Jouniel und Ssaroth in jeder möglichen Form zu unterstützen und ein paar Muskeln beizusteuern, sollte das notwendig sein. Inoffiziell war ich der Garant dafür, dass Felira loyal blieb. Dazu kam meine höchst informelle Tätigkeit als Glücksbringer.

Wir machten die Reise auf die Oberfläche Syllsins in einem Kurier-Shuttle der gleichen Klasse wie die tote *Concorde*. Unsere Ankunft im Feindesland wurde wie immer durch den Donner verdrängter Luft und den plötzlichen Anstieg der Schwerkraft begleitet. Obgleich ich darauf vorbereitet war, brauchte ich einige Minuten, um mich an den Unterschied zur Mondgravitation zu gewöhnen.

Wir materialisierten um Mitternacht in einer weitgehend unbewohnten Gegend. Als wir sicher waren, dass unsere Ankunft unbemerkt geblieben war, verlor unser Pilot keine Zeit und raste mit einer Wahnsinnsgeschwindigkeit in Richtung Transtas Keep, Feliras Heimatort.

Der vierstündige Flug war der wildeste meines Lebens.

Der Pilot schien jeden Hügel und jedes Tal auf dem gesamten Kontinent hautnah erforschen zu wollen. Nach einer Stunde konnte ich meine blauen Flecken und Abschürfungen nicht mehr zählen, die durch die Gurte an meinem Brustkorb und an der Hüfte gescheuert worden waren. Mehr als einmal wünschte ich mir, dass die temporalen Gleichungen es erlauben würden, direkte Sprünge durch die Parazeit innerhalb der gleichen Zeitlinie zu erlauben. Unglücklicherweise taten sie das nicht und mein angeschlagener Hintern entwickelte sich zu einem Denkmal für die Unverrückbarkeit physikalischer Gesetze.

Noch deutlich vor Sonnenaufgang fanden wir uns in einem bewaldeten Gebiet wieder, das unweit einer Hauptstraße lag, die direkt nach Transtas Keep führte. Nachdem wir unsere Ausrüstung und uns selbst entladen hatten, schwebte der Shuttle wieder auf Baumhöhe und sauste in Richtung Küste davon. Die Besatzung hatte Befehl, erst auf hoher See wieder den Teleportationsgenerator zu aktivieren.

Was wir trugen waren, wie Felira uns versicherte, exakte Nachbildungen typischer Jagdkleidung. Unsere Ausrüstung steckte in vier Taschen, die farblich unserer Kleidung angepasst waren. Ssaroths und meine Tasche waren von doppelter Größe als die der Frauen, daher waren auch meine Muskeln gefragt gewesen. Wir waren mit Gewehren bewaffnet, die mir von meiner Erde so vertraut waren, dass ich fast etwas Heimweh verspürte, als ich meine Waffe schulterte.

Nachdem die Fähre in der Dunkelheit verschwunden war, warteten wir, bis genug Tageslicht vorhanden war, ehe wir uns auf dem Weg zur etwa fünf Kilometer entfernten Straße machten. Ich musste rasch feststellen, dass zwei Jahre Mondgravitation und Schreibtischjobs meine Ausdauer ruiniert hatten. Nach einem halben Kilometer begann ich mich jedoch daran zu gewöhnen und mich für meine Umgebung zu interessieren.

Es wurde rasch deutlich, dass Syllsin eine Ausnahme von der Regel darstellte, nach der Gattungen sich über die Parazeit hinweg ähnlich entwickelten. Was für ein Mechanismus auch immer dafür verantwortlich war, Lebensformen durch die Zeitlinien zu verteilen, er hatte hier offenbar nicht gewirkt. Die Bäume erinnerten eher an gigantische Farne, ich hatte so etwas vorher noch nie gesehen. Auch die Tiere waren anders. Ein kurzer Blick auf einen Vogel drängte mir den Vergleich mit einem gefiederten Pterodactylus auf. Kurze Zusammenstöße mit kleinen, fleischfressenden Blumen, zweischwänzigen Affen, die aus Angst zu pfeifen begannen und etwas, das wie ein Gnom aus einem Märchenbuch aussah – wären da nicht Schnauze und Pfoten gewesen -, verstärkten in mir den Eindruck, in so etwas wie einem intergalaktischen Zoo gelandet zu sein. Felira schien sich in dieser Umgebung ausgesprochen zuhause zu fühlen, also schloss ich daraus, dass alles normal war. Ich legte diese Information in der Rubrik »seltsame Dinge, die man im Laufe des Lebens beobachtet« ab und vergaß sie dann auch gleich wieder.

Die Straße, die wir erreichten, war eine absolut normale, schwarz geteerte Autobahn. Wir liefen etwa zwei Kilometer an ihrem Rande entlang, bis wir an ein kleines, unbeschriftetes Bauwerk aus Metall kamen. Felira ließ ihren Rucksack mit einem Seufzer herunter gleiten und betrat das Gebäude, öffnete eine Abdeckung und enthüllte einen Bildschirm.

Offenbar war dies nichts anderes als eine Telefonzelle.

Felira führte ein ungewöhnliches Ritual durch – wahrscheinlich das Äquivalent zum Wählen – und nach einigen Momenten tauchte auf dem Schirm das Bild eines bärtigen Mannes auf.

In Sekunden hatten beide Gesprächspartner an der Konversation tränenüberströmte Wangen, während sie schnell auf Syllsintaag konferierten. Es dauerte nicht lange, bis der Schirm dunkel wurde und Felira uns vorschlug, in den Wald zurückzukehren. »Vater schickt Onkel Mors«, sagte sie. »Wir sollten außerhalb der Sichtweite auf ihn warten.«

»Was haben Sie Ihrem Vater von uns erzählt?«, wollte Jouniel wissen.

»Nichts. Ich sagte ihm, dass ich nach Hause kommen würde und dass ich Freunde mitbringen werde, die mir geholfen hätten.«

Vierzig Minuten später tauchte ein kompakter Lastwagen auf. Er ähnelte einem Luftkissenfahrzeug, nur, dass er auf einem Kraftfeld dahin glitt.

Ein gedrungener, kleiner Mann entstieg dem Fahrzeug. Ich beobachtete durch mein elektronisches Fernglas, wie er die Umgebung mit wachen Augen musterte. Nach einer halben Minute hob er seine Finger zu den Lippen und produzierte ein durchdringendes, auf- und abschwellendes Pfeifen.

»Onkel Mors!«, rief Felira und stürmte auf den Mann zu.

»Sie warten besser noch einige Zentibora«, riet ich Ssaroth. »Ich möchte nicht, dass der Mann Sie für einen Vecka hält.«

»Korrekt«, sagte Ssaroth. »Ich warte auf Ihr Signal.«

Jouniel und ich folgten Felira langsam, um den Beiden einige Momente des Willkommens zu gönnen und uns noch einmal vorsichtig unzusehen.

*

Wir fuhren auf der Laderampe des kleinen Lastschwebers nach Transtas Keep. Es handelte sich offenbar um ein Reparaturfahrzeug, soweit man dies aus den Werkzeugen und Maschinenteilen schließen konnte, die am Rand der Ladefläche aufgereiht waren. Eine genauere Betrachtung einiger Ersatzteile hinterließ in mir ein Gefühl von Unsicherheit. Es schien, als habe syllsintaagische Technologie vor der Invasion der Vecka bemerkenswerte Fortschritte geleistet.

Wie weit diese Fortschritte gingen, war einer der interessantesten und wichtigsten Aspekte, die es in unserer Mission herauszufinden galt.

Die Maschine, die uns dabei helfen würde, war ganz unten in meinem Rucksack verstaut und lag in einem grauen Kasten von der Größe einer Brotdose. Es handelte sich um einen elektronischen Maulwurf, einen Informationsdieb, der in die großen Computernetze eindringen konnte, die bei allen entwickelten Parazeitzivilisationen üblich waren.

Ich war wenig erfreut gewesen, als Dal mir das Instrument zum ersten Mal gezeigt hatte.

»Das kleine Ding soll in der Lage sein, in die Computerbanken der Veck einzudringen?«

Er hatte nur gegrinst. »Das kleine Ding ist ein Produkt zweitausendjähriger Entwicklung. Wir haben damit begonnen, derlei zu bauen, als Pythagoras sich damit beschäftigt hatte, Figuren in den Sand zu malen.«

»Oh«, war meine Antwort gewesen und ich hatte an die Computerrevolution in meiner eigenen Zeit gedacht. Ich versuchte, mir diese Entwicklung über einen Zeitraum von zweitausend Jahren vorzustellen und gab auf. Dafür reichte meine Fantasie definitiv nicht aus.

Feliras Vater erwartete uns an der Eingangstür eines Hauses, das von der Größe mehr einem Wohnungsblock glich als einem Einfamilienanwesen. Der ältere Transtas machte einen Freudenlaut, als er seine Tochter erblickte und umschlang sie in einer massiven Umarmung. Jouniel, Ssaroth und ich blieben zurück, bis das unabwendbare Weinen und der Austausch von Willkommensgrüßen etwas abgeebbt waren. Als der Mann seine Tochter schließlich losließ, wandte er sich an uns und grüßte uns auf Syllsintaag.

»Es tut mir leid, aber wir beherrschen Ihre Sprache nicht«, sagte ich auf Dalgiri.

Seine Augenbrauen schossen nach oben, erst recht, als er Hal Ssaroth angesichtig wurde. Er drehte sich zu seiner Tochter und schoss eine schnelle Frage auf Syllsintaag ab. Felira antwortete ihm ebenso schnell, bis sie auf Dalgiri wechselte.

»Vater, es ist mir eine Ehre, dir Soufilcar Jouniel, Duncan MacElroy und Hral Ssaroth, Gesandte der Taladoranischen Konföderation, vorzustellen. Die Konföderation ist eine große Nation, die mehrere Zeitlinien umfasst. Ich bitte dich, Ihnen die Gastfreundschaft unseres Hauses anzubieten... Duncan, Hral, Jouniel, darf ich Ihnen Grafftar Bax Transtas, den Erbsprecher der Transtas, Clan Rossa, vorstellen. MeinenVater.«

Bax Transtas warf einen fragenden Blick auf seine Tochter und intonierte dann etwas, das wie ein formaler Willkommensgruß klang. Jouniel hielt als Antwort eine kleine Rede, die sie mit Felira vorbereitet hatte, und erklärte sinngemäß, dass wir als gute Gäste dieses Haus verteidigen würden, als sei es unser eigenes.

Transtas vollendete das Ritual mit einer formellen Verbeugung und wandte sich an seine Tochter. »Ich habe getan, worum du mich gebeten hast, Tochter. Vielleicht kannst du mir jetzt erklären, was hier eigentlich los ist.«

Felira verweigerte dies mit dem Hinweis auf die lange Reise und die daraus resultierende Müdigkeit sowie die Tatsache, dass zuerst eine sehr wichtige Familienangelegenheit zu besprechen sei. Bax Transtas beugte sich erneut den Wünschen seiner Tochter, vielleicht auch, weil er spürte, dass tragische Neuigkeiten über das Schicksal ihres Bruders bevorstanden. Jouniel, Ssaroth und ich wurden schließlich in einen Raum geführt, in dem der Rest der Familie auf uns wartete.

Wenn das Haus schon von außen groß aussah, so hatte das Raumgefühl im Inneren etwas von einer gigantischen Kaverne. Vier Flügel, jeder drei Stockwerke hoch, waren um einen zentralen Hof gruppiert, der mit grünen, wachsenden Dingen und einem kleinen Springbrunnen gefüllt war. Eine Gruppe von Menschen, im Alter zwischen acht Monaten und achtzig Jahren, war um den Springbrunnen versammelt. Wir wurden reihum vorgestellt.

Neben ihrer Mutter und ihrem Vater lebten Feliras Schwester, Onkel und deren Familien im Haus. Dies war jedoch nur die unmittelbare Verwandtschaft. Offenbar war jeder in der Stadt auf die eine oder andere Art und Weise verwandt. Wenn man einem anderen Clan als dem der Rossa angehörte und in Transtas Keep wohnte, fühlte man sich wahrscheinlich so wie ein Nicht-Mormone in Salt Lake City.

Nach der Runde der Vorstellungen führte uns Feliras Mutter zu unseren Räumen im obersten Stockwerk des Hauses.

Nachdem sie sich vergewissert hatte, dass wir es hier bequem haben würden, entschuldigte sie sich und zog sich zurück. Die einzige andere Person, die wir an dem Tag noch zu Gesicht bekamen, war ein junges Mädchen, das uns Mittag- und Abendessen servierte.

Zwischen den Mahlzeiten hingen wir herum, unterhielten uns oder spielten Karten mit einem syllsintaagischen Spiel, das ich gefunden hatte. Hin und wieder hörten wir das Geräusch von sonoren Gesängen irgendwo von unten her, und einmal den Klang sehr getragener Musik, die durch die Gänge schwebte. Kurz nach Einbruch der Dunkelheit wünschte uns Jouniel eine gute Nacht und legte sich hin. Ssaroth und ich unterhielten uns noch einige weitere Stunden, bis auch er sich mit Müdigkeit verabschiedete. Ich legte mich in mein Bett und war binnen weniger Sekunden eingeschlafen.

Das nächste, woran ich mich erinnerte, war, dass mich eine kleine Hand wachrüttelte. Sie gehörte zu einem engelsgleichen sechsjährigen Mädchen, das mir in gebrochenem Dalgiri mitteilte, dass das Frühstück im Hof serviert werde. Nach einer raschen Dusche und Rasur machte ich mich auf den Weg zum Aufzug.

Die ganze Familie war bereits versammelt, lachend und sich unterhaltend, als sei am Vortage nichts vorgefallen. Ich setzte mich auf einen leeren Stuhl gegenüber Felira und ihrem Vater.

»Guten Morgen, Schlafmütze«, grüßte mich Felira lachend. »Hungrig?«

»Am verhungern. Warum hat man mich nicht früher geweckt?«

»Ich habe mal bei Ihnen reingeschaut«, sagte Jouniel, die zwei Plätze weiter saß. »Sie sahen tot aus. Die Wanderung muss Sie wirklich geschlaucht haben.«

»Ich hoffe, Sie haben wegen gestern Verständnis«, sagte Feliras Vater und reichte mir eine Schüssel mit Früchten. »Wir auf Syllsin betrauern unsere Toten privat.«

»Ich verstehe sehr gut, Grafftar.«

»Grafftar ist ein Titel. In dieser üblen Sprache, die wir benutzen müssen, ist ‚Richter' die beste Entsprechung. Meine Freunde nennen mich Bax.«

»Ich bin Duncan.«

»Ich weiß, wer Sie sind, junger Mann. Meine Tochter hatte zu diesem Thema einiges beizutragen.«

Ssaroth kicherte albern von seinem Platz gegenüber Jouniel aus und zerbrach eine undefinierbare Frucht mit seinen fettigen Fingern. »Es wird interessant sein, festzustellen, ob die reale Version aus Fleisch und Blut der fiktiven Darstellung entsprechen kann.«

Ich tat so, als hätte ich ihn nicht gehört und kümmerte mich um mein Frühstück. Das hätte überzeugend gewirkt, wenn nicht die gesamte Familie den lahmen Witz mit nahezu hysterischem Gelächter quittiert hätte.

Nach dem Frühstück geleitete uns Bax in die Bibliothek.

»Wollen wir uns nun um das Geschäftliche kümmern?«, fragte er, plötzlich sehr aufmerksam und abwartend. »Meine zweite Tochter hat mir deutlich gemacht, dass ich Euch allen etwas schulde. Was wird mich das kosten?«

»Hat Felira erklärt, woher wir kommen und was unsere Absichten sind?«, fragte Jouniel.

»Ja«, sagte er und musterte Ssaroth. »Ich habe allerdings immer noch Probleme damit zu akzeptieren, dass ein Vecka jemand anders sein kann als ein Vecka.«

»Wir versichern Ihnen, Grafftar, dass Ihre Tochter nur Wahres über uns berichtet hat.« Jouniel zögerte einen Augenblick, bevor sie eine vorbereitete Darstellung zum Besten gab. Es war eine komprimierte Fassung des Krieges zwischen den Dalgiri und der Konföderation und wie wir herausgefunden hatten, dass die Dalgiri über den Teleportationsgenerator verfügten.

So endete sie: »Um es deutlich zu machen, Grafftar, sind wir vor allem hier, um herauszufinden, was unsere Feinde sonst noch von Ihren Herrschern gelernt haben. Wir können nicht zulassen, erneut so überrascht zu werden.«

»Und wir sollen helfen, diesen... Maulwurf haben Sie es genannt... an eine Computerbank einer Vecka-Basis anzuschließen?«

»Ja, Grafftar.«

»Werden Sie uns dafür ebenfalls helfen?«

»Das können wir nicht«, sagte Ssaroth. »Unser Aufenthalt ist zeitlich begrenzt. Vielleicht wird es uns in Zukunft gelingen, einen sicheren Weg zwischen unseren Zeitlinien zu etablieren.«

Bax starrte nachdenklich in den kalten Kamin und zögerte sichtlich, ehe er wieder das Wort ergriff. Als er es schließlich tat, lag Bedauern in seiner Stimme.

»Ich schulde Ihnen das Leben meiner Tochter, eine Schuld, die nur schwer auszugleichen ist. Dennoch ist Ihr Ansinnen sehr groß. Sollen wir etwa die Festung des Gouverneurs angreifen? Sollte das so sein, so muss ich Ihnen sagen, dass selbst das Leben meiner Tochter dieses Opfer nicht wert ist. Das würde uns Tausende von Leben kosten.«

»Wenn notwendig, können wir unsere Flotte herbeirufen, um einen solchen Angriff auszuführen. Niemand Ihrer Leute muss dabei beteiligt sein.«

»Und wenn Sie uns wieder verlassen haben? Die Kriegsherren werden zu Recht vermuten, dass wir an derlei beteiligt gewesen sind. Nein, ich habe keine Befugnis, eine solche Entscheidung zu treffen. Ich muss diese Frage mit dem Revolutionskomitee besprechen. In der Zwischenzeit ist es das Beste, wenn wir sie drei sowie Felira irgendwo verstecken. Dies ist eine kleine Stadt und Gerüchte machen schnell die Runde.«

Das Abendessen verlief in einer mehr privaten Atmosphäre. Jouniel, Ssaroth und ich aßen mit Felira und ihren Eltern in deren Räumlichkeiten. Danach wurden wir durch eine Hintertür zu einem Lastschweber geleitet. Es war nach Mitternacht, als wir an unserem Ziel ankamen, eine Farm inmitten der Wildnis.

*

Das Leben auf der Farm war durch einfache Routine bestimmt, so lange wir auf eine Nachricht des Revolutionskomitees warteten. Wir standen mit den Hühnern – oder was hier dafür durchging – auf, dann halfen Felira und ich dem Besitzer der Farm und seiner Frau bei ihrer Arbeit, während Jouniel sich mit einem Stapel veckanischer Geschichtsbücher befasste, die Bax Transtas ihr zur Verfügung gestellt hatte. Hral Ssaroth verbrachte die meiste Zeit mit Grübeleien.

Nachmittags unternahmen wir Wanderungen in den Wald und versuchten, die nahende Deadline unseres Aufenthaltes zu vergessen. An diesem speziellen Nachmittag erkundeten wir das Gebiet im Norden der Farm zum ersten Mal. Ich trug ein Paar abgerissene Hosen, Wanderstiefel und einen Rucksack. Felira war ähnlich gekleidet, dazu trug sie eine ärmellose Bluse, die sie vor ihrem Bauch verknotet hatte. Wir hatten Jouniel eingeladen, doch sie hatte wie immer mit Hinweis auf ihre Arbeit abgelehnt.

Ich begann, mir Sorgen um Jouniel zu machen. Sie saß Tag und Nacht über ihrer kleinen Bibliothek. Da war etwas auf Syllsin, das sie offenbar besonders faszinierte. Was auch immer es war, sie versuchte wie besessen das Geheimnis zu lösen.

Die einzige Pause, die sie machte, war, wenn sie zwei Stunden am Tag zusammen mit Hral und über eine abgeschirmte Verbindung mit Dal Corst konferierte. Das Thema war immer das gleiche: Was war zu tun, wenn das Revolutionskomitee die Entscheidung noch weiter hinauszögerte?

Die Zeit lief uns davon.

Es waren jetzt T minus 120 Stunden – und die Zeit lief ab.

Nur fünf kurze Tage, bevor die lange Kette von Portalen zwischen Europo-Amerika und Sylssin brach und wir gestrandet sein würden.

Nicht, dass dieser Zustand permanent sein würde. Wir kannten bereits einen alternativen Weg zurück nach Hause – denjenigen, den die Dalgiri genutzt hatten, um zu den Vecka zu gelangen. Dummerweise konnten vier Schiffe genauso gut einen Kampf gegen Dalgir bestehen wie eine Motte in einem Hurrikan fliegen kann. Sollten wir also weiter hingehalten werden und die Kette brechen, steckten wir hier fest, bis wir in der Lage waren, einen ganz neuen Pfad zu erkunden – vorausgesetzt, es gab einen solchen.

Und so führten Jouniel und Dal erregte Diskussionen – mit Ssaroth als Schiedsrichter -, während Felira und ich uns vergnügten. Thema waren Datum und Zeit, zu dem sich die *City of Isvall* auf den Weg machen würde, die Dinge selbst in die Hand zu nehmen. Wenn die Syllsintaag sich zu viel Zeit ließen, planten die Taktiker an Bord des Flaggschiffes einen Überfall auf eine Festung, um sich dort in das Computernetz einzuklinken, es leer zu saugen und schnell durch das lunare Zeitportal zu entkommen, ehe der Gegner sich formieren konnte.

Das einzige Problem dieses Plans war, dass a) wir damit Feliras Volk verraten und der Rache der Vecka überlassen würden, b) es erfordern würde, den Brolis-Stützpunkt mit Nuklearwaffen auszuschalten und damit Millionen Unschuldiger zu töten und c) dass es möglicherweise nicht klappen würde.

Jouniel war nicht die einzige Person, die in letzter Zeit merkwürdig abwesend wirkte. Felira war die ganze letzte Woche auch ungewohnt still. Ich war mir einigermaßen sicher, dass ich wusste, was sie beschäftigte und beschloss schließlich, es aus ihr herauszukitzeln.

»Du weißt sicher, dass wir bald etwas tun müssen, nicht wahr?«, fragte ich, als wir unter einem gigantischen Farn saßen und uns ausruhten. Sie sah mich mit sorgenvollen Augen an und seufzte.

»Ich weiß. Jouniel spricht oft sehr lang über das kleine Funkgerät mit euren Freunden. Es ist nicht schwer, sich vorzustellen, worum es meistens dabei geht.«

»Gibt es irgendeine Möglichkeit, deinen Vater und seine Freunde von der Ernsthaftigkeit der Situation zu überzeugen?«

»Ich habe es versucht«, sagte sie und kämpfte mit ihren Tränen. »Ich berichte meinem Vater täglich durch den Kurier, der Jouniel und Ssaroth Nachrichten bringt, genauso, wie ihr euren Vorgesetzten auf dem Mond berichtet.«

»Und?«

»Die Stimmung im Komitee ist gegen uns. Ich denke, dass sie beschließen werden, den Clans jede Unterstützung zu verbieten.«

»Du weißt, was das bedeutet?«

»Dass die Flotte eine unabhängige Aktion starten und der Krieg auf unsere Welt zurückkehren wird.«

Ich nickte. »Außer, wir können sie aufhalten.«

Wir saßen eine Ewigkeit in völliger Stille nebeneinander. Schließlich beugte ich mich zu ihr herüber und küsste sie. Sie erwiderte die Umarmung. Nach einer gewissen Zeit lösten wir uns voneinander und ich begann wieder nachzudenken.

»Wir müssen etwas tun!«, sagte ich.

»Aber was…« Felira unterbrach sich mitten im Satz und starrte in den Himmel.

»Was ist los?«, fragte ich und senkte meine Stimme zu einem Flüstern.

»Luftfahrzeuge – hörst du es nicht?«

Ich neigte meinen Kopf voller Konzentration. Tatsächlich, ich vernahm einen summenden Ton wie von einer wütenden Biene.

»Veckanisch?«

»Nein, ihre Maschinen sind lautlos. Das ist eine von unseren.«

Wir kauerten uns hin und lauschten, als das Geräusch lauter wurde. Plötzlich überflog uns ein Flugzeug und nahm direkten Kurs auf die Farm. Felira entspannte sich sofort.

»Alles in Ordnung. Das ist ein Kurierflieger des Komitees. Sie müssen eine Entscheidung getroffen haben.«

Wir joggten zurück zur Farm. Jouniel und Bax Transtas trafen uns an der Tür. Jouniel zwinkerte uns zu.

»Was ist los?«, fragte ich.

»Zieht eure besten Klamotten an und packt den Maulwurf ein. Wir gehen auf eine Party.«

»Eine was?«

»Eine Party. Wir sind beim Distriktgouverneur zum Abendessen eingeladen.«

»Was??«

»Kommt, wir wollen ihn doch nicht warten lassen.«

*

Bax Transtas machte uns auf dem Flug nach Nordwesten, in Richtung der Großstadt Rossa Home, mit der Situation vertraut. Die Stadt war der Sitz des größten der erweiterten Clans und außerdem Standort einer Vecka-Festung.

Wie Jouniel schon vorausgesehen hatte, war das Revolutionskomitee in zwei Lager gespalten. Das eine hatte die Gelegenheit zu unserer Unterstützung ergreifen wollen, das andere konnte keinen Nutzen durch unseren Besuch auf ihrer Welt erkennen. Es hatte sich ein erbitterter Disput zwischen jenen entwickelt, die einen mächtigen Verbündeten gewinnen wollten sowie jenen, für die Wandel noch schlimmer als der Status quo war.

Bax Transtas, motiviert durch die Berichte seiner Tochter, hatte die Befürworter angeführt. Jedes Mal, wenn die Debatte sich zu verlieren drohte, hatte er sie wieder auf den Punkt gebracht. Er hatte darauf verwiesen, dass die Zeit knapp wurde und die Schiffe auf dem Mond nicht ewig warten würden. Als schließlich alle völlig erschöpft gewesen waren, hatte er mit einigen wenigen Komiteemitgliedern einen Plan ausgearbeitet, der allen entgegen kam.

Der Plan erforderte die Hilfe aus einer sehr ungewöhnlichen Quelle, nämlich die des Distriktgouverneurs von Rossa Home.

Wie viele Eroberer in der Geschichte, waren auch die Vecka durch das leichte Leben weich geworden.

Sie mochten sich noch Kriegsherren nennen, verließen sich aber zunehmend auf ihre Diener und Sklaven, die die tägliche Arbeit der Herrschaft in ihrem Namen erledigten.

Die Distriktgouverneure waren so etwas wie der Landadel der feudalen Gesellschaft Syllsins. Nach einem Jahrhundert voller Revolten, Anschläge und Aufstände hatten sie gelernt, in ihren Festungen zu bleiben und sich damit zufrieden zu geben, dass die Steuern eingesammelt und genug Leute in die Ausbildung der technischen Schulen auf Veck gepresst wurden.

Baron Ylgost `t Prasilwant war der Gouverneur in der Festung bei Rossa Home. Der Baron hatte die lokalen Würdenträger wissen lassen, dass er eine Festivität für einen Ehrengast ausrichten werde, um das Fest von Baedroph zu feiern. Die Anwesenheit der Clanführer und ihrer Lebensgefährten wurde erwartet.

Es war nun der Plan von Bax, Jouniel und mich als Mitglieder der syllsintaagischen Delegation in die Festung zu schmuggeln. Ssaroth würde später den Maulwurf bringen, er sollte die Festung als Vecka betreten. Einmal in ihrem Inneren, würden wir auf Zeit spielen, bis wir den Maulwurf anbringen und unerkannt verschwinden konnten. Mit etwas Glück konnten wir die benötigten Informationen erhalten, ohne dass die Vecka davon etwas mitbekamen.

Ich musste zugeben, dass die Idee von Bax besser war als alles, was wir uns ausgedacht hatten. Sie war vor allem tausendmal besser als der Sturmrammenplan, über den Ssaroth und Jouniel sich mit Dal Corst unterhalten hatten.

Kapitel 17

Wir erreichten die Stadt in exakt jenem Moment, in dem die Sonne hinter dem Horizont verschwand und den Himmel in eine Sinfonie von roten, gelben und goldenen Farben tauchte. Bax hatte arrangiert, dass ein Luftkissenwagen auf uns wartete, um uns in einen Mietblock unweit des Stadtzentrums zu bringen. Dort fanden wir eine Delegation des Revolutionskomitees vor, die auf uns gewartet hatte. Bax stellte uns alle der Reihe nach vor und wir mussten viele Hände schütteln.

Nach den Vorstellungen wurden Jouniel und Felira ein Stockwerk höher gebracht, wo der beste Make-up-Künstler der Stadt auf sie wartete. Soweit es Jouniel betraf, hatten wir keine Chance. Sie musste vollständig maskiert werden. Niemand würde sie für eine der Einheimischen halten. Auf der anderen Seite musste Felira geschminkt werden, eben weil sie möglicherweise von jemandem erkannt werden konnte, der dann auch noch die Geschichte des verschwundenen Dalgiri-Shuttles kannte.

Die Verschwörer berieten auch darüber, mich zu maskieren, entschieden sich aber dann dagegen. Mein Aussehen war ziemlich nahe an der lokalen Norm, vor allem, da die Ausflüge mit Felira mich ordentlich gebräunt hatten. Bax war der Ansicht, dass es ein geringeres Risiko war, mein natürliches Gesicht zu zeigen, als wenn ich Make-up tragen würde.

Als die beiden Frauen in Behandlung waren, führte Bax Ssaroth und mich in ein kleines Hinterzimmer im dritten Stock. Ich schluckte, als ich aus dem Fenster blickte. Unsere Zuflucht grenzte direkt an einen riesigen Platz im Stadtzentrum. Der Platz war völlig leer, mal abgesehen von einer gedrungenen Festung mit aufragenden Panzerplatten an allen Seiten. Ihre Wände glühten blutrot im Licht der untergehenden Sonne.

Ich studierte die Festung mit meinen Ferngläsern. Das Gebäude hatte keine besonderen Kennzeichen, von den oben montierten Waffentürmen einmal abgesehen.

Die einzige sichtbare Öffnung war das Eingangstor am Ende einer niedrigen Rampe.

»Die Festung Rossa Home«, sagte Bax. »Beobachten Sie sie gründlich. Wir werden uns gleich einige Zeichnungen der Innenräume sowie eine Karte ansehen, die den Weg zu den Computerräumen zeigt.«

Ich studierte die Festung immer noch, als Jouniel zu uns stieß. Sie war in eine syllsintaagische Dame mittleren Alters verwandelt worden, und das so überzeugend, dass ich sie erst gar nicht erkannte. Sie bewegte sich zum Fenster und blickte auf die Festung.

»Groß, nicht wahr?«

»Größer als ich erwartet habe«, stimmte ich nickend zu.

»Irgendwas Interessantes?«

»Schauen Sie sich den Luftgleiter dort an«, sagte ich auf Taladoranisch. Ich wies auf ein Patrouillenfahrzeug, dass die Basis der Festung umzirkelte. Jouniel nahm die Ferngläser und studierte den Gleiter in der einbrechenden Dunkelheit. Nach einer Minute senkte sie das Gerät ab und wandte sich mit einem verständnislosen Gesichtsausdruck an mich.

»Und?«

»Wie lange ist es her, dass die Vecka das Dalgiri-Imperium verlassen haben?«

»So etwa dreihundert Jahre.«

»Wenn das ein dreihundert Jahre altes Modell ist, werde ich es essen.«

Sie studierte den Gleiter erneut, ihre Lippen voller Konzentration aufeinander gepresst. »Ein interessanter Gedanke, vor allem im Licht einiger Widersprüchlichkeiten, die ich bemerkt habe.«

»Wie zum Beispiel?«

»Die veckanische Sprache, wie sie von unseren Freunden hier gesprochen wird, passt nicht zu einer dreihundert Jahre alten Kolonie des Dalgiri-Imperiums. Sie ist viel zu modern.«

»Zu modern?«, fragte ich.

»Sie hat zu viele Strukturen und Lehnwörter der modernen dalgirischen Sprache. Als ich mich erstmals mit Feliras Fall befassen musste, war ich der Ansicht gewesen, es würde mir gelingen, das Geheimnis der veckanischen Sprache allein durch eine linguistische Analyse zu lösen. Aber die Computerprogramme weigerten sich, eine Interpolation durchzuführen – eine sehr frustrierende Erfahrung angesichts der Fülle an Daten.«

»Komm schon, Jouniel«, sagte Ssaroth lachend. »Die Software muss fehlerhaft gewesen sein. Linguistische Analyse ist als fehlerfrei bekannt.«

»Das glauben aber auch nur Sie«, sagte sie, dann schaltete sie plötzlich wieder auf Syllsintaag um. »Entschuldigen Sie, Grafftar. Meine Kollegen und ich haben einige technische Details jenes Luftschwebers diskutiert, für die uns leider die richtigen Worte auf Veckanisch fehlen. Ich hoffe, Sie können uns unsere Unhöflichkeit verzeihen.«

Bax machte daraus kein Aufheben, aber ich vermutete kaum, dass er Jouniels Erklärung für bare Münze nahm.

Nach einer weiteren Stunde waren wir alle ausreichend unterwiesen und hatten uns mit Zeichnungen und handgemalten Karten des Festungsinneren auseinandergesetzt. Wir waren so gut vorbereitet, wie es derzeit möglich war.

Die meisten unserer Mitverschwörer hatten sich bereits auf dem Weg gemacht und in Gruppen von Zwei oder Drei das Haus verlassen. Jede Gruppe trug ein schön verziertes Geschenkpaket mit sich, jenes Zeichen von Respekt, das der Baron von seinen Gästen erwartete, damit der angekündigte Ehrengast davon überzeugt war, dass in diesem Distrikt alles in Ordnung war.

Es war diese Anordnung, die die Syllsintaag dieses Mal glücklich machte, an einer solchen Scharade teilnehmen zu müssen. Ssaroth würde ebenfalls ein wunderschön verpacktes Geschenk in die Festung tragen. Es würde rechteckig sein und etwa so groß wie eine Brotdose.

*

»Ah, der Gesetzgeber des Clan Rossa, willkommen in meinem Haus!«

Der Sprecher war ein unglaublich fetter Mann mit überhängenden Brauenwülsten und schlechten Zähnen. Er war in eine dunkle Uniform gekleidet, von seinem Gürtel hingen ein Holster mit einer Schusswaffe sowie eine Schmuckdolch. Bax erwiderte die Begrüßung mit einer tiefen Verbeugung.

»Ich grüße Euch, Exzellenz. Ich hoffe, Eurer Familie geht es gut.«

»Gut genug, Grafftar Transtas, gut genug. Mal von Cephiel, meinem Jüngsten, abgesehen. Ich weiß wirklich nicht, wie ich ihm klar machen soll, dass er die einheimischen Mädchen in Ruhe lassen muss. Auf der anderen Seite ist aber ja auch bekannt, dass Eure Frauen die Aufmerksamkeit unserer jungen Männer durchaus genießen, nicht wahr?«

Die Stimme des Gouverneurs durchdrang alles. Er schien nicht zu bemerken, wie sich die Wirbelsäulen der anwesenden Syllsintaag in der Halle plötzlich versteiften. Bax ließ sich nicht anmerken, ob er wie alle anderen das Verlangen verspürte, den Gouverneur zu erwürgen.

»Exzellenz, ich würde Euch gerne meine Cousine und ihre Familie vorstellen – Mullarow Transtas, ihr Sohn Vrieler und seine Frau Harla.« Wir küssten die ausgestreckte Hand des Veckas, während wir vorgestellt wurden.

»... Mullarow, dies ist unser Gastgeber, Baron Ylgost `t Prasilwant.«

Jouniel spielte die »kichernde Matrone« mit Überzeugung, während ich mein Bestes tat, um als dummer, aber ehrenwerter Nichtsnutz zu gelten.

Der Baron schien es zu glauben.

»Du warst immer ein treuer Diener, Grafftar. Ich fühle mich geneigt, dir einen Wunsch zu erfüllen. Nenne mir einen.«

»Ich habe nur ein einziges Ansinnen, Exzellenz. Meine Tochter wird auf der Brolis-Basis festgehalten. Wenn Ihr Euch beim Gouverneur jenes Distriktes für sie verwenden könnt...«

»Hmm... wenn ich dir dein Kind zurückgebe, werden mich andere mit ähnlichen Wünschen belästigen. Ich werde darüber nachdenken müssen.«

»Ihr seid zu gütig, Exzellenz.«

»Entschuldigt mich, meine Kinder, aber ich muss mich jetzt unserem Ehrengast widmen. Wäre schön, wenn ich einen Diener entsenden könnte, aber wir wollen einen großen Mann doch nicht beleidigen, nicht wahr?« Mit diesen Worten watschelte er von dannen.

»Was sollte denn dieser Wunsch, Felira freizulassen?«, sagte ich in einer Lautstärke, die gerade ausreichte, die wenigen Zentimeter bis zu Bax' Ohr zurückzulegen.

»Ich wollte antesten, ob er Berichte über die Shuttleentführung erhalten hat.«

»Und?«

»Ich bin mir nicht sicher. Der Baron ist ein schlauer alter Fuchs und könnte durchaus seine Spielchen mit mir treiben.«

Mit diesem wenig erfreulichen Gedanken fanden wir uns wieder in unseren Rollen ein und begannen, uns im Saal zu verteilen. Felira und ich sprachen mit niemandem, den wir nicht im Mietshaus bereits kennen gelernt hatten. Felira war ohnehin diejenige, die das Sprechen übernahm. Ich beschränkte mich darauf, leicht debil in die Gegend zu gucken.

Jemand hatte sich sehr damit bemüht, die schmucklosen Originalwände der Festung zu verändern. Der nun sichtbare architektonische Stil erinnerte an eine Mischung aus dem späten Rokoko und einem frühen Pariser Bordell. Wie auch die schlecht sitzende Uniform des Gouverneurs verstärkte dies nur den Eindruck, dass die Kriegsherren der Vergangenheit verschwunden waren und nur ihren weichen, oberflächlichen Nachwuchs hinterlassen hatten.

Einige Nachzügler trafen ein, darunter ein halbes Dutzend Vecka. Diese wurden von den Bürgern zweiter Klasse mit großem Respekt behandelt. Die Vecka wirkten ausgesprochen gelangweilt und formten ihre eigene Runde an einem Ende des Raumes. Es war das Ende, an dem ein gigantisches Wandgemälde die gloriose Vergangenheit der Vecka verherrlichte und gleichzeitig Schießscharten verdeckte, hinter denen ein Dutzend Soldaten die Versammlung im Auge behielt.

Eine Stunde später vernahm ich einen Signalton in meinem Ohr. Dort war ein winziger Empfänger eingeführt worden. Ich steuerte Felira zu Bax und Jouniel, die mit zwei Mitgliedern des Revolutionskomitees – einem schlanken und großen Mann namens Potnir und einem Ringertypen namens Noor – zusammen standen. Der oberflächliche Beobachter konnte nichts anderes als die übliche Brownsche Bewegung einer Cocktailparty feststellen.

»Ssaroth und der Maulwurf sind eingetroffen«, berichtete ich.

»Dann lass uns anfangen«, sagte Bax, ohne dabei merklich seine Lippen hinter dem idiotischen Lächeln zu bewegen, das er schon die ganze Zeit getragen hatte. »Duncan, Sie sind am Zug.«

»Viel Glück«, sagte Felira und drückte meine Hand. Ich wollte sie eigentlich küssen, doch beschränkte mich auf einen sanften Gegendruck. Ich wandte mich auf meinen Fersen um und schlenderte zur Tür hinaus, als hätte ich alles Recht der Welt, hin zu gehen, wohin auch immer ich wollte.

Ssaroth wartete wie vereinbart in einem verhängten Alkoven auf mich. Er war in einem ähnlichen Stil wie der Baron gekleidet, nur ohne Waffen. Bax, Potnir und Noor trudelten nach und nach ebenfalls ein. Wir machten uns in einer lang gezogenen Reihe nacheinander auf den Weg und schlichen durch die Gänge in Richtung des Verwaltungszentrums der Festung.

Ssaroth übernahm die Führung für den Fall, dass wir jemandem begegnen würden. Es würde sein Job sein, Wachen oder zivile Bedienstete abzulenken, bis Potnir und Noor in der Lage sein würden, sie zu überwältigen.

Ich leckte über meine trockenen Lippen und versuchte, meine Angst zu vergessen, als wir uns in den verlassen wirkenden Korridoren bewegten. Zweimal mussten wir atemlos warten, bis Noor automatische Sensoren neutralisiert hatte. Einmal schlichen wir an einem erleuchteten Büro vorbei, in dem jemand arbeitete. Zu seinem Glück hockte der Mann mit dem Rücken zu uns vor seinem Monitor und arbeitete konzentriert, während wir vorbeihuschten.

Schließlich erreichten wir das Computerzentrum, nur, um unseren Weg durch eine Stahltür verschlossen zu sehen. Noor beseitigte auch dieses Hindernis und nach einer halben Minute waren wir drin. Ssaroth aktivierte die Deckenbeleuchtung, sobald wir die Tür wieder geschlossen hatten und ich begann, den Maulwurf zu installieren.

Dies war ein einfacher Prozess: Ich musste die Abdeckhülle der anzugreifenden Einheit entfernen, einige Kabel verfolgen und dann einige schnelle Verbindungen mit dem Maulwurf herstellen.

Als ich die Kabel verfolgte und Details der Computerkonstruktion vor mir sah, hatte ich plötzlich das gleiche Gefühl wie vor kurzem, als ich den Luftschweber beobachtet hatte. Etwas fühlte sich nicht richtig an. Je genauer ich hinsah, desto mehr kam ich zu der Überzeugung, dass diese Maschine aktuellen Dalgiri-Modellen technologisch deutlich überlegen war.

Und das konnte doch nicht stimmen.

Als die Vecka das Dalgiri-Imperium verließen, war die Computertechnologie dort kaum weiter entwickelt gewesen als die des heutigen Europo-Amerika. Ich wertete den kalten Schauer, der meinen Rücken hinunter jagte, als ein Zeichen meiner Nervosität und konzentrierte mich wieder auf meine Arbeit.

Nach weiteren fünf Minuten hatte ich den Maulwurf angeschlossen und aktiviert. Nun blieb nichts anderes als sich hinzusetzen und darauf zu warten, dass er seine Arbeit tat. Eine halbe Stunde verwandelte sich in eine Ewigkeit und ich dachte bereits darüber nach, ob etwas schief gegangen war. Doch ich hatte keine Zeit, den Gedanken zu beenden.

Plötzlich waren da Stimmen an der Tür. Potnir schaltete schnell die Deckenbeleuchtung aus. Wir saßen mit angehaltenem Atem in der Dunkelheit und beteten, dass, wer immer da auch kam, schnell wieder gehen würde. Das Glück hatten wir jedoch nicht. Die Tür ging auf, das Licht aus dem Korridor fiel in einem hellen Rechteck in den Raum. Ich verschmolz mit dem Schatten, so weit mir das möglich war und beugte mich über die flackernden Kontrollen des Maulwurfs, um sie mit meinem Körper abzudecken.

Die Tür schloss sich wieder, jedoch waren vorher zwei Männer eingetreten. Dann kamen einige Flüche auf Dalgiri, als einer der Männer nach dem Lichtschalter suchte. Die Stimme war mir vertraut.

Die Deckenbeleuchtung ging an und die Dinge entwickelten sich so schnell, dass es nachher Minuten dauerte, bis ich alles wieder richtig in Erinnerung gebracht hatte.

Das plötzliche Licht enthüllte Baron Ylgost mit offenem Mund und vor Überraschung aufgerissenen Augen. Sein Begleiter war offenbar ebenso geschockt von der Erkenntnis, dass der eigentlich als leer geltende Raum voller Leute war, aber er hatte sich besser im Griff. Das überraschte mich nicht weiter, denn der Mann war kein Vecka.

Allein aufgrund der Nackenhaare, die sich mir aufstellten, konnte ich fühlen, dass es sich um einen Dalgiri handelte. Ein Dalgiri ist im Verhältnis zu einem Vecka, was Hitler zu Mussolini war.

Wir waren alle für einen Moment wie paralysiert, ehe das Chaos losbrach.

Ylgost schrie und griff nach seinem Pistolenholster. Im gleichen Moment stieß der Dalgiri zwei Worte hervor und griff in eine Innentasche seiner Jacke.

Beide waren um Millisekunden zu spät, da sich fünf Körper verzweifelt auf sie stürzten.

Bax, Ssaroth und ich kamen ungefähr zur gleichen Zeit bei dem Dalgiri an, während Potnir und Noor sich auf den Baron konzentrierten. Unglücklicherweise traf ich etwas früher als die anderen auf und machte die Bekanntschaft eines schnell erhobenen Ellenbogens.

Ich erinnerte mich nachher nicht mehr an allzu viele Details des Kampfes. Das laute Krachen aus der Pistole des Barons hatte nicht unwesentlich zu dem Klingeln in meinem Kopf beigetragen und es war gefolgt worden von dem Blitz und der Hitze eines Strahlerschusses.

Danach wurde es ruhig. Als der Raum aufgehört hatte, sich um mich zu drehen, kam ich vorsichtig wieder auf meine Füße. Potnir saß an einer Wand, schmerzverzerrt, mit einer Kugel in der rechten Schulter. Der Dalgiri lag auf dem Boden, doch er spürte wiederum keinen Schmerz. Er war tot, sein Oberkörper durch einen Strahlschuss verbrannt. Ssaroth stand über ihm, die Waffe in seiner Hand. Der Anblick Ssaroths brachte eine Erinnerung hervor, die bisher vergeblich versucht hatte, sich in meinem benebelten Bewusstsein Gehör zu verschaffen.

Als das Licht angegangen war, hatte der Dalgir direkt auf Hral Ssaroth geblickt. Er hatte daraufhin voller Überraschung zwei Worte gesagt.

Er hatte Ssaroths Namen genannt!

Kapitel 18

Bax kam Potnir zur Hilfe während Noor neben dem liegenden Baron saß. Ssaroth schaute mich mit weit aufgerissenen Augen an und musste meine Gedanken darin gesehen haben. Sein Gesicht verzog sich langsam in ein bitteres Lächeln und er hob seinen Strahler und richtete ihn direkt auf mich.

»Helft mir hier!«, zischte Bax von Potnirs Seite.

Ich schluckte und versuchte, meine ansteigende Panik zu kontrollieren. »Bax… Norr, steht bitte langsam auf!«

»Was?«, fragte Bax und schaute über seine Schulter. Er sah Ssaroth mit dem Strahler, dann mich und dann war Verwirrung in seinem Gesichtsausdruck zu erkennen. Noor schien die Situation sofort zu verstehen. Er erhob sich und machte mit erhobenen Händen einen Schritt zurück.

»Jeder an die Wand«, grollte Ssaroth. Er schien sich zu amüsieren, als Bax und Noor seinem Befehl schnell nachkamen. Wir wurden in eine Ecke des Raumes getrieben, während Ssaroth etwas zurück trat, damit er uns gut beobachten konnte.

Potnir lag klagend in seinem eigenen Blut hinter Ssaroth auf dem Boden.

»Was ist hier los?«, wollte Bax wissen.

Ich holte tief Luft und versuchte, mein pochendes Herz zu beruhigen. »Ich vermute, dass Hral Ssaroth uns sagen möchte, dass er für die andere Seite arbeitet. Stimmt das?«

Ssaroth lachte. »Ich hatte gehofft, Eure Mission ein wenig subtiler auffliegen zu lassen. Aber so wird es auch gehen müssen, jetzt, wo ich enttarnt bin.«

Ich nahm den Hauch einer Bewegung in meinen Augenwinkeln wahr und beherrschte mich, nicht dorthin zu schauen. Stattdessen versuchte ich, mit meinen Blicken zwei Löcher in Ssaroths Kopf zu bohren. »Mein erster Eindruck, als wir uns trafen, war also richtig. Sie sind ein Dalgiri.«

»Offensichtlich.«
»Was ist mit dem echten Ssaroth passiert?«
»Dem echten?«
»Natürlich. Wie dumm von mir. Es gab nie einen taladoranischen Agenten namens Hral Ssaroth, nicht wahr? Der tote Mann dort kannte Ihren Namen. Wenn Sie nur die Identität übernommen hätten, dann würde Hral Ssaroth der Name des aasmorianischen Agenten sein, dessen Platz Sie eingenommen hätten. Also wurden die Computer der Zeitwache manipuliert, um Ihren gefälschten Personaleintrag aufzunehmen. Nicht so schwierig, vermute ich mal, wenn das Imperium die Zeitwache erfolgreich infiltriert hat.«

Es hörte sich alles nur zu wahr an. Hatten wir nicht gerade exakt das gleiche mit den Vecka getan? Aber würde ein Spion wirklich seinen eigenen Namen verwenden?

Ssaroth gab mir keine Chance, ihm diese Frage zu stellen.

»Sie haben keine Ahnung, wie viel Vorbereitung es gekostet hat, diesen Moment herbeizuführen«, sagte er und richtete den Strahler direkt auf mein Gesicht.

Ich warf mich zur Seite, als Ssaroth nach hinten taumelte. Die Bewegung, die ich gesehen hatte, war Potnir, der sich schmerzerfüllt auf seine Knie erhoben hatte und sich nun von hinten gegen Ssaroth Beine warf. Es gab einen Strahlschuss, dann noch einen.

Als ich wieder auf meinen Beinen stand, lag Ssaroth unter einem Berg menschlicher Körper und wir hatten einen weiteren Toten zu beklagen. Der arme Potnir lag neben dem Schauplatz und starrte blind an die Decke. Sein Oberkörper war von einem Strahlschuss verbrannt.

In wenigen Augenblicken lag Ssaroth bewusstlos neben ihm und Bax hielt seine Waffe in Händen. Er umklammerte sie krampfhaft und rang um Atem.

Der Maulwurf nutzte diese Sekunde, um zu melden, dass er seine Arbeit erledigt hatte. Ich begann, die Kabel zu lösen und alles wieder so herzurichten, wie es gewesen war.

»Das ist egal«, zischte Bax. »Zieh einige der Kabel heraus, so dass wir diese beiden fesseln können, ehe sie wieder bei Bewusstsein sind.«

Ich gehorchte und fühlte mich etwas dumm. Wir hatten den Baron gefangen und seinen Ehrengast getötet, warum also noch sorgfältig sein? Bax und Noor hatten die Beiden erstaunlich schnell gefesselt. Der Baron wurde langsam wach, als sie fertig waren.

»Was ist mit Potnir?«, fragte Noor.

»Zieh ihn hinter die Maschinen dort«, sagte Bax. »Ich werde Oraz sagen, wie sein Sohn gestorben ist… wenn irgendeiner von uns hier überhaupt heraus kommt.« Er stieß mit dem Stiefel gegen den Baron. »Aufwachen, Exzellenz!«

Der Baron bewegte sich. Er öffnete seine Augen und sah direkt auf den leblosen Körper neben ihm, dann auf Hral Ssaroth. Seine Augen weiteren sich voller Entsetzen. Für einen Moment schien er wieder bewusstlos werden zu wollen. »Was… was soll das bedeuten, Transtas?«, brachte er hervor.

»Ich stelle hier die Fragen, Exzellenz. Wer war ihr Freund und was hatten Sie hier zu tun?«

»Botschafter Ontoosa Mri des Dalgiri-Imperiums. Der Botschafter wollte die Brolis-Basis kontaktieren. Es ging um einen gestohlenen Shuttle.«

»Haben Sie unser Gespräch im Empfangssaal dem Botschafter gegenüber erwähnt?«, fragte Bax.

»Natürlich. Mri hat besonders darauf bestanden, dass Sie zu diesem Empfang eingeladen werden. Als ich bestätigte, dass Sie angekommen seien, bestand er darauf, hierher zu gehen.«

»Und der andere?«, fragte ich.

Ylgost schluckte. »Ich traf ihn vor dreieinhalb Jahren auf Brolis zusammen mit Mri, als die Dalgiri erstmals hier ankamen. Er war Mris Kommandant.«

»Haben Sie da nicht etwas durcheinander bekommen?«, fragte ich. »Ssaroth muss für Mri gearbeitet haben!«

»Nein. Zu jener Zeit agierte Mri als sein Assistent.«

»Beende dein Gewäsch, Ylgost!«

Bax wandte seine Aufmerksamkeit Ssaroth zu, der ebenfalls erwacht war und den Gouverneur böse anstarrte. Ich bemerkte, dass ihm jemand ein böses blaues Auge verpasst hatte. Ich hoffte, es war Potnir.

Bax wandte sich an mich.

»Was jetzt?«

Ich nahm den Maulwurf auf. »Wir müssen dies zu Dal Corst bringen. Ihn auch«, sagte ich und zeigte auf Ssaroth.

»Es wäre besser, ihn gleich umzubringen.«

»Nein. Er muss wissen, wie sehr taladoranische Sicherheitsbarrieren bereits durchbrochen worden sind und warum Dalgir sich so sehr für den Herrschaftsbereich der Vecka auf Syllsin interessiert. Er ist zu wertvoll, um umgebracht zu werden – zumindest zu diesem Zeitpunkt.« Den letzten Kommentar konnte ich mir angesichts des genau zuhörenden Ssaroth nicht verkneifen.

Bax schaute einen langen Moment auf die Gefangenen und ich begann schon zu befürchten, es gleich mit einer Meuterei zu tun zu haben. Als er sich an Noor wandte, schien er sich jedoch in die Situation gefügt zu haben. »Geh zurück zum Empfang und sage Felira und Jouniel, dass sie hierher kommen sollen. Versuche, so wenig Aufmerksamkeit wie möglich zu erwecken.«

Noor glitt wie ein Geist durch die Tür und war verschwunden.

»Was jetzt?«, fragte ich nun Bax.

»Wir müssen Sie drei so schnell wie möglich hier heraus schaffen. Sie nehmen den da mit…«, er wies auf Ssaroth. »Ich werde den anderen behalten und benutzen, um die Wachen dazu zu bewegen, ihre Waffen niederzulegen. Danach werden wir versuchen, uns in Sicherheit zu bringen, bevor die Kampfschiffe von Brolis oder Veck ankommen.«

Fünf Minuten später gab es ein diskretes Klopfen an der Tür. Bax öffnete, während ich ihm mit dem Strahler Deckung gab. Es waren Jouniel und Felira. Felira war schockiert, als sie erkannte, dass wir den Baron gefangen hatten. Jouniel war geschockt, als sie den ebenso gefesselten Ssaroth sah. Ich brachte sie schnell auf den aktuellen Stand der Entwicklungen.

Die kommenden zehn Minuten verbrachten wir damit, Bax' Plan zu diskutieren. Es wurde beschlossen, dass Felira, Jouniel und ich uns Ssaroth greifen und auf das Dach flüchten sollten. Dort würden wir einen Schweber stehlen und zu der Farm fliegen, auf der unser Kommunikator verborgen war. Sobald wird dort angekommen waren, würden wir die *City of Isvall* aus ihrem Versteck rufen. Zwischenzeitlich würden Bax und Noor den Gouverneur zurück zum Empfang bringen und ihnen zwingen, den Wachen das Niederlegen der Waffen zu befehlen.

Wenn alles glatt ging, würde zum gleichen Zeitpunkt, da die Syllsintaag die Festung unter Kontrolle bekamen, eine taladoranische Flotte auftauchen, um Deckung zu geben, damit die Stadt evakuiert werden konnte.

Wir versiegelten sowohl Ylgosts wie auch Ssaroths Münder mit Klebeband, das wir in einem Werkzeugschrank fanden und stießen sie durch die Tür. Ich führte, mir folgten Jouniel und Ssaroth, dann Felira zum Schluss. Ich trug den Strahler, während Jouniel unseren frisch enttarnten Verräter im Auge behielt. Sie hatte ihm eine Art Garotte aus Draht um den Hals gewickelt, so dass ein kurzer Ruck genügte, um ihm die Luft abzuschnüren. Jouniel hatte Ssaroth die Vorrichtung genau erklärt. Ssaroth schien durchaus glücklich darüber zu sein, kooperieren zu dürfen.

Die Gänge wirkten immer noch verlassen. Wir trafen niemanden, bis wir zum Dach gelangten und zwei schnelle Strahlschüsse die Wachen am Fahrzeugpark erledigten. Wir schleiften ihre Körper unter die erhöhte Landefläche, wo man sie so bald nicht finden würde, und bemächtigten uns ihrer Waffen. Nun waren wir alle bewaffnet.

Wir schoben Ssaroth zusammen mit Jouniel auf den Rücksitz eines Schwebers. Felira und ich setzten uns nach vorne.

»Kannst du so ein Ding fliegen?«, fragte Felira.

»Hoffe doch«, sagte ich. »Das Design entspricht in den meisten Fällen der Funktion, das gilt für alle Zeitlinien. Das sollte hier nicht anders sein.« Ich warf einen Blick über die Dalgiri-Beschriftungen der Konsole und identifizierte die meisten der Instrumente. Ich hatte Glück. Die Unterschiede zum taladoranischen Modell waren unerheblich.

»Alle festhalten, es geht los!«, rief ich und aktivierte den Schubantrieb. Der Schweber erhob sich wackelnd, als ob die Höhenausrichter nicht anständig eingestellt waren, und schoss dann in die Nacht.

*

Ich hatte den verdammten Patrouillengleiter vergessen!
Er hing hinter uns, bevor wir die Stadtgrenze erreicht hatten.
»Sofort landen oder wir eröffnen das Feuer!«, war das zu erwartende Kommando, das aus dem Funkgerät brach. Zur Untermauerung erblühte eine helle Sonne vor unserer Flugbahn, die Verfolger hatten einen Warnschuss abgegeben. Ich holte tief Luft und aktivierte den Kommunikator.
»Welcher Hund wagt es, mich herauszufordern?«, grollte ich in bestem preußischem Offizierston, mein sehr wirksames Rezept, um irgendwelche Unterlinge zu beeindrucken. Klappt eigentlich immer.
Leider nicht bei diesem.
»Ich wiederhole, sofort landen oder wir eröffnen das Wirkungsfeuer!«
»Dies ist das persönliche Fahrzeug von Botschafter Ontoosa Mri des Dalgiri-Imperiums. Eröffnen Sie das Feuer und wir werden Sie häuten lassen.«
»Bitte landen!«, sagte die Stimme im Empfänger, die nun ein wenig von ihrer Überzeugungskraft verloren hatte. Ich seufzte und beglückwünschte mich kurz dazu, nicht tot zu sein.
»Warum?«, fragte ich.
»Sie haben keine Startfreigabe. Ich bin beauftragt, alle Schweber ohne Freigabe anzuhalten.«
»Kommen Sie seitlich«, sagte ich. »Sie können den Botschafter visuell identifizieren und uns dann endlich in Ruhe lassen.«
Es gab eine längere Stille, in der der Pilot mit sich selbst diskutierte. Kein erfahrener amerikanischer Cop wäre auf so was hereingefallen, aber die Vecka waren offenbar schlampig geworden. Ich ignorierte ihn bis auf weiteres und suchte hastig etwas auf dem Instrumentenpult.
»Wo zur Hölle kann man die Türen bei diesem Ding absprengen, Jouniel?«
»Versuchen Sie es unter der Erhebung, knapp über Ihrem rechten Knie!«
Ich fand den Hebel und zog. Mehrere Dinge passierten gleichzeitig. Als die Tür sich löste, zog mich der Luftstrom beinahe aus meinem Sitz und der Schweber ruckte heftig. Der plötzliche Schwenk nach

links rettete unser Leben, denn im nächsten Moment wurde das Sausen des Windes durch das Geräusch übertönt, mit dem die Projektile das Metall des Gleiters durchschlugen.

Ich versuchte, mit einer Hand zu steuern und mit der anderen den Strahler zu zielen. Ich drückte auf den Feuerknopf. Die Waffe feuerte noch zweimal und das Suchlicht erlosch, als der Patrouillenschweber seitlich abschmierte und steil auf den Boden zuraste.

Ich begann wieder zu atmen.

»Jemand verletzt?«

»Nur Flimmern vor den Augen wegen des Strahlers«, rief Jouniel von hinten.

»Kein Problem«, meldete auch Felira von meiner Seite.

»Wie geht es unserem Gast?«

»Wir haben hier einen Haufen zersplittertes Glas, aber er ist nicht ernsthaft verwundet. Das waren gute Schüsse, Duncan, vor allem mit einer Handwaffe.«

»Wir hatten Glück«, sagte ich und warf einen neuen Blick über die Instrumente. »Verdammt.«

»Was ist?«

»Unser Schweber ist durchlöchert. Wenn ich das richtig sehe, haben wir nur noch für knappe zwei Minuten Flugenergie!«

Ich brachte den Schweber mit den kläglichen Resten runter, streifte einige Pseudofarne, die jeden irdischen Baumbestand vor Neid erblassen ließen.

In der letzten Sekunde zeigte sich eine Lichtung.

Ich ließ den Schweber förmlich hinein fallen. Das Fahrzeug kam schlitternd in einem Schauer von Gras und Schlingpflanzen zum stehen.

*

Bei Tagesanbruch hatten wir zwanzig Kilometer zwischen uns und das Wrack zurückgelegt und waren total erschöpft. Wir machten Halt, um mitten im Wald eine Rast einzulegen und damit Felira herausfinden konnte, wo zum Teufel wir überhaupt waren.

»Was meinst du?«, fragte ich.

»Die Farm liegt in dieser Richtung«, sagte sie und konsultierte den Kompass, den wir aus dem Wrack gerettet hatten. Dann nannte sie eine Entfernung, die in etwa fünfzig Kilometern entsprach.

»Oh, meine schmerzenden Knochen«, seufzte ich.

»Sollen wir noch länger rasten?«, fragte Jouniel.

»Wir müssen«, sagte Felira. »Ich kann keinen Schritt mehr machen.«

Ich wusste, was sie meinte. Meine Beine fühlten sich wie abgestorben an. Das einzige, was mir die gute Laune erhielt, war die Tatsache, dass Ssaroth noch schlimmer aussah als ich mich fühlte.

»Okay, vier Stunden Pause, dann geht es weiter.«

Es gab keinerlei Widerspruch als wir alle, inklusive unseres Gefangenen, uns auf dem Waldboden niederließen. Ich löste den Maulwurf aus dem provisorischen Rucksack, den ich mir gebastelt hatte, und benutzte ihn als Kopfkissen. Nachdem wir ein wenig geruht hatten, begann ich, unsere Chancen zu errechnen.

Wir hatten keine.

Rossa Home lag näher als die Farm, aber dort konnten wir nicht hin. Eine Stunde vor Sonnenaufgang hatten wir gesehen, wie ein Blitz das Firmament erleuchtet hatte. Minuten später hatte der Wind die Richtung geändert und das Leuchten war fast eine Stunde lang zu sehen gewesen.

Selbst wenn Rossa Home noch existierte, war es in Feindeshand. Die Chancen waren gut, dass unsere Freunde entweder tot oder gefangen waren.

Wir hatten keine andere Wahl, als unseren Weg fortzusetzen. Fünfzig Kilometer? Eigentlich ganz leicht. Ein Mann mit guter Kondition konnte diese Strecke binnen zwanzig Stunden bewältigen. Auf ebener Erde. Wir würden sicher vier Tage benötigen, ehe wir die Farm erreichen und Hilfe vom Mond anfordern konnten. Es gab da allerdings ein kleines Problem.

In vier Tagen würde sich das Zeitportal geschlossen haben und die Flotte verschwunden sein.

Ich wurde durch die Stimme Hral Ssaroths aus meinen Gedanken gerissen. Seltsam, ich hatte vorher nie bemerkt, wie rau sie klang. Das zeigte, dass man so was bei Freunden gerne übersah, bei Feinden aber wahrnahm.

»Gib auf, MacElroy. Du und die taladoranische Frau werden als Kriegsgefangene betrachtet und anständig behandelt werden.«

»Und Felira?«

Er lachte. Es klang, als würde jemand mit den Fingernägeln über eine raue Oberfläche kratzen. »Die interessiert mich nicht. Wenn dieser Narr Ylgost sie nicht tötet, werde ich sie vielleicht meiner eigenen Sklavenherde hinzufügen. Ich bin immer auf der Suche nach geeignetem Zuchtmaterial.«

Ich bekämpfte den plötzlich heiß in mir aufsteigenden Ärger und zwang mich, Ruhe zu bewahren. »Pass lieber auf, was du sagst. Das einzige, was mich davon abhält, mit dem Strahler an deinem hässlichen Gesicht herumzuschnitzen, ist die Tatsache, dass du noch weitere fünfzig Kilometer aus eigener Kraft zurücklegen musst.«

»Und wenn ich mich weigere?«

»Dann fange ich mit dem Schnitzen sofort an.«

Wir starrten uns für eine Minute wortlos an. Dann blinzelte er.

»Ich gehe.«

*

Bei einbrechender Dunkelheit am Ende des zweiten Tages waren wir kurz davor, kraftlos zu Boden zu fallen. Es fehlten uns noch fünfzehn Kilometer bis zu unserem Ziel.

Glück ist die Kombination aus einem vollen Magen und Füßen ohne Blasen.

Wir waren einem Pfad durch die endlose Wildernis der Wälder gefolgt, einem Bereich niedrigen Unterholzes, der so ungefähr in die richtige Richtung führte. Felira hatte ihn aufgrund der seitwärts liegenden, entwurzelten Farne als eine Wunde bezeichnet, die eine frühere »Lektion« der Veck in den Wald geschlagen habe. Kurz vor Einbruch der Dunkelheit standen wir in den Ruinen von etwas, was einmal eine mittelgroße Stadt gewesen sein musste.

Ein paar wilde Beeren wuchsen in der Umgebung aus zusammengebrochenen Wänden und rostendem Stahl. Wir sammelten so viele davon, wie wir konnten, legten zusammen, was wir hatten und teilten alles durch vier. Danach machten sich Jouniel und Felira auf die Suche nach einem geeigneten Ort als Toilette, während ich auf unseren Gefangenen aufpasste.

»Eingeschlafen?«, fragte Ssaroth. Seine Worte kamen etwas undeutlich, was an der geschwollenen Oberlippe lag. Dort hatte ihn auf dem Weg ein zurückschnellender Ast getroffen.

»Das hättest du wohl gerne«, sagte ich und vergewisserte mich, dass er ordentlich gefesselt war.

»Ein interessanter Ort, nicht wahr?«

»Wahrscheinlich«, sagte ich. Tatsächlich war ich so müde, dass mich nicht einmal mehr ein eindeutiges Angebot der aktuellen Hollywood-Sexbombe interessiert hätte.

»Schau dich um, MacElroy. Hier lebten Feinde der Dalgiri.«

»Du meinst Feinde der Vecka, oder?«

»Das waren einst Dalgiri und werden es eines Tages wieder sein, und zwar früher, als sie jetzt ahnen.«

»Soviel zum Thema Ehre unter Dieben«, sagte ich, alles andere als überrascht. Sich mit dem Imperium einzulassen, ließ sich in etwa damit vergleichen, mit einer Boa Constrictor ins Bett zu gehen – man wachte mit einem sehr erdrückenden Gefühl auf. »Was ist mit diesem Ort?«

»Es wäre doch zu schade, wenn San Francisco, Los Angeles oder Detroit ein ähnliches Schicksal ereilen würde, oder?«

Ich öffnete meine schweren Augenlider und blinzelte durch die Dämmerung. »Ich kann mich nicht erinnern, mit dir über meine Heimat gesprochen zu haben.«

»Hast du auch nicht.«

»Dann musst du dich ganz schön angestrengt haben, um diese Namen herauszufinden. Warum?«

»Wenn du nur wüsstest, wie anstrengend… vielleicht erzähle ich es dir eines Tages.«

»Das soll jetzt nicht die Präambel zu einer Rekrutierungsrede sein, oder?«

»Warum nicht?«

»Wenn wir auf derselben Seite stehen sollen, solltest du mir vielleicht erzählen, was los ist.«

»Na komm, du erwartest doch nicht, dass ich all meine Verhandlungstrümpfe preisgebe, so lange ich noch ein Gefangener bin, oder? Hilf mir gegen die Taladoranerin und ich werde uns als Verbündete betrachten.«

»Daraus wird wohl nichts. Du hast keinen Grund, mir zu trauen, und ich habe jeden Grund, dir nicht zu trauen. Du hast versucht, mich umzubringen, erinnerst du dich? Keine wirklich solide Basis für eine Partnerschaft.«

Ssaroth wollte wohl noch etwas sagen, dann aber schloss er seinen Mund, als wir hörten, wie Jouniel und Felira zurückkehrten. Jouniel überprüfte noch einmal seine Fesseln, ehe sie sich neben mich setzte.

»Habt ihr beide Euch nett unterhalten, während wir weg waren?«

»Sicher«, sagte ich. »Ssaroth hat mir einen Job angeboten.«

»Sie haben das Angebot hoffentlich nicht angenommen?«

»Das ging nicht. Es hätte mich zuviel Selbstachtung gekostet.«

*

Ich übernahm die erste Wache, während die anderen versuchten, etwas Schlaf zu bekommen. Es war einer dieser Abende, der Dichter zu endlosen Elogen inspirieren, in denen die Sterne endlos erschienen und die Venus wie ein hochkarätiger Diamant über dem östlichen Horizont schwebte. Der Mond war zu einem Viertel voll und ich vertrieb mir die Zeit damit, die Orte zu suchen, in denen sich meines Wissens nach die Flotte verbarg. Ich hatte dazu schnell keine Lust mehr, machte es mir zwischen einigen Steinen so gemütlich, wie es nur ging, lehnte mich zurück und schaute in die Sterne.

Ich weiß nicht, wie lange es dauerte, bis ich merkte, dass Orion einen zusätzlichen Stern an seinem rechten Fuß hatte. Ich war etwas aufgeregt darüber, dass ich vielleicht Zeuge einer Nova geworden sei. Ich versuchte, die Erregung so lange aufrecht zu erhalten wie möglich, um den Schlaf zu vertreiben, aber das Gefühl verblasste und ich schaute mich weiter im Himmel um.

Nach fünfzehn Minuten hatte ich sechs weitere Sterne identifiziert, an die ich mich nicht erinnerte. So viel also zur Nova-Theorie.

Irgendwas war furchtbar falsch mit diesem Universum.

Entweder das, oder…

»MacElroy«, murmelte ich zu mir selbst. »Du bist nun endgültig übergeschnappt.«

Irgendwie schaffte ich es, wach zu bleiben, bis ich um Mitternacht Jouniel für die nächste Wache weckte.

Sie erhob sich rasch. »Etwas zu berichten?«

»Nur, dass was mit dem Sternenhimmel nicht stimmt«, murmelte ich, als ich mich neben Felira niederließ.

Ich erinnerte mich vage daran, dass Jouniel antwortete: »Ja, ich weiß!«, aber das konnte auch Einbildung gewesen sein. Ich war eingeschlafen, bevor mein Kopf den Maulwurf berührte, den ich immer noch als Kissen benutzte.

Kapitel 19

»Wach auf, Duncan!«

Ich schreckte nach Feliras Worten hoch und öffnete meine Augen, die nur vom Sternenlicht sanft erhellte Dunkelheit erblickten.

»Was ist los?«, flüsterte ich.

»Ich glaube, ich habe ein Vecka-Shuttle gesehen!«

Ich war schlagartig wach. »Wann?«

»Gerade eben. Da waren helle Lichter am Horizont. Ich schaute nach oben und da war es.«

»Wo und wie schnell?«

»Gerade mal über den Baumwipfeln in der Richtung von Rossa Home. Ich glaube, es hat geschwebt. Es wurde zumindest nicht größer, als ich es beobachtet habe. Was tun wir jetzt?«

»Wir verschwinden von hier.«

Ich rüttelte Jouniel wach und dann unseren Gefangenen. Ich erklärte die Situation so knapp wie möglich. Ich machte Ssaroth klar, dass ich keinen Ärger von seiner Seite tolerieren würde. Dann machten wir uns auf den Weg und marschierten so schnell wie möglich durch die Dunkelheit. Dummerweise war das alles in allem nicht mehr als ein langsames Schleichen.

Ich hielt an, als sich der Himmel gen Osten weit genug erhellt hatte, um die fernen Berge um uns herum auszumachen. Es gab abgesehen von ein paar Pseudo-Pterodactylen nichts zu sehen. Wir legten eine kurze Rast ein, schluckten noch ein paar der Wildbeeren und machten weiter. Nach einem Kilometer wurde der Wald wieder dicht. Wir marschierten weitere fünf Kilometer, als Felira, die die Führung übernommen hatte, uns leise gebot, anzuhalten.

»Was ist los?«, flüsterte Jouniel.

»Ich glaube, ich habe etwas gesehen«, flüsterte Felira zurück.

»Geh in Deckung«, befahl ich und tauchte in das Unterholz neben dem Tierpfad, dem wir gefolgt waren. Wir lagen dort für zehn Minuten und hielten ängstlich nach Anzeichen von Bewegung Ausschau. Nichts. Ich war kurz davor, den Aufbruch zu befehlen, als Jouniel plötzlich scharf Luft holte.

»Was?«

»Ich bin mir nicht sicher. Könnte ein Tier gewesen sein.«

»Es war kein Tier«, sagte Felira, ihre Stimme kaum hörbar. »Ich habe einen Mann in einer grünen Uniform gesehen. Ich habe die Abzeichen nicht erkannt. Könnte jemand von einem Haushalt sein, den ich nicht kenne, vielleicht Aylthern.«

Ich verdrehte meinen Nacken, um dort hinzusehen, wohin Felira zeigte, konnte aber nichts erkennen. Ich zog meinen Strahler, genauso wie die Frauen ihre Waffen bereithielten. Wir hielten eine schnelle Blickkonferenz ab. Das war ein Fehler.

In der Aufregung hatten wir Ssaroth vergessen.

Ich musste ihm eines lassen. Welche Fehler er auch haben mochte, mangelnde Entscheidungskraft gehörte nicht dazu. Er brauchte gerade mal zwei Sekunden, um zu entscheiden, dass seine Chancen auf Flucht nie besser stehen würden. Das nächste, was wir wahrnahmen, war, dass er die Leine, die Jouniel in Händen hielt, mit den Zähnen ergriff und plötzlich wegzog. Jouniel ließ los. Im gleichen Moment war er aufgesprungen und rannte vorwärts, mit nach vorne gebeugtem Oberkörper und immer noch auf seinem Rücken gefesselten Händen.

»Halt!«, schrie ich, und tat dies voller Aufregung auf Englisch. Ssaroth war schon zwei Bäume weiter und warf sich in Deckung. Ich hatte den Strahler fast automatisch im Anschlag.

»Nein!«, zischte Jouniel. »Wir brauchen ihn lebend!«

»Aber er entkommt!«

»Dagegen können wir nichts machen«, sagte sie. »Wir sind hierher gekommen, um herauszufinden, was die Dalgiri von den Vecka gelernt haben. Ssaroth ist ein Schlüssel zu diesem und vielen anderen Geheimnissen.«

»Er wird uns nicht viel helfen, wenn er entkommt«, grummelte ich.

»Und auch nicht, wenn er tot wäre. Wir sollten uns jetzt um uns selbst kümmern und einen Ort finden, der sich gut verteidigen lässt.«

»Wo?«

»Es gibt eine gute Position etwa einen halben Kilometer in die Richtung, aus der wir gekommen sind«, sagte Felira.

Wir rannten die Strecke, und das ungeachtet der peitschen Zweige und der störenden Bodenwurzeln. Wir hielten nicht an, ehe wir nicht in einer Vertiefung lagen, die gerade groß genug war, uns drei aufzunehmen.

Ich rang nach Atem und überprüfte gleichzeitig den Ladestand des Strahlers.

»Munitionscheck«, rief ich. »Felira?«

»Neun Schuss.«

»Jouniel?«

»Sieben.«

»Ich habe auch noch sieben. Das heißt insgesamt 23. Könnte genug sein. Lasst uns dafür sorgen, dass sie ihr Ziel finden.«

»Jouniel und ich werden unsere Magazine leer schießen«, sagte Felira. »Sei du bitte sicher, dass du am Ende noch drei Schuss übrig hast.«

Ich öffnete meinen Mund, um nach dem Grund zu fragen und schloss ihn wieder. Ich wusste, was Felira gemeint hatte – vor allem, dass ein Strahlschuss sicherer war als ein Schuss konventioneller Munition. Es hatte etwas Ironisches. Ich hatte die Hollywood-Schinken, in denen ein von Indianern umzingelter Cowboy darauf achtete, noch einen Schuss für sich und die Heldin übrig zu behalten, immer für arg melodramatisch gehalten. Nun, da ich mich in einer ähnlichen Situation befand, war die Sache ausgesprochen logisch.

Wenn man in Betracht zog, dass die Vecka rebellische Städte zu Staub zerbliesn, was würde man wohl mit uns anstellen – für den Mord an einem Dalgiri-Botschafter und die Entführung von Hral Ssaroth?

Wir lagen da eine Zeitlang ganz stumm, dann griff ich nach Feliras Hand.

»Es tut mir leid«, sagte ich.

»Was?«, fragte sie.

»Dafür, wie alles gekommen ist.«

Sie überlegte einen Moment, dann lächelte sie schwach. »Ich würde auch lieber leben, Duncan. Aber wenn das nicht sein soll, dann bin ich doch froh, dass ich mit Freunden sterben darf.«

Ich beugte mich zu ihr, um sie zu küssen. Wir wurden durch ein Zischen Jouniels unterbrochen.

»Ich sehe etwas!«

»Wie viele?«, fragte ich und folgte Jouniels Blick.

»Keine Ahnung. Ich sehe nur die gelegentliche Bewegung im Unterholz. Wer immer sie sein mögen, sie sind gut.«

»Duncan.«

»Ja?«, fragte ich und wandte mich wieder an Felira.

»Ich liebe dich.«

»Ich liebe dich auch.«

»Seid bereit«, sagte Jouniel angespannt. »Ich denke, sie haben uns entdeckt. Da kommen sie…«

Ich fühlte, wie die Welt um mich herum zu wirbeln begann, als ein volles Dutzend grün gekleideter Männer wie aus dem Nichts vor uns auftauchten und direkt auf uns zulief.

Alles, was ich tun konnte, war aufzustehen und sie freundlich zu begrüßen.

Es waren taladoranische Marinesoldaten.

Der Unteroffizier, der die Gruppe leitete, kam vorsichtig auf mich zu, als wäre ich so eine Art Raubtier, das jederzeit losschlagen könne. »Sie sind Duncan MacElroy?«

»Das bin ich«, sagte ich. Ich versucht mein Bestes, um nicht wie ein Idiot zu grinsen, aber so richtig gelang mir das nicht.

In Wahrheit war ich bereit, jeden der Soldaten mit Küssen zu überdecken, so glücklich war ich!

»Soufilcar Jouniel?«, fragte der Mann und sein Blick wanderte zwischen Jouniel und Felira hin und her, mit Zweifel in der Stimme. Es dauerte einen Moment, bis ich herausfand, wo das Problem lag. Jouniels Tarnung hatte sich als bemerkenswert resistent erwiesen, trotz des anstrengenden Fußmarsches. Für den Soldaten sah es so aus, als sei ich in Begleitung zweier syllsintaagischer Ladies.

»Ich, Centurio«, sagte Jouniel. »Was machen Sie hier? Die Flotte sollte doch auf dem Mond bleiben, bis ich mich melden würde!«

Der Unteroffizier zuckte mit den Achseln. »Jene, die befehlen, erklären ihre Motive nicht unwürdigen Befehlsempfängern wie mir. Die Gerüchteküche jedoch sagt, dass wir eine Bitte der Dalgiri dieses Systems um Hilfe an ihre Kameraden in der nächsten Zeitlinie abgefangen haben. Commander Corst befahl uns, ihre Flotte anzugreifen, sobald sie auf unseren Schirmen auftauchen würde. Das war vor zwei Tagen. Und was für ein Kampf das war! Wir haben sie alle zu Plasma zerblasen!«

»Verluste auf unserer Seite?«

»Einige Tote auf der *Kreshni* durch einen Beinahetreffer. Die *City of Ool* hat einige kleinere Schäden davongetragen. Nichts, was uns kommende Nacht von der Heimreise abhalten sollte. Ich werde mich besser fühlen, wenn wir diese höllische Zeitlinie verlassen haben und wieder zurück in der Zivilisation sind.«

»Was wissen Sie über die Einheimischen, Centurio?«, fragte Felira. »Wurden viele getötet?«

»Sie müssen Lady Felira Transtas sein.«

»Ja. Haben Sie von meinem Vater gehört?«

»Commander Corst hat allen Suchmannschaften eine Nachricht mitgegeben. Ihr Vater ist in Sicherheit und die Evakuierung von Rossa Home ist in vollem Gange. Verluste an der Festung waren nur sehr gering.«

»Was ist mit Ssaroth?«

»Wer?«

»Der Dalgiri, der bei uns war. Habt ihr ihn geschnappt?«

Der Soldat grinste und nickte. »Er ist förmlich in unsere Arme gestolpert. Schien ein wenig aufgebracht über diese Tatsache, bis ihm einer meiner Männer mit dem Gewehrlauf einen Scheitel gezogen hat.«

»Wo befindet er sich jetzt, Centurio?«, fragte Jouniel.

»Unter Bewachung auf einer nahen Lichtung. Ein Shuttle dürfte in Kürze eintreffen. Wir sollten uns besser beeilen.«

Die Fähre war ein Transporter für 100 Personen. Die meisten Soldaten legten sich auf die Andrucksofas und waren sofort eingeschlafen. Jouniel entschuldigte sich und ging auf die Brücke, um das Flaggschiff zu kontaktieren. Der bewusstlose Ssaroth wurde unter Bewachung eingesperrt. So blieben Felira und ich alleine auf unserer kleinen Insel leerer Sitze neben einem der wenigen Fenster des geräumigen Fahrzeugs. Wir lehnten uns nach vorne und drückten unsere Nase an die

Scheibe als all die Kilometer, die wir so angestrengt zurückgelegt hatten, plötzlich unter uns sehr klein wurden.

Sie wandte sich an mich, als ich meinen Arm um ihre Hüfte legte. Unsere Gesichter waren keine zehn Zentimeter voneinander entfernt.

»Wir müssen jetzt eine schnelle Entscheidung treffen«, flüsterte ich.

»Entscheidung?«

»Felira, ich bitte dich. Wir haben keine Zeit. Ich brauche eine klare Antwort. Wirst du mit der Flotte abreisen, wenn wir in Kürze wieder nach Talador zurückkehren?«

Sie zögerte einen längeren Moment und suchte mein Gesicht mit ihren Augen ab. Ich kannte die Antwort, ehe sie sie aussprach. Ich hatte sie wahrscheinlich die ganze Zeit gekannt und es mir nur nicht eingestehen wollen.

»Es tut mir leid, Duncan. Ich kann nicht.«

»Warum nicht?«

»Ich würde mein Volk im Stich lassen. Wie könnte ich mich selbst im Spiegel betrachten, nachdem ich so was angerichtet habe?«

»Was hast du angerichtet?«, fragte ich.

»Ich bin dafür verantwortlich, dass eure Flotte hierher gekommen ist und Vater überredet wurde, euch zu unterstützen. Es ist meine Schuld, dass die Syllsintaag nun die Rache der Vecka werden erleiden müssen.«

»Du bist dafür nicht verantwortlich«, sagte ich. »Dal, Jouniel und ich sind es!«

Sie schaute mich an und ihre Augen schimmerten, ehe sie sich mit Tränen füllten. »Es wäre besser gewesen, wenn ich auf dem Mond gestorben wäre, Duncan.«

»Verdammt, Felira, ich liebe dich und ich werde solche Dummheiten nicht akzeptieren!«

Ich hatte nicht bemerkt, dass ich laut geworden war, ehe ich die grinsenden Gesichter bemerkte, die sich in unsere Richtung gedreht hatten.

Ich presste meine Zähne aufeinander und schwieg.

Felira schluchzte leise, ihr Gesicht in meiner Schulter vergraben, als Rossa Home am Horizont auftauchte. Wir waren die Strecke, für die wir anstrengende drei Tage gebraucht hatten, in zehn Minuten gereist.

City of Isvall schwebte über der Stadt wie ein gigantischer, stählerner Basketball. Kleine schwarze Schatten huschten zwischen dem Schiff und dem Boden hin und her. Weitere Shuttles und Landeboote waren auf dem Boden zu erkennen, mit langen Warteschlangen von Menschen, die an Bord gehen wollten.

*

Nach den Erlebnissen der letzten drei Wochen wirkte die vertraute Kargheit der Gänge in der *Isvall* eher bedrückend und klaustrophobisch, als wir uns auf den Weg zum Kontrollzentrum machten.

Dal Corst erhob sich von der Konsole des Captains, als wir in das Nervenzentrum des Schlachtkreuzers vordrangen.

»So, mein Außenteam hat sich endlich entschlossen, wieder zurück zu kommen. Für eine Weile dachte ich, wir hätten euch verloren.«

»Das ging mir ähnlich«, sagte ich grinsend und erwiderte seine brüske Umarmung.

»Folgt mir und wir besprechen euren Einsatz«, sagte er und wandte sich ab. Wir folgten ihm in einen beengten Konferenzraum unweit der Zentrale und setzten uns um einen Besprechungstisch.

»Wo ist der Maulwurf?«, fragte Dal.

»Die Marinesoldaten haben uns auf dem Weg hierher am Computerlaboratorium vorbei gebracht«, sagte Jouniel. »Wir haben ihn dort gleich dem zuständigen Experten übergeben.«

»Dann beginnen Sie bitte mit Ihrem Bericht, Teamleiterin!«

Jouniel berichtete alles, was seit dem Verlassen der Farm bis zu unserem Aufbruch aus der Festhalle in der Festung geschehen war. An dem Punkt überließ sie den Bericht mir. Ich präsentierte alle Details, auch die unangenehmen. Als ich mit der Schilderung von Hral Ssaroths Verrat fertig war, hatte sich Dals Gesicht verfinstert.

»Dieser Baron Ylgost hat behauptet, Ssaroth hätte die Dalgiri-Expedition nach Syllsin-Veck kommandiert. Da gibt es keinen möglichen Irrtum? Kein Missverständnis?«

»Er starrte direkt in den Lauf eines Strahlers«, erwiderte ich. »Kein Irrtum.«

Dal aktivierte seinen Kommunikator. »Irtok!«

Der Lautsprecher erwachte sofort zum Leben.
»Hier, Dal.«
»Wie sieht es mit den Informationen aus dem Maulwurf aus?«
»Kopiert und an alle Schiffe der Flotte weitergeleitet, wie befohlen.«
»Dann führen Sie eine Datensuche durch. Es geht um jede Erwähnung der ersten Dalgiri-Expedition ins Syllsin-Veck-Paar mit allen Erwähnungen der führenden Dalgiri-Repräsentanten. Das hat oberste Priorität. Wenn es ein Ergebnis gibt, bitte sofort melden. Und auch an die Suchroutine denken, die wir vorher besprochen haben.«
»Es geht um die Aufzeichnungen der kombinierten dalgirisch-veckanischen Militäroffensive?«, fragte Irtuk.
»Genau. Codename ‚Zivilisation X'. Jeder Bericht über Ort, Fähigkeiten, Bewohner. Nehmen Sie alles Personal, das Sie brauchen. Ich möchte meine Antworten bis gestern.«
»Verstanden.«
Dal wandte sich an mich, sobald er den Kommunikator ausgeschaltet hatte. »Wo ist Ssaroth jetzt?«
»Pflegt seinen Kopfschmerz an Bord des Transporters.«
Dal drückte sofort wieder einen Knopf.
»Sicherheit!«
»Zu Diensten, Commander.«
»Sie sind über den Verräter Ssaroth informiert worden?«
»So ist es.«
»Ich möchte, dass er von unseren besten Spezialisten verhört wird.«
Das Gesicht des diensthabenden Offiziers auf dem Bildschirm wurde durch das von Qoth Eab, dem Sicherheitschef der *Isvall*, verdrängt.
»Dal, Sie wissen um die Risiken eines solchen Einsatzes? Wenn er wirklich ein Dalgiri ist, dann wurde er gegen Psychosonden konditioniert. Er könnte dauerhafte Schädigungen behalten.«
»Ich brauche Informationen, die ich nur von ihm bekommen kann und ich benötige sie vor unserer Abreise. Beschaffen Sie sie mir auf jedem möglichen Weg!«
»Ich habe verstanden.«
Dal richtete seine Aufmerksamkeit wieder auf uns. »Irgendwas, was wir vergessen haben?«
»Wie ist die derzeitige taktische Situation?«, fragte Jouniel.

»Im Moment stabil«, sagte Dal. »Nachdem wir ihre Flotte besiegt haben, die die Vecka entsandt hatten, um die Festung von Bax Transtas zu befreien, habe ich die *City of Ool* und die *Zirca* geschickt, das Portal nach Veck zu bewachen. Das wird die feindliche Flotte in einem Flaschenhals stecken lassen, bis wir von hier verschwunden sind. Glücklicherweise ist das zweite Portal hier auf Syllsin – von dem aus es offenbar in Richtung Zivilisation X geht – derzeit geschlossen. Das Mondportal ist natürlich geöffnet, aber wir wissen, wohin es führt und man kann uns von dort nicht angreifen. Ich werde unseren Abflug bis kurz vor Schließung des Portals hinauszögern, um die Evakuierung der Syllsintaag abschließen zu können.«

Der Kommunikator unterbrach uns erneut.

»Grafftar Transtas schickt uns seine Grüße und berichtet, dass die Evakuierung langsamer als erwartet vonstatten geht. Er fragt, ob wir einige Boote mehr erübrigen können, um seine Leute auf dem Planeten zu verteilen.«

»Geben Sie ihm, was Sie können«, sagte Dal. Er wandte sich an Felira. »Möchten Sie mit Ihrem Vater sprechen?«

»Ja, und ich möchte mich ihm so bald wie möglich anschließen.«

»Ich lasse Sie zu den Hangars führen. Ein Scoutboot wird dort bereit stehen, um Sie zurück zu bringen.«

Felira erhob sich, um uns zu verlassen.

»Eine Minute«, sagte ich und stand ebenfalls auf. »Ich bringe dich.«

»Das kann jemand anders tun«, sagte Dal grimmig. »Sie werden hier gebraucht.«

Ich schüttelte meinen Kopf. »Sie verstehen mich nicht. Ich werde ihr nicht helfen, das Scoutboot zu finden. Ich werde mit zur Oberfläche gehen.«

»Wann werden Sie zurück sein?«, fragte Dal und seine Augen sprachen einen berechtigten Verdacht.

»Gar nicht. Ich bleibe auf Syllsin. Für immer.«

Dal sah aus wie ein Gast in einem Restaurant, der gerade in ein ranziges Steak gebissen hat, aber zu höflich ist, es in der Öffentlichkeit auszuspucken. Sein Blick wanderte rasch zwischen Felira und mir hin und her.

»So ist das also.«

Ich nickte.

»Ich hätte es wissen sollen. Jouniel hat mich schon am ersten Tag, nachdem Sie nach Jafta zurückgekehrt sind, davor gewarnt, dass Feliras Bewunderung für Sie gefährlich werden könnte. Haben Sie Ihr Schicksal bedacht, bevor Sie diese Entscheidung trafen?«

Ich schüttelte meinen Kopf. »Es war immer Ihre Idee, dass ich so etwas wie ein Schicksal hätte, nicht meine.«

Er dachte einen Moment darüber nach, ehe er antwortete. »Ich habe genau dargelegt, warum ich in Ihrem Falle an so etwas wie Vorhersehung glaube. Seither ist nichts passiert, was meine Einschätzung verändert hätte.«

Felira lauschte unserer immer lauter werdenden Diskussion mit wachsender Verwirrung.

»Könnte mir bitte jemand erklären, worum in aller Welt es hier geht?«

Dal gestikulierte mit seinem Blick. »Sagen Sie es ihr.«

Also tat ich es. Und während ich es tat, verstärkte sich dieses Gefühl von Unwirklichkeit, als ob ich das Drehbuch eines dieser japanischen Monsterfilme darlegen würde, die sie Samstagsmorgens im Kinderfernsehen brachten.

Wie wäre es mit dieser Handlung? Der Held ist ein normaler Typ – kein Einstein, verstehste? – der auf ein Bier raus geht und nicht wieder kommt. Stattdessen trifft er diese wunderschöne Agentin aus der Zukunft, oder vom Mars oder Alpha Centauri und rettet sie vor den Bösen. Die bösen sind richtig hässliche Gestalten, und nachher belohnt die Schöne ihren Retter mit der Neuigkeit, dass er in Wirklichkeit ein gut aussehender Prinz ist, und sie reisen zusammen in ihr magisches

Königreich zwischen den Sternen. Ich sag dir, die Story ist Dynamit, und alles, was ich für den Anfang brauche, sind zwei oder drei Millionen… Ich beendete meine Ausführungen so: »Dal denkt, die Tatsache, dass mich diese Dalgiri auf meiner Erde haben töten wollen, beweise irgendwie, dass ich 103 Jahre alt werde und den Krieg für die Konföderation gewinnen werde.«

»Die Tatsache, dass diese Dalgiri aus der Zukunft stammten, bestätigt meine Theorie«, sagte Dal, nachdem ich geendet hatte. »Die Technik, retrograde Universen für die Zeitreise zu verwenden, war kein Geniestreich unserer Feinde. Was uns selbst davon abhält, uns in die Entwicklung unserer Vorfahren einzumischen, ist die Erkenntnis, dass retrograde Zeitlinien Einbahnstraßen sind. Es gibt keinen Rückweg. Kann man uns dann vorwerfen, dass es für uns sehr interessant wurde, als wir herausfanden, dass unser Erbfeind derartige Opfer auf sich genommen hat, um irgendeinen unwichtigen Fremdzeitler zu töten? Oder später, als dieser Fremdzeitler die Angewohnheit entwickelte, immer zur richtigen Zeit am richtigen Ort zu sein? Wenn Sie es objektiv betrachten, Duncan, dann sind Sie ein Mensch mit verdammt viel Glück!«

Ich lachte. »Glück? Ich? An Katastrophen gewöhnt, würde ich sagen. Ich wurde in den letzten vier Jahren aus zwei Luftwagen rausgeschossen und Sie wissen verdammt genau, was alles auf der Fyalsorn-Expedition geschah. Sie waren dabei!«

Dal nickte. »Ich trage die Narben. Ich weiß aber auch, dass Sie bei keinem dieser Vorfälle ernsthaft verletzt worden sind. Wir haben über die Wahrscheinlichkeit gesprochen, mit Jana Dougwaix zusammen zu treffen, als die Dalgiri das erste Mal angegriffen haben. Wie auch immer, der absolute Hammer, wie einer meiner Saufkumpane in New York immer zu sagen pflegte, ist diese monumentale Verletzung aller Wahrscheinlichkeitsregeln, als Sie Felira auf dem Mond vor dem Tode bewahrten. Sie mussten nicht irgendjemandem in Not helfen, Sie stolperten über die eine – die einzige, wie ich betonen will -, die uns direkt in die Zeitlinie führen konnte, aus der der Teleportationsgenerator stammte, exakt der Ort, an den wir gehen wollten.«

Dal machte eine Pause, um Luft zu holen. Ich öffnete meinen Mund, um etwas zu entgegnen und schloss ihn gleich wieder. Ich ging in meinem Kopf all die Dinge durch, die mir in den vergangenen vier Jahren passiert waren. Verdammt, er hatte nicht Unrecht. Ich hätte seit jener schicksalhaften Nacht, als Jana und ich die Leiche eines Mannes mit großen Augenwülsten und einer Waffe mit gläsernem Lauf beseitigt hatten, mindestens ein Dutzend Mal getötet werden sollen. Kein Wunder, dass mir mein Leben zunehmend wie eine Episode aus einem alten und nicht besonders guten Film vorkam.

Dal schüttelte traurig seinen Kopf und warf dann einen sehr bestimmten Blick auf Felira.

»Es tut mir leid, aber Duncans Schicksal ist untrennbar mit Talador verbunden und wenn dieses Fahrzeug Syllsin verlässt, wird er an Bord sein. Er hat in dieser Angelegenheit keine Wahl. Es tut mir für Euch beide leid, aber die Schicksalsmächte sind nicht immer sehr gnädig mit jenen, die sie für besondere Aufgaben ausgewählt haben.«

Die Anspannung im Konferenzraum war mittlerweile auf einem Niveau angekommen, dass sie beinahe greifbar geworden war.

Dal spürte wohl, dass die Positionen sich derart verhärtet hatten, dass es keine Möglichkeit mehr gab, sich ehrenvoll zurückzuziehen und so änderte er seine Taktik.

Von einem Moment auf den anderen, mit rotem Gesicht und seine berühmt-berüchtigten Wutausbrüche nur gerade so unter Kontrolle, verwandelte er sich in die Gelassenheit in Person und schenkte uns sein freundlichstes Lächeln.

»Schaut Leute, selbst, wenn ich mich irren sollte, könnt ihr beide doch zumindest so lange bleiben, bis der Tag vorbei ist, oder? Wie sieht's aus, Felira? Ich benötige Duncans Hilfe dabei, dieses Hral Ssaroth-Desaster aufzulösen. Sie werden doch sicher bis zur Dämmerung warten können, ehe Sie Ihren Vater sehen!«

Dal konnte uns nicht reinlegen. Er spielte auf Zeit, in der Hoffnung, entweder ich oder Felira würden unsere Meinung ändern. Ich sah, dass Felira zögerte und war kurz davor, ihm zu sagen, wohin er sich seine Idee stecken könne, als sie zustimmte. Die Ruhe kehrte in unser Treffen zurück und hielt über die Mittagspause an. Qoth Eyb tauchte während des Essens auf und sein Gesichtsausdruck verhieß nichts Gutes.

»Was ist los?«, fragte Dal, als er in Eybs Gesicht gesehen hatte.

»Der Verräter Ssaroth ist erwartungsgemäß gegen Hypnoseverhöre konditioniert gewesen. Wir haben leider nicht viel aus ihm heraus gekriegt, Dal.«

»Ist er tot?«

»Nein, aber er ist in einen katatonischen Zustand gefallen.«

»Dauerhaft?«

»Keine Ahnung. Vielleicht kann man ihn mit der Zeit daraus wieder befreien...«

»Macht nichts, Qoth. Haben Sie etwas herausfinden können?«

»Nichts, das irgendeinen Sinn gemacht hat. Alptraumartiges Zeugs größtenteils, und der Eindruck, dass das Syllsin-Veck-Paar aus irgendeinem Grunde von besonderer Bedeutung für ihn ist. Wir versuchten, da mehr herauszufinden, als die Konditionierung ansprang und wir ihn verloren haben. Er sprach nur noch von alptraumhaften Gestalten, die ihn verfolgen würden. Ich werfe mir das selbst vor. Die Blockade ist von einer Art, wie ich sie nie vorher gesehen habe und ich dachte, ich wüsste alles über die menschliche Natur und wie man den menschlichen Geist mit Fallen versehen könnte.«

»Was ist mit der Suche durch die Informationen des Maulwurfs? War da etwas dabei?«

Qoth war es erkennbar unangenehm gewesen, über Ssaroth reden zu müssen. Offensichtlich war er es nicht gewohnt, über Misserfolge zu sprechen und hatte auch kein Vergnügen daran. Als Dal nach den geklauten Veck-Daten fragte, belebten sich seine Lebensgeister wieder.

»Wir haben so einiges herausgefunden. Die historischen Aufzeichnungen der Vecka sagen aus, dass ihre Vorfahren eine große militärische Expedition gewesen seien, ausgesandt vom Imperator höchstpersönlich. Welches Ziel sie gehabt hat, ist jedoch nirgends erwähnt.«

»Hierher entsandt? Wie? Welche Serie von Zeitlinien gab ihnen vor drei Jahrhunderten Zugang zu Syllsin und Veck, und warum haben wir bis heute nichts über diese Expedition gehört?«

»Keine Serie von Zeitlinien, Dal. Zeitlinie. Singular.« Qoth rasselte eine Abfolge von Zeitlinienkoordinaten herunter. Dals Gesicht nahm plötzlich einen lauernden Ausdruck an.

»Wo habe ich diese Koordinaten schon mal gehört?«, fragte er.

»Vielleicht in einem der technischen Journale. Die dortige Erde ist ein unangenehmer Ort aufgrund eines hohen Maßes an Vergletscherung. Die Zeitlinie ist stark gegenläufig mit einer anderen temporalen Geschwindigkeit…«

Dals flache Hand schlug auf den Tisch. »Natürlich! Das war die Zeitlinie, die in Duncans Fall untersucht worden ist!«

Dal wandte sich mir zu. »Als Jana berichtet hatte, was sie auf der Erde herausfand, hat der Rat eine vollständige Untersuchung angeordnet.«

Ich nickte. »Tasloss hat mir davon berichtet, als ich in sein Büro beordert worden war.«

»Hat er Ihnen gesagt, dass Teil der Untersuchung gewesen ist, herauszufinden, welche retrograde Zeitlinie die Attentäter benutzt hatten, um ihr kleines Wunder einer Zeitreise zu bewerkstelligen? Das ist uns natürlich nicht gelungen. Wir hatten nicht genügend Daten. Aber wir hatten einen favorisierten Kandidaten. Und es scheint, als hätten die Dalgiri exakt diesen benutzt, um Veck vor dreihundert Jahren zu besiedeln.« Dal hielt inne und ließ die Wahrheit in unsere verwirrten Geister einsinken.

»Erkennt Ihr es nicht? Die Vecka kommen aus der exakt gleichen Zukunft wie die Dalgiri, die Sie haben töten wollen!«

Ich schluckte.

Kein Wunder, dass man in Talador nie von ihnen gehört hatte. Sie sprachen selbstverständlich eine modernere Sprache als heute, flogen Luftwagen, die wie das Modell des nächsten Jahres aussahen und bauten Computer, die weitaus fortschrittlicher waren als man es hätte erwarten können.

»Würde es nicht Jahrzehnte dauern, um in einer retrograden Zeitlinie soweit in die Vergangenheit zu reisen?«, fragte ich. Das Ausmaß eines solchen Vorhabens ließ mich fast sprachlos.

»Länger«, sagte Qoth. »In dieser speziellen Zeitlinie mehr als ein Jahrhundert. Wie viel genau, hängt davon ab, aus welchem Zeitpunkt in der Zukunft sie exakt kommen. Wahrscheinlich haben sie Hibernationstechniken verwendet.«

»Die Dalgiri haben ein Jahrhundert im Tiefschlaf verbracht, nur, um mich umzubringen?«

»Nein, natürlich nicht«, sagte Dal. »Das Jahrhundert brauchte es, um die Vecka-Zeitlinie vor dreihundert Jahren zu erreichen. Zwanzig Jahre in der retrograden Linie dürften genug gewesen sein, um nach Europo-Amerika zu gelangen.«

Ich schluckte erneut.

Dal blickte auf Jouniel. Anders als wir wirkte sie nach diesen Enthüllungen weder verwirrt, noch besorgt, noch besonders überrascht. Sie war eine Insel der Ruhe in einem Sturm der Verwirrung.

»Sie sind nicht allzu erstaunt darüber, dass die Vecka aus unserer Zukunft kommen, oder, Jouniel?«, fragte Dal.

»Das ist nicht wahr. Ich bin sprachlos. Aber es passt so wunderbar in eine meiner Theorien.«

»Die wäre?«

»Dass das Zeitlinienpaar Syllsin-Veck die Ursache für die Ereignisse der letzten Zeit ist. Schauen wir uns die Beweislage an. Das einzige, was das Psychoverhör mit Hral Ssaroth erbracht hat, war, dass ihm diese beiden Zeitlinien besonders wichtig sind. Die Dalgiri der Zukunft strengen sich ganz furchtbar an, um diese Zeitlinien Jahrhunderte vor ihrer Zeit zu besiedeln. Und was ist mit Duncans Angreifern? Auch sie waren zukünftige Dalgiri. Könnte es nicht sein, dass sie versucht haben, ihn zu töten, um ihn daran zu hindern, Felira zu retten und in dieser Folge Talador in diese Zeitlinie zu bringen? Dann wäre da Syllsins sehr spezielle Fauna und Flora. Nur eine Erklärung kann alles beschreiben, was in dieser Zeitlinie falsch lief…« Sie sah uns alle der Reihe nach an, während sie eine dramatische Pause einlegte. »Es scheint, als seien wir auf Gegner gestoßen, die noch mächtiger als selbst die Dalgiri sind. Und ich möchte annehmen, dass sie keine Menschen sind.«

Das einzige Geräusch im Konferenzraum war das leise Summen der Isvall.

»Würden Sie uns das bitte genauer erklären?«, fragte Dal in einem gefährlich milden Tonfall.

Jouniel nickte. »Schauen wir uns doch um. Diese Zeitlinie ist einzigartig. Die Lebensformen hier unterscheiden sich von allem, was wir bisher gefunden haben. Nach den Aussagen der Syllsintaag ist das auf Veck ähnlich. Welcher Mechanismus auch immer dafür verantwortlich ist, dass die verschiedenen Zeitlinien ähnliche Lebensformen haben, er scheint hier versagt zu haben. Warum dies? Nun, das ist im Grunde ganz simpel. Die Zeitlinien in einem Clusterkern haben sehr stabile Portale. Gegenseitige Befruchtung ist ein permanenter Vorgang und lokale evolutionäre Unterschiede gleichen sich relativ schnell an. Gegenläufige Linien wie Syllsin und Veck hingegen haben nur zwischendurch einmal Kontakt zu sehr unterschiedlichen, anderen Universen, was zu kurzzeitiger, gegenseitiger Infektion führt. Diese Zeitlinie ist in den vergangenen Jahrmillionen durch eine Vielzahl von Universen befruchtet worden. Die Variation ist in der Tat so groß, dass alles darauf hindeutet, dass wir eine völlig neue Parazeitstruktur entdeckt haben. Bis heute haben wir einzelne Zeitlinien, Zeitlinienpaare, interdependente Cluster mit einigen Dutzend bis zu Tausenden von Universen darin identifiziert. Aber alle diese Universen waren sich letztendlich relativ ähnlich. Es ist so, als wären sie alle Mitglieder eines örtlichen Zusammenschlusses, eine durch gemeinsame Eigenschaften verbundene Gemeinschaft von Zeitlinien mit Strukturen, die uns aufgrund ihrer Größe nur eben manchmal entgehen. Aber wenn sich diese Gemeinschaft nicht unendlich in der Parazeit ausbreitet, dann muss es andere solcher Gruppierungen geben, Makrocluster von Zeitlinien, die mit den unseren nicht verwandt sind. Sollte dies der Fall sein, werden die Zeitlinien an den Grenzen solcher Makrocluster von beiden Seiten dieser Grenze befruchtet. Und ich denke, dass Syllsin-Veck dafür ein Beispiel sein könnte.«

Dal schien nicht überzeugt. »Die Entdeckung einiger vorher unbekannter Spezies ist keine wirklich sichere Basis, um darauf eine Theorie einer Parazeit-Superstruktur aufzubauen.«

Jouniel lachte. »Die Eigenheiten der lokalen Fauna und Flora waren für mich lediglich der Anstoß, über diese Dinge genauer nachzudenken. Duncan, erzählen Sie Dal, was Sie gestern während Ihrer Nachtwache herausgefunden haben.«

»Hm?«, fragte ich.

»Die Sterne.«

»Oh, die Sterne! Sie sind nicht alle dort, wo sie normalerweise zu sein hätten!«

Dal schaute mich an, als hätte ich ihm gerade einen Dolch in die Brust gestoßen.

Jouniel lächelte. »Wann haben wir das letzte Mal eine Zeitlinie entdeckt, in der der Himmel nicht am richtigen Platz war?«

»Nie!«

»Die Logik sagt uns aber eigentlich, dass die Verteilung der Sterne von Universum zu Universum eher zufällig sein sollte, oder? Warum sollten die Sonne, die Sterne, sogar die weit entfernten Galaxien immer die gleiche relative Position zueinander haben, und das in jedem Universum?«

»Darüber habe ich nie nachgedacht.«

»Das hat keiner von uns. Es ist ein Rätsel, das ebenso groß ist wie die Gleichheit von Lebensformen. Vielleicht ist es eine Folge der Verteilung von Materie und Energie in unserer Nachbarschaft im fünfdimensionalen Raum. Wenn das so ist, ist es ein regionaler Effekt. Es ist daher logisch anzunehmen, dass jedes Universum jenseits unserer Nachbarschaft andere Konstellation haben müsste.«

»Und Syllsin hat diese!«, rief ich.

»Dann wäre da noch die Existenz der Syllsintaag selbst. Welche Archäologie sie auch betrieben haben, die frühesten Spuren ihrer Zivilisation reichen nicht mehr als 50000 Jahre in die Vergangenheit.«

Dal überlegte einen Moment. »Diese Zivilisation X, die die Dalgiri angegriffen haben – sie muss daher im benachbarten Makrocluster beheimatet sein!«

»Eine sehr nahe liegende Hypothese«, stimmte Jouniel zu. »Und das Imperium interessiert sich für diese Zeitlinie, da es den Zugang zum Nachbarcluster darstellt.«

Dal seufzte. »Das macht Syllsin automatisch genauso wichtig für uns. Wenn es eine Zivilisation gibt, die noch mächtiger ist als die unsere, sollten wir alles über sie herausfinden, was wir können.«

Jouniel nickte. »Nur sollten wir unsere Scouts lieber warnen, bevor wir sie aussenden. Lasst uns nicht vergessen, dass Homo sapiens ebenfalls nur ein regionales Phänomen sein könnte.«

Kapitel 21

Von: Commander, Syllsin-Expedition
An: Regierungsrat
Nachricht wie folgt:
Ich habe die Entscheidung getroffen, diese Zeitlinie gegen schwere Angriffe der Vecka sowie möglicherweise der Dalgiri zu verteidigen. Es ist wichtig, dass eine Entsatzexpedition entsandt wird, sobald eine neue sichere Portalverbindung von Talador nach Syllsin entdeckt worden ist. Entsende Kurierboot mit allen bisher gewonnenen Informationen.
Ende der Nachricht.
Unterzeichnet: Dal Corst,
kommandierender Offizier.

*

Wenn jemals jemand eine Geschichte des kurzen und brutalen Syllsin-Veck-Krieges schreiben würde, müsste er seine Darstellung wahrscheinlich in zwei voneinander unabhängige Abschnitte aufteilen. Das war nämlich die Art und Weise, wie wir den Kampf austrugen. Die taladoranische Flotte hatte mehr als genug damit zu tun, das Portal nach Veck zu verteidigen, so dass die Syllsintaag mehr oder weniger auf sich allein gestellt waren, um den überraschend harten Widerstand der verbleibenden Veck-Gouverneure niederzuringen.

Diese beiden Feldzüge waren so unterschiedlich, wie sie nur sein konnten. Die Flotte wurde nur wenige Stunden nach Dals Entscheidung, im System zu verbleiben, aktiv. Die gesamte veckanische Flotte schien auf der anderen Seite bereit gestanden zu haben, jedes Schiff sehr begierig darauf, uns anzugreifen. Glücklicherweise war es die Natur der Portale, dass die Größe der dahinter stehenden Flotte im Grunde egal war – sie mussten alle einzeln hindurch kommen, wie eine Reihe von Zielenten in einer Schießbude.

Nicht, dass es uns nicht auch etwas gekostet hätte. Eine der über hundert in der ersten Woche zerstörten Einheiten war der taladoranische Kreuzer *Kreshni*, das Opfer eines Zufallstreffers – der Goldene Schuss, wie man auf meiner Welt sagen würde.

Neben der Aussicht, irgendwann durch die Übermacht am Portal nach Veck fortgespült zu werden, war unsere größte Sorge – und die Ursache vieler schlafloser Nächte – das, was passieren würde, wenn das Portal in Richtung Zivilisation X sich im Frühling wieder öffnen würde.

Irgendwo jenseits dieses Portals gab es eine immens mächtige Zivilisation, wahrscheinlich Aliens, die mehr als nur wütend auf die Dalgiri waren. Hatten sie die Spur der Dalgiri-Angreifer nach Syllsin zurückverfolgt, konnte es sehr leicht passieren, dass wir von Aliens förmlich überflutet wurden, deren höchstes Ziel es war, jeden Menschen umzubringen, der ihnen in die Tentakel kam.

An dem Morgen, an dem das Zeitportal in Richtung X sich öffnete, war unsere kleine Flotte kampfbereit. Doch die Überwesen auf der anderen Seite waren wohlmöglich noch mit Vorbereitungen befasst oder nicht ganz so wütend, wie wir gedacht hatten. Zu unserer großen Erleichterung hatten sich unsere eigenen Vorbereitungen als nutzlos erwiesen.

Nur kurz danach hatten die Vecka offenbar ihre bisherigen Verluste kalkuliert und beschlossen, dass es nun genug sei. Das galt auch für die veckanischen Bodentruppen, nachdem sie in einigen entscheidenden Schlachten von Bax Transtas' Armee des Freien Syllsin geschlagen worden waren. Am Ende standen sie mit dem Rücken zur Küste in einer verlassenen Ecke des Kontinents Aylthern. Sie ergaben sich ohne große Verhandlungen über die Bedingungen – allerdings erst, nachdem der massive Leib der *City of Ool* sich über ihre letzten Positionen gesetzt hatte, bereit, einen Feuerregen über ihre Köpfe fallen zu lassen.

Zwei Wochen später öffnete sich das lunare Portal und hundert taladoranische Schiffe strömten hindurch, um unsere zunehmend lädierte kleine Flotte abzulösen.

Kapitel 22

Die sanfte, nächtliche Brise strich leicht über den Dachgarten und brachte den Geruch von Rosen, Jasmin und das spezielle Aroma einer kleinen weißen Blume mit sich, die man nirgendwo sonst in der Parazeit finden konnte. Felira und ich saßen inmitten der grünen Pracht und schauten über das Lichtermeer von Transtas Keep, als ein schimmernder Mond den östlichen Himmel heraufkletterte.

Zusammen mit dem Geruch trug der Wind die Geräusche einer wilden Feier zu uns, die vom Marktplatz stammten, keine zwei Häuserblocks entfernt. Alle Bewohner der Stadt hatten sich dort versammelt, um die Geburt des freien Syllsin zu feiern. Ihr Held, Bax Transtas, war gerade von Aylthern zurückgekehrt, und es sah so aus, als würde die Party die ganze Nacht dauern.

Felira und ich feierten unsere eigene Festlichkeit hier im Dachgarten. Sie hatte als Aide-de-camp ihres Vaters während des Feldzuges gewirkt, während Dal Corst mich in der taladoranischen Flotte beschäftigt hatte, und so hatten wir uns die letzten sechs Monate nicht zu Gesicht bekommen.

Es waren sicher die längsten sechs Monate meines Lebens gewesen.

»Hast du mich vermisst?«, war meine Frage gewesen, als wir uns schließlich von den langen Feierlichkeiten hatten frei machen können und allein waren.

»Mehr als alles andere«, hatte Felira geantwortet und sich an mich geschmiegt. Sie trug immer noch die Uniform der Armee des Freien Syllsin, mit den Rangabzeichen vom Äquivalent eines Captains auf ihren Schultern. Ich trug das weitaus schlichtere und schmucklose Grau der Zeitwache.

»Dal hat mich gestern zu Hral Ssaroth gebracht.«

»Wie geht es ihm?«

»Besser, aber immer noch weitgehend psychisch zerstört, wenn du mich fragst. Er redet, aber das heißt nur, dass er endlos vor sich hin murmelt. Er reagiert nicht auf direkte Fragen.«

Feliras Schultern zitterten leicht.
»Es wäre wahrscheinlich besser gewesen, wenn man ihn gleich getötet hätte.«
»Erinnerst du dich an die alptraumhaften Gestalten, von denen Qoth an unserem letzten Tag zusammen auf der *Isval* sprach? Es scheint schlimmer zu werden, seit er wieder bei sich ist. Die Medtechniker sind besorgt, dass er es eines Tages nicht mehr schaffen wird, sich von ihnen zu befreien. Dal fragt sich, ob diese Bilder allein aus Hrals Fantasie stammen oder ob sie etwas entsprechen, was Hral wirklich gesehen hat.«
»Etwas, das er gesehen hat?«
»Vielleicht einen Bürger der Zivilisation X? Wenn dem so ist, muss sich Intelligenz in jener Zeitlinie aus etwas Monströsem wie einem Tyrannosaurus Rex entwickelt haben, wenn die Aussagen Hrals irgendeinen Wahrheitsgehalt haben sollten. Dal möchte ihn im kommenden Monat zurück nach Jafta bringen, wenn die *City of Isvall* den Heimweg antritt. Dort gibt es die Einrichtungen, die ihm am ehesten helfen können.«
Ich zögerte einen Moment, bevor ich auf das nächste Thema kam. »Dal hat mich gebeten, ebenfalls mitzukommen.«
»Wirst du?«
»Das hängt von den kommenden Minuten ab.«
»Das verstehe ich nicht.«
Ich nahm ihre Hände in die meinen. »Ich frage dich, ob du mich heiraten möchtest. Ob ich gehe oder nicht, hängt von deiner Antwort ab.«
Feliras Reaktion war nicht ganz so, wie ich es erwartet hatte. Sie zögerte für einige Herzschläge und schien in meinen Augen nach etwas zu suchen.
Es war beinahe so schlimm wie das Warten auf die Pointe eines besonders lange konstruierten Witzes.
»Was ist mit deinem Schicksal?«
»Du kennst Jouniels Theorie. Sie denkt, die Dalgiri waren hinter mir her, weil ich dich eines Tages retten würde, das schwächste Glied in der Kette von Ereignissen, die zu einem freien Syllsin führte. Wenn das wahr ist, hat sich mein Schicksal in dem Moment erfüllt, als ich

dich in jener Höhle aufgefunden habe. Von da an war ich nicht mehr als ein armes, unschuldiges Opfer der Umstände wie jeder andere auch.«

Felira erforschte meine Augen noch einige weitere Sekunden. Und dann fand ich mich plötzlich durch feuchte Küsse und allgegenwärtige Weiblichkeit überwältigt.

»Heißt das ‚Ich will!'?«, fragte ich, als ich wieder in der Lage war, nach Luft zu holen.

»Was meinst du denn?«

Wir besiegelten den Handel mit einem weiteren Kuss – mit mehreren, um genau zu sein. Schließlich löste sich Felira aus der Umarmung, als die Welt aufhörte, sich um uns zu drehen und wir wieder Einzelheiten unserer Umgebung wahrzunehmen imstande waren.

»Wir sollten sofort Vater um seinen Segen als Gesetzgeber der Transtas bitten, so dass die Ankündigungen ausgehängt werden können. Ich bin mir sicher, dass er auf die normale Wartezeit verzichten wird, damit wir alles erledigen können, bevor die *Isvall* abreist.«

Ich lächelte. »Geh du nur voraus. Ich werde gleich nachkommen. Ich muss noch etwas erledigen, ehe ich meinem zukünftigen Schwiegervater entgegen trete.«

Sie küsste mich erneut, diesmal aber nur sanft auf die Wange. »Beeil dich bitte. Wir wollen nicht zu spät zur Heimkehrzeremonie kommen.«

Damit war sie verschwunden und ich blieb allein, um über die Stadt zu blicken und nachzudenken. Ich brauchte etwas Zeit, um meine Gefühle zu ordnen, ehe ich mich den Feierlichkeiten zuwenden konnte. Das Problem war, dass ich Felira nicht alles darüber erzählt hatte, was ich während meines Aufenthaltes in Ssaroths Zelle erfahren hatte.

Ssaroth hatte auf dem Boden neben seinem Bett gesessen. Er hatte vor Angst gezittert, als die Wachsoldaten Dal und mich mit ihm allein gelassen hatten. Feind oder nicht, ich hatte nicht anders können als Mitleid mit ihm zu empfinden. Diese arme, zitternde Masse an Protoplasma war alles, was einst ein Mensch gewesen war. Felira hatte Recht. Er wäre tot besser dran gewesen.

»Kann man nichts für ihn tun?«, hatte ich Dal gefragt.

»Nein«, war die Antwort gewesen, kurz und eindeutig.

Es musste wohl der Klang meiner Stimme gewesen sein, oder der von Dal oder Ssaroth war einfach wieder reif gewesen für einen seiner kurzen Momente relativer Klarheit. Was auch immer es gewesen war, es hatte seine Aufmerksamkeit geweckt. Er hatte aufgeblickt, uns da stehen gesehen, und seine Augen hatten für einen Moment nicht mehr diese Leere gezeigt.

»Rimbrick, bist du das?«

Der Name war wie ein Kanonenschlag durch meinen Kopf geschossen. Rimbrick! Das war der Name eines der Dalgiri gewesen, den ich in der Hütte meines Onkels beim Generator getötet hatte.

Dann war der Moment schon vorbei gewesen und Ssaroth war wieder in ein Semi-Koma gefallen. Dal hatte zur Tür gezeigt und ich war ihm hinaus gefolgt.

»Haben Sie mich deswegen hierher gebracht?«, hatte ich gefragt, als wir zusammen durch die geschäftigen Korridore der *Isvall* liefen. Er hatte jede Antwort verweigert, ehe wir nicht in seinem Büro angekommen waren.

»Nun?«

»Ja, das war der Grund, warum ich Sie mitgenommen habe, Duncan. Ich dachte, Sie sollten das wissen. Wir hatten uns immer gefragt, ob da mehr als die vier Dalgiri in dem Kommando waren, das Sie hatte töten sollen. Das Geheimnis ist gelüftet. Der Trupp bestand aus fünf… und einer von ihnen war Hral Ssaroth.«

Ich hatte angenommen, dass mich nichts mehr erschüttern konnte. Wie ich mich geirrt hatte! Meine Knie hatten sich in Gummi verwandelt und ich setzte mich hart in den Sessel vor Dals Tisch.

»Wie haben Sie das aus ihm heraus bekommen?«

»Gar nicht. Er begann vor drei Tagen über die Mission auf Europo-Amerika an zu reden, und es fehlen uns noch eine Menge Fakten. Immerhin, das eine oder andere haben wir zusammensetzen können, als Details aus seinem Unterbewusstsein auftauchten. Alles, was Ihnen in den letzten viereinhalb Jahren zugestoßen ist, hat miteinander zu tun. Ssaroth… Rimbrick… der Rest der Truppe… die veckanische Militärkolonie. All dies hat seinen Ursprung in einem zukünftigen Dalgiri-Imperium und alles aus etwa der gleichen Zeit, und das aus

Gründen, die uns noch nicht klar sind. Ssaroth war der Chef der Truppe. Er verwendete den Expeditions-Shuttle als Kommandoposten, während seine vier Untergebenen sich an den verschiedenen Orten verbargen, an denen Sie anzutreffen waren. Sie wissen besser als jeder andere, was in jener Nacht geschah. Und als Sie der Falle entkommen waren und die Konföderation erreicht hatten, gelang es Ssaroth irgendwie, nach Dalgir zu fliehen. Sein Ziel war es gewesen, die Dalgiri mit den Veck in Kontakt zu bringen, dreihundert Jahre nach Beginn der Kolonisierung. Dann, nachdem er die Allianz konstruiert hatte, die zum dalgirisch-veckanischen Angriff auf Zivilisation X geführt hatte, erhielt er Unterstützung von der dalgirischen Flotte, um erneut sein Primärziel zu verfolgen: Sie zu töten. Zu der Zeit waren sie an der Akademie. Da er sie nicht anders erreichen konnte, etablierte Ssaroth die Forschungsbasis bei Fyalsorn und startete ein Shuttle mit dem neu erworbenen Teleportationsgenerator für einen Angriff gegen die Akademie. Irgendwas lief schief und der Angreifer geriet in das Abwehrfeuer unserer automatischen Verteidigungsgeschütze am Zeitportal von Salfa Primus – bevor der Angreifer herausfinden konnte, wo Sie waren. Es kann ein Sensorfehler gewesen sein oder bloß schlecht formulierte Befehle. Wie dem auch sei, anstatt die Akademie zu vernichten, fungierte der Angriff als Katalysator für die Ereignisse, die dazu führten, dass auch Talador in den Besitz des Teleportationsgenerators gelangte.«

Ich hatte ein leises Pfeifen ausgestoßen. »Er war ein beharrlicher Bastard, nicht wahr?«

Dal hatte genickt. »Nach dem Fyalsorn-Desaster entschied er offenbar, dass er sich persönlich um Ihre Ermordung kümmern musste. Er nutzte den dalgirischen Geheimdienst für einen Plan, in das Hauptquartier der Zeitwache eingeschmuggelt zu werden. Das hat seine Ironie. Ich habe zwei Jahre lang vergeblich versucht, Sie vom Dienst bei den Ingenieuren loszueisen. Die Befehle, die Sie schließlich von Ihrem Mond abzog sind ganz offensichtlich von Ssaroths Verbindungsleuten in die Computer eingegeben worden.«

Ich hatte daraufhin meinen Kopf geschüttelt. »Ich verstehe es nicht. Ssaroth hatte viele Gelegenheiten, mich umzubringen. Warum tat er es nicht? Und vor allem: Warum war das überhaupt noch interessant, nachdem uns Felira den Weg nach Syllsin gezeigt hatte? Der Schaden war doch schon angerichtet.«

»Sie irren sich.«

»Aber Jouniel hat gesagt…«

»Jouniel irrt sich. Was die Frage angeht, warum er Sie nicht getötet hat, bevor wir Jafta verließen oder bei irgendeiner der anderen Gelegenheiten vor dem Empfang bei Baron Ylgost, so kann ich nur vermuten, dass ihm Zweifel gekommen sind. Nun, jedem mit Ihrer Erfahrung im Entkommen aus gefährlichen Situationen würde ihm zu denken geben. Außerdem, mal von der Mission abgesehen, schien Ssaroth Sie zu mögen.«

»Was? Er hat das aber auf eine sehr seltsame Art und Weise gezeigt!«

»Es ist wahr. Wir haben seine emotionalen Reaktionen während seiner Selbstgespräche aufgezeichnet. Jeder Tag bringt neue Erinnerungen an die Oberfläche und gibt uns weitere Daten für die Auswertung. Eine Schattenfigur entwickelt sich aus Ssaroths Selbstgesprächen, eine Person von historischer Bedeutung, jemand, der etwas bewegt. Ein George Washington oder Abraham Lincoln oder Winston Churchill. Diese Figur sind Sie, Duncan.«

Ich hatte geschluckt und versucht, mein Herz wieder die Luftröhre hinunterzudrücken. »Aber warum?«

»Das wissen wir nicht. Mal abgesehen davon, dass manche seiner Aussagen geheimnisvoller sind als die des Orakels von Delphi, fehlen uns für vieles auch die Referenzen, um sie verstehen zu können. Was aber recht klar und deutlich rüberkommt, ist die Tatsache, dass Sie in diesem Spiel eine zentrale Rolle einnehmen.«

Diese Enthüllungen waren nunmehr 24 Stunden alt und mich durchlief bei der Erinnerung an sie immer noch ein Zittern. Die Wahrheit ist, dass ich mich nicht wie eine dieser historischen Figuren fühlte. Auf der anderen Seite: Wie fühlte sich historische Größe eigentlich an? Haben sich Napoleon, George Washington oder Albert Einstein tatsächlich anders gefühlt als »normale« Leute? Und was, wenn mein Vorbild wohl eher in die Richtung Dschingis Khan, Attila oder Adolf Hitler ging?

Selbst die entfernteste dieser Möglichkeiten erschreckte mich zutiefst. Wie auch immer, der menschliche Verstand ist eine wundervolle Einrichtung. Wenn man nur genug Zeit hatte, konnte man sich von allem überzeugen. Nach einer Weile nahm die Furcht ab und ich begann, mich und mein Leben wieder etwas positiver zu betrachten. Und warum auch nicht? Die schönste Frau in diesem und einem halben Dutzend weiterer Universen hatte soeben meinen Heiratsantrag angenommen, oder etwa nicht? Mit Felira an meiner Seite hatte ich nun wirklich nichts zu befürchten.

Es gab sicher später genug Gelegenheit, um mir Sorgen zu machen – nun, später eben. Das Leben war zu kurz, um sich in ein frühes Grab zu sorgen, vor allem dann, wenn man ohnehin keinen Einfluss auf das hatte, was einem bevorstand. Die Zukunft ist zu weit weg. Welche Persönlichkeit Hral Ssaroth auch immer mit so viel Respekt erfüllt hatte, es ging mich nichts an. Sicher, ich mochte diese Person eines Tages werden, aber sie war nicht ich – und ich nicht sie. Zumindest noch nicht.

Wer weiß schon, was einem die Zukunft bringen wird.

Und wenn man es recht betrachtet, wer will das schon so genau wissen?

Felira war alles, was ich in den nächsten Jahren von der Zukunft erwartete. Nach unserer Hochzeit würde ich ihr Europo-Amerika zeigen. Vielleicht würden wir einen Besuch bei meinem alten Vermieter Hal Benson machen. Ich lächelte, als ich nach fast fünf Jahren erstmals wieder an den verrückten Hal dachte. Ich hatte ihn früher wegen seiner absurden Ideen aufgezogen – UFOs, Außerirdische und Zivilisationen jenseits der Sterne. Wer würde an so was Abstruses denn glauben?

Welche Person würde an so was wie die Parazeit glauben, wenn wir schon dabei waren?

Ich fragte mich, was Hal wohl tun würde, wenn ich ihm die Wahrheit über die Ereignisse sagen würde, die seit jener lange vergangenen Nacht geschehen waren, in der sich der UFO-Club in seinem Haus getroffen hatte. Er würde wahrscheinlich rot im Gesicht werden und mir vorwerfen, mich über ihn lustig zu machen. Auf der anderen Seite konnte man bei einem Mann wie Hal Benson nie sicher sein.

Vielleicht war der Dorftrottel, der sein Geld sparte, um sich seine eigene Kanone zu kaufen, doch nicht so dumm.

Vielleicht sah er eine Wahrheit, die wir anderen nicht erkannten.

Nach Europo-Amerika lagen alle attraktiven Sehenswürdigkeiten der Konföderation und der ganze Rest der Parazeit vor uns. Und eines Tages würde es da auch die geheimnisvolle Zivilisation X geben, wo zweibeinige, stahlgepanzerte Dinosaurier mit vergrößerten Gehirnen und voll funktionsfähigen Händen herrschten. Oder auch nicht. Dals Zeitplan für eine erste Forschungsmission sah den Start fast genau ein Jahr von dem Tag an vor, an dem die Rettungsflotte durch Syllsins lunarem Portal angekommen war. Dal hatte bereits angedeutet, dass es einen Platz für mich auf dieser Expedition geben würde – ohne Zweifel als sein »Glücksbringer«.

Ich kam zu dem Schluss, dass ein Jahr in etwa ausreichend war für die Flitterwochen und ich plante, sein Angebot anzunehmen. Wer weiß, ich konnte ihn vielleicht überraschen und sogar einen sinnvollen Beitrag leisten.

Eine Sache war so klar wie die Nase in Dals Gesicht: Die Bewohner der Zivilisation X waren zu gefährlich, um unsere Feinde zu werden. Aliens oder Menschen, sie mussten auf unsere Seite gezogen werden, wenn Talador sich nicht plötzlich mit einem weiteren tausendjährigen Krieg konfrontiert sehen wollte.

Glücklicherweise waren die Taladoraner weitaus fähiger, Freundschaften zu schließen als noch vor ein paar Jahren. Wenn die Abfolge an Krisen, mit denen sie sich hatten auseinandersetzen müssen – Europo-Amerika mit seinem Raumfahrtprogramm, Veck mit seinem Teleportationsgenerator – sie etwas gelehrt hatte, dann war es, anderen Völkern mit anderen Vorgehensweisen noch etwas toleranter gegenüber aufzutreten.

In meiner Einschätzung war diese Lehre noch wichtiger als die Entdeckung des Makro-Clusters in der Parazeit.

Natürlich passierte nichts in der Entwicklung menschlicher Pläne, ohne nicht ein paar kleinere Probleme übrig zu lassen, die es zu lösen galt. Ich hatte die Tendenz einiger Mitglieder des Regierungsrates bemerkt, immer noch etwas unsensibel über die Bedürfnisse anderer Kulturen hinwegzugehen, aber immerhin, sie bemühten sich. Es würde wohl mein Job sein, sie in den nächsten Jahren immer mal wieder in die richtige Richtung zu schubsen.

Wenn zivilisierte Beziehungen mit einer Alien-Spezies etabliert werden konnten, warum dann nicht mit jenem Teil der Menschheit, der das Dalgiri-Imperium regierte? Nirgendwo stand, dass sich Neanderthaler und Cro-Magnon für immer bekämpfen mussten. Das Beispiel der Aazmoran-Zeitlinie sprach bereits eine andere Sprache.

Und diese Gedanken brachten mich dann auch sogleich wieder zurück zu meinem »Schicksal«.

Vielleicht war es vorherbestimmt, dass ich eines Tages den großen Parazeit-Krieg beenden würde. Das war immerhin mal ein angenehmer Gedanke. Eine meiner größten Sorgen, seit ich der Zeitwache beigetreten war, galt dem Schutz Europo-Amerikas von den Übergriffen – absichtlichen wie unabsichtlichen – beider Seiten. War nicht der ideale Weg, meine Zeitlinie zu schützen, indem ich diesen Krieg beendete?

Eine Sache war auf jeden Fall sicher. Was auch immer vor mir lag, mein Leben würde nicht langweilig sein.

Nach Zivilisation X, was dann? Die Möglichkeiten sind genauso endlos wie die Anzahl alternativer Universen in der Parazeit oder die Anzahl der Sterne über mir. Und warum auch nicht? Irgendwo in der Unendlichkeit von Möglichkeiten der Parazeit musste es sie geben: die Völker, die zwischen den Sternen reisten.

Alles, was wir tun mussten, ist sie zu finden.

Und, vielleicht, irgendwann nach der Zivilisation X, würden wir uns auch darum kümmern.

Rettungskreuzer Ikarus Sammelband 2

Dirk van den Boom, Irene Salzmann & Martin Kay

„Requiem“

Die Mannschaft der Ikarus findet sich zusammen, doch viel Zeit hat sie dafür nicht: Erstmals bekommen sie eine Ahnung davon, dass das Schicksal sie auserkoren hat, eine weitaus wichtigere Rolle in der Galaxis zu spielen als bisher angenommen – und sie lernen, dass sie dafür auch einige Opfer bringen müssen ...

Die Bände 4 bis 6 der „Rettungskreuzer Ikarus“-Saga in einem Band!

Paperback, ca. 220 Seiten, ISBN 3-936742-34-0

www.atlantis-verlag.de

T73: Das KrogiTec-Komplott

Thomas Pfanner

Die Welt in zwanzig Jahren. Einige wenige globalisierte Mega-Konzerne vereinigen alle denkbaren legalen und illegalen Geschäfte auf sich, opfern Wohlstand, Gesundheit und Sicherheit der Menschheit ihrem Profitstreben unter und entmachten die staatlichen Stellen. Diesen bleibt nur die Möglichkeit, den Teufel mit dem Beelzebub auszutreiben. T 73, eine Firma zur Rettung der Zivilisation, entsendet zweifelhafte Gestalten wie Drusus Uslar und Saskia Johimbe, gefühlskalte Atheisten und skrupellose Killer, die unter den Konzernen Angst und Schrecken verbreiten. In dieser Situation beschließt der Eigentümer des Mega-Konzerns KrogiTec, seinerseits die anderen Konzerne auszubooten und die Weltherrschaft an sich zu reißen. Sein Mittel der Wahl ist die Erfindung eines Wissenschaftlers, ein Bündnis mit Terroristen, und die Jagd auf die einzige verbliebene Gefahr: T 73.

Paperback, ca. 220 Seiten, ISBN 3-936742-57-X

www.atlantis-verlag.de

Genotype

Martin Hoyer

„Varianten“

Im Jahre 2007 entkamen mehrere Kulturen modifizierter Retro-Viren aus den Laboren eines europäischen Pharmakonzerns. Der Zwischenfall blieb lange unbemerkt, und ehe Abwehrmaßnahmen Erfolg zeigten, hatten sich die Stämme durch ihre menschlichen Überträger bereits über alle Kontinente ausgebreitet.

Die Folgen waren verheerend: Ab einer gewissen Ausbreitungsdichte begannen die Viren, ihre Aufgabe zu erfüllen, allerdings nicht in der Weise, die ihre Schöpfer vorgesehen hatten: Binnen weniger Wochen wurden über 60 Prozent der Menschheit vernichtet, und erst mit der Verringerung der Bevölkerungsdichte verloren die Kulturen ihre Virulenz. Die darauffolgende Zeit des Wiederaufbaus war geprägt durch Veränderungen in allen Bereichen der Gesellschaft, sowie durch zahlreiche Konflikte, die sich daraus ergaben.

Heute, im 92. Jahr nach dem Ausbruch, ist die Welt eine andere: Während in einigen wenigen, zu Habitaten ausgebauten Großstädten das Leben beinahe den früheren Verlauf nimmt, ist das Wildland außerhalb der Habitatsgrenzen nur dünn besiedelt. Beide Extreme bieten Raum für jene, die versuchen, neue oder alte Wege des Zusammenlebens zu beschreiten und sich mit dem Erbe arrangieren müssen, das ihnen die große Seuche hinterließ.

Paperback, ca. 220 Seiten, ISBN 3-936742-31-6

www.atlantis-verlag.de